나의 도전 나의 열정

나의 도전 나의 열정

저자_ 정몽준

1판 1쇄 인쇄_ 2011. 9. 1.
1판 18쇄 발행_ 2011. 10. 14.

발행처_ 김영사
발행인_ 박은주

등록번호_ 제406-2003-036호
등록일자_ 1979. 5. 17.

경기도 파주시 교하읍 문발리 출판단지 515-1 우편번호 413-756
마케팅부 031)955-3100, 편집부 031)955-3250, 팩시밀리 031)955-3111

값은 뒤표지에 있습니다.
ISBN 978-89-349-5489-7 03810

독자의견 전화_ 031)955-3200
홈페이지_ http://www.gimmyoung.com
이메일_ bestbook@gimmyoung.com

좋은 독자가 좋은 책을 만듭니다.
김영사는 독자 여러분의 의견에 항상 귀 기울이고 있습니다.

나의 도전 나의 열정

정몽준의 인생과 세상 이야기

정
몽
준 지음

김영사

담담한 열정이 나를 밀고 간다

올해는 대학에서 특강 요청이 많았다. 강의실을 가득 메운 눈부신 젊음들을 마주하니, 내 젊은 시절의 모습이 떠올랐다. 기억을 더듬어 어린 시절로 돌아가보니 장난기 많은 소년의 모습도 보였다. 늘 나를 사랑해주시던 소박한 심성의 어머니, 몽구 형과 몽헌 형 등 형제들과 함께 보낸 유년 시절, 권투를 배우고 계동 거리를 바람처럼 뛰어다니던 중·고등학교 시절의 추억. ROTC 야영훈련을 받느라 땀범벅이 되었던 대학 시절, 두 번에 걸친 유학생활과 아내와의 연애, 만 서른의 나이에 현대중공업 사장이라는 중책을 맡아서 선박을 수주하기 위해 밤잠을 잊고 뛰어다니던 일, 아버지를 따라 올림픽 유치에 나서면서 불가능에 도전했던 경험과 월드컵 유치를 위해 세계 각국을 다니던 시간, 2002년 후보 단일화에 얽힌 아픔과 새로운 도전들. 돌이켜보니 스무 살 이후 내가 벌였던 일들은 모두 내 내면에 숨 쉬고 있던 열정의 소산이었음을 깨닫게 된다.

내 인생에 큰 영향을 끼친 사람은 아버지였고, 이 세상을 가르쳐준 것은 축구였다.
아버지는 커다란 열정을 가지신 분이었다. 그 열정은 타인을 휘두르는 것이 아니라, 안에서 타오르면서 자신을 밀고 가는 것이었다. 어떤 일이든 담담하게 보고, 자신을 돌아보게 하는 열정이었다.

축구는 내게 새로운 세상을 열어주었다. 국제 외교의 치열한 각축장인 FIFA의 정치를 경험하면서, 그리고 세계 정상들을 만나면서 지구촌의 정치를 직접 체험했다. '2002 월드컵'을 유치하는 과정에서는 지구를 38바퀴 돌았는데, 국민들은 광화문 길거리를 가득 메운 거대한 붉은 물결로 답해주었다.

나는 나의 열정이 다른 사람들에게 전해지기를 바랐다. 그리고 그것이 우리 사회를 좀 더 따뜻하고 풍요로운 곳으로 변화시키기를 원했다. 금년 8월에 가족들과 현대중공업 그룹이 5000억 원을 출연해서 '아산나눔재단'을 설립하게 되었다. 지나간 시대가 가난으로 인해 고통받던 때였다면 지금은 양극화 현상 때문에 사회가 분열되고 있는 시대이다. 나는 아산나눔재단을 통해 보이지 않는 곳에서 소녀 주디를 돕는 '키다리 아저씨'가 되고 싶다.

오래전에 뚝섬 경마장에서 보았던 경마 경기가 기억난다. 그날 경기에서 재미있는 일이 있었는데, 기수가 말에서 떨어지는 바람에 경기마가 기수 없이 출발하게 된 것이다. 그런데 그 말은 경주의 중반까지는 중간 그룹에 있다가 직선 코스에 들어서자 속도를 내면서 당당히 1위로 결승점을 통과했다. 우리 사회에 수없이 많은 단체, 회사, 정부 기관들이 경주에 나선 경주마들이라면, 그 조직들의 리더들은 기수이다. 기수 없는 말이 1등을 차지한 것을 보면, 우리의 리더들이 더 겸손해야 한다는 생각이 든다.

최근에 미국 상원의 짐 웹(James Henry Webb Jr.) 동아태소위원장으로부터 들은 이야기도 인상 깊다. 베스트셀러 작가이자 영화 제작자라는 다채로운 이력을 가진 짐 웹 의원은, 상원의원 초선인데도 정치 말고도 할 일이 많다며 벌써 불출마 선언을 한 특이한 인물이다.

그가 들려준 이야기는 이렇다. 통나무가 강물에 떠내려가는데 그 위에 개미 2만 마리가 타고 있었다. 그런데 개미들은 각자 "내가 이 통나무를 조종하고 있다"고 생각한다는 것이다. 나 역시 지나친 열정으로 이 세상을 홀로 움직이려 했던 일은 없었는지 반성하게 된다. 이 책의 말미에 나름대로 우리 사회가 나아갈 방향에 대해 적어보았는데, 혹시 의욕만 앞선 것은 아닌지 우려도 된다. 독자 여러분의 단호한 질정을 바란다.

책을 만들면서 여러 분들의 도움을 받았다. 옛날 기억을 하나하나 확인하느라 학창 시절의 동창, 축구협회 임직원, 그리고 친지들을 귀찮게 했다. 정치 부분을 적어나갈 때는 균형된 시각을 위해서 동료 의원들의 의견도 구했다. 모두에게 감사를 드린다. 부족한 원고를 책으로 만들기 위해 여름 내내 땀을 더 흘려야 했던 김영사 관계자 분들에게도 고마운 마음을 전한다.

감추어두었던 부끄러운 이야기까지 끄집어내어 이 세상에 드러내고 보니, 세상의 너른 품 안에 뛰어들었다는 후련함을 느낀다. 그리고 내 안에서 다시 타오르는 열정의 불꽃을 본다. 이제는 다른 이들과 마음을 나누며 거대한 역사의 흐름을 함께 헤쳐나갈 것이다.

2011년 8월
동작구 사당동에서
정 몽준

차 례

4 정치인 정몽준, 백만 번의 도전

5 희망을 가슴에 안고, 세계로 미래로

나의 **삶**
나의 **이야기**

1

진심으로 하고 싶은 이야기

⚜

한여름의 뜨거운 햇볕 속에서 북한산을 오른다. 숨이 턱까지 차올라도 쉬지 않고 오른다. 땀이 목을 타고 흘러 등을 흠뻑 적신다. 대남문에 이르러서야 겨우 한숨을 돌린다. 아무리 더운 날에도 대남문에는 바람이 선선하다. 나는 성벽에 기대서 서울을 내려다본다. 산 아래에서는 높게 보이던 빌딩들이, 여기에서는 성냥갑처럼 작게 보인다. 그동안 살아오면서 심각하고 무겁게 생각되었던 일들이, 여기에서는 그냥 담담하게 느껴진다.

나는 그동안 무엇을 이루기 위해 살아왔을까.

그리고 앞으로 어떤 길을 걸어가게 될까.

어느 해보다 뜨겁고 힘든 여름이었다. 물 폭탄이 쏟아져 수도 서울 강남에서 물난리가 났다. 반값 등록금을 외치는 젊은이들은 폭염에 달궈진 도로를 메웠고, 주부들은 생활비의 절반을 장바구니에 써야 한다고 울상을 지었다. 무상급식 주민투표에 찬반을 표하는 플래카드들이 길거리에 어지러이 나붙었다. 부자나라 미국은 디폴트 위기를 힘겹게 넘겼다. 세계 경제 위기 속에 증권회사 직원이 자살하는 일도 있었다. 지구 전체가 불안하고 우울한 여름이었다. 편치 않은 여름이기는 나도 마찬가지였다.

KBS 라디오의 〈열린 토론〉 수요스페셜에 초대를 받았다. 평소 말주변이 없어 방송에서 매끄럽게 대처하기가 쉽지 않을 것 같았다. 더구나 주제가 복지에 관한 것이라니 집권당 의원인 나를 향해 칼날을 들이댈 것이다. 날아오는 칼날이 무섭다고 마냥 피할 수는 없다. 어떤 상황에서도 정치인은 자기 소신을 밝혀야 한다. 첫 번째 질문은 한진중공업 사태에 관한 것이었다.

"저는 한진중공업이 필리핀에 조선소를 짓는 것은 문제가 안 된다고 봅니다. 그건 그 회사의 자유지요. 하지만 국내에 있는 조선소에 3년 동안이나 수주 물량이 없어 사람을 내보내야 한다면 이것은 분명 문제가 있습니다."

곧바로 공격이 들어왔다.

"지금 여야를 막론하고 복지 정책이 봇물 쏟아지듯 나오고 있는데 어찌 보시는지요? '이완용이 나라를 팔아먹은 매국노라면, 무책임한 공약을 남발하는 정치인들은 나라를 망치는 망국노다'라고 말씀하셨지요?"

말은 항상 '아' 다르고 '어' 다르다. 내가 그런 말을 했을 때의 분위기와 방송국 스튜디오의 분위기는 다르다. 그렇지만 분명 내가 한 말이니 설명을 할 수밖에 없다.

"저를 포함한 정치인은 포퓰리즘의 유혹에서 벗어나기가 어렵습니다. 개구리를 뜨거운 물속에 넣으면 금방 튀어나오지만, 미지근한 물에 넣으면 뜨거운 줄 모르는 채로 결국 죽거든요. 포퓰리즘이란 그런 것이지요. 포퓰리즘은 국민의 돈으로 국민을 매수하는 행위입니다. 정치인들은 늘 국민을 위한 복지를 말하지만, 포퓰리즘 안에서 국민은 자기가 낸 돈으로 스스로 매수당합니다. 아르헨티나의 정치인들은, 미래에 대해 더 이상 이야기할 게 없어지자, 지금 가진 것을 나눠 먹자고 국민들을 선동했지요. 지금 우리가 한순간의 만족을 위해 나라 장래를 망친다면 매국노 이완용과 무엇이 다르겠습니까?"

나는 내가 생각하는 복지에 대해 좀 더 설명하고 싶었다. 그런데 사회자가 불쑥 질문을 던져 내 말을 가로막는다.

"왜 대통령이 되고 싶으십니까?"

어려서 권투를 배웠다. 지금 사회자는 나와 스파링 게임을 하자는 것이다. 주먹을 날려야 할지, 좀 더 맞아줘야 할지 고민이 되었다. 나는 좀 맞아주기로 했다.

"우리나라 경제를 좀 더 발전시키고 북한의 핵 문제를 해결해서 궁극적으로는 우리나라를 통일된 나라로 만드는 데 힘을 보태고 싶어서입니다. 그동안 공부한 것과 다양한 국제 경험, 기업을 운영한 경험들을 우리나라 발전에 모두 쏟아 넣고 싶습니다."

"그런데 정 의원님께서 대권을 잡기까지는 장애가 있을 것 같습니다. 재벌이 권력까지 잡으면 곤란하다, 이런 정서가 있지 않습니까?"

사회자는 처음부터 이 질문을 하고 싶었을 것이다. 언제 어느 자리에서든 나는 이 질문을 피해가지 못한다. 내가 기업을 하든 정치를 하든 사람들은 나를 단지 재벌 2세로 바라본다.

"제 아버님이 고 정주영 회장이신 건 엄연한 사실이지요. 그러나 저는 아버지 대신 이 자리에 있는 게 아닙니다. 우리나라는 자유민주주의 국가이니 누구라도 자기가 좋아하는 분야에서 일할 수 있지요. 저는 우리나라 정치가 잘되기 위해서는 더 많은 분야에서 성공한 분들이 정치에 들어와야 한다고 생각합니다. 여러 분야에서 경험한 성공의 불씨를 나누고 온 사회에 전파하는 역할을 정치인들이 해야 합니다. 지금처럼 기업가에 대해 좋지 않은 편견이 생긴 데는 기업가의 책임도 큽니다. 제대로 벌어 반듯하게 쓰는 기업 풍토가 확고히 자리를 잡아 그릇된 편견이 없어지길 바랍니다."

해마다 고위 공직자의 재산이 공개된다. 그때마다 언론은 나를 주목했다. 정몽준의 재산이 얼마라고 신문에 박혀 나오고 지난해보다 얼마가 늘어났는지, 줄어들었는지 친절하게 계산까지 해주었다. 그러나 그것은 그저 숫자에 불과하다. 주식에 잡혀 있는 돈은 내 것이라도 쓸 수 없는 돈이다. 그것은 수십만 명에게 좋은 일자리를 만들어주는 일종의 기금과 같은 것이다.

결혼하고 나서 요리를 열심히 배운 아내가 몇 달 지나자 특별한 요리를 상에 올리기 시작했다.

"다음부터는 이런 요리 말고 보통 반찬을 줘요. 요리는 손님하고나 먹는 거지."

내 입맛은, 요즘말로 한참 저렴하다. 두부랑 호박을 넣어 부르르 끓인 찌개와 김치만 있으면 족했다. 김치도 배 넣고 대추 넣은 보쌈김치가 아니라 막 버무려낸 겉절이 같은 것을 좋아한다. 밖에 나가면 설렁탕을 즐겨 먹는다. 뜨거운 국물에 매운 양념을 한 숟갈 넣어 훌훌 먹는게 내 입맛이다. 어릴 적 우리 집은 새벽에 온 식구가 모여 아침밥을 먹었다. 우리 형제와 삼촌들, 숙모들까지 모이면 거의 소풍에 나선 듯한 인원이었다. 그 식구들이 아침상에 모여 된장찌개에 밥 한 그릇씩 뚝딱 먹어치웠다. 아버지는 단 한 번도 음식이 시다 달다 말씀하신 적이 없다. 덕분에 우리 집안 며느리들은 요리 솜씨가 별로다.

이따금 사람들이 나에 대해 이야기할 때면 도대체 누구 이야기를 하는지 몰라 당황스러웠다. 그럴 때마다 나는 내게 물었다. 정몽준, 진짜 너는 누구냐?

"담담하게 살아라"

✦

2001년에 정기 검진을 받다가 심장에 이상이 있다는 것을 알았다. 심장에서 피를 동맥으로 보낼 때, 역류를 막아주는 승모판이 제대로 닫히지 않는 승모판 폐쇄 부전증이었다. 아산병원의 송재관 선생은 수술을 권했다. 그러나 별다른 증세가 없었다. 숨을 못 쉴 정도로 가슴이 아픈 것도 아니었다. 아내한테는 알리지 말라 하고 수술을 미뤘다.

'2002 월드컵' 때문에 비행기를 많이 탈 때였다. 비행기가 이륙할 때면 이따금 가슴 한가운데가 뜨끔거렸다. 그럴 때마다 이러다가 무슨 일 나는 것 아닐까, 착륙 때까지 괜찮을까, 하는 두려움이 엄습하기도 했다. 그래도 그때뿐 비행기를 내리면 다 잊었다. 하는 일이 바쁘기도 했고 수술대에 오르는 게 꺼림칙하기도 했다. 계속 수술을 미룬 채 막무가내로 버텼다. 정기 검진 때마다 의사는 내 상태가 점점 더 나빠지고 있다고 했다.

불현듯 겁이 나기 시작했다. 아침에 눈을 뜨고 살아 있다는 것을 확인하고 나서야 비로소 안심이 됐다. 폭음이라도 하고 난 이튿날 아침이면 더 걱정이 되었다. 정치가 힘들어질 때는 스트레스 때문에 심장이 멎을지도 모른다는 생각도 했다. 4년 만에 이 사실을 아내한테 털어놓았을 때 아내는 많이 울었다. 아내의 눈물에 마음이 아팠다.

미국의 심장 전문 병원인 메이요 클리닉에서 재검사를 받았다. 결과는 똑같았다. 심장에서 역류하는 피의 양이 60~70퍼센트나 되면서 과부하가 걸려 심장이 거의 두 배로 부어 있었다. 그대로 두면 돌연사할 가능성이 있다고, 미국인 의사가 엄중하게 경고했다.

나는 말문을 닫았다. 지역구로, 축구장으로, 밖으로만 돌아 검게 그을린 얼굴에는 점점 그늘이 져갔다. 이런 내 앞에서 아내도 차마 말을 걸지 못했다.

2005년 8월, 나는 아산병원에 입원했다. 가슴을 톱으로 절개하면 수술 후 회복하는 데만 두 달이 넘게 걸린다고 했다. 의료진들이 새로운 수술 방법을 의논했다. 오른쪽 갈비뼈 사이를 절개해서 내시경과 로봇팔을 집어넣어 하는 첨단 수술법이 있었다. 목과 사타구니를 절개해서 동맥과 정맥에 관을 삽입해 인공심장에 연결시킨 후, 승모판에 C자 모양의 금속 링을 삽입한다고 했다. 국내에서는 이재원 선생만이 수술 경험을 갖고 있었다.

"수술 도중 일시적으로 심장박동을 정지시키는데, 만의 하나 수술 후에 다시 뛰지 않을 위험성도 있습니다."

수술 전 의사들의 설명을 듣고 그 자리에서 심장이 멎는 것 같았다. 한번 멎어버린 심장은 다시 뛸 수 있을까. 심장이 멎은 순간에도 나는 삶에 대한 의지를 지속시킬 수 있을까. 삶과 죽음이 내 안에 같이 있었다. 나는 한 발은 이승에, 또 한 발은 저승에 디딘 채 수술동의서에 사인했다.

수술 전날, 잠이 오지 않았다. 심장을 멈추는 데 쓰는 약물이 안락사에 쓰는 약물과 같다고 했다. 어쩌면 이승에서의 마지막 날이 될지도 몰랐다. 유언장을 써야 되는 것은 아닌지, 여러 생각이 교차했다.

그때 아버지의 목소리가 들렸다.

"몽준아, 마음을 담담히 가져라."

요동치던 마음이 조용히 가라앉았다. 나는 담담하게, 수술실로 들어갔다.

수술이 끝난 뒤 심장박동을 시켜보니 60~70퍼센트 역류하던 피가 5퍼센트대로 줄었지만 그마저도 없애야 했다. 의료진은 곧바로 재수술을 시작했다. 오랜 마취 상태에서 깨어나니 울고 있는 아내의 얼굴이 맨 처음 눈에 잡혔다. 아내가 주렁주렁 매달린 주사 줄을 피해 내 손을 잡았다. 아내의 온기가 느껴지자 비로소 내 몸 구석구석으로 따뜻한 피가 도는 것 같았다. 재수술 후 심장이 다시 뛰어야 하는데, 그대로 잠시 멈춰버린 절체절명의 순간이 있었다고 했다. 그때 심장박동이 개시되지 않았으면 모든 게 끝이었다…….

"이제 정신이 들어요? 당신, 살았어요."

아내가 내 손을 잡아 가슴에 얹어주었다. 심장이 힘차게 고동치고 있었다.

퇴원하고 검단산에 갔다. 짓푸른 잣나무와 밤나무가 만드는 그늘 속에 아버지가 누워 계셨다. 심장이 멎었다가 다시 살아난 나와 아버지의 거리가 멀지 않게 느껴졌다. 장기 기증을 서약했으니 몸도 내 것이 아니었다. 육신은 필요한 사람들한테 남기고, 나는 검단산의 아버지 곁에서 쉬고 싶었다.

현대 직원들을 자식처럼 돌보시다

✦

어릴 적 아버지는 엄하고 무서웠다. 그래서 우리 형제들은 모두 아버지에게 드릴 말씀이 있으면 어머니를 통했다. 어머니는 우리가 한 말을 귀담아 들으셨다가 아버지께 에둘러 말씀드리곤 했다. 우리 형제들은 큰 나무 밑에서 햇빛을 피하듯 어머니에게 기대어 자랐다.

아버지는 1915년 강원도 통천군 송전면 아산리에서 나셨다. 통천은 화진포와 고성을 지나 해금강 쪽에 있는 바닷가 마을이다. 감나무가 많은 고향 마을 '아산'을 아버지는 평생 그리워하셨다. 6남 2녀의 맏이인 아버지는 소학교 때부터 고된 농사일을 하셨다. 죽도록 일해도 밥 한 그릇 배불리 먹을 수 없는 농사는 짓고 싶지 않다고 하셨다. 게다가 마을 어른들이 돌려 보고 난 뒤, 맨 꼴찌로 얻어 보던 〈동아일보〉가 아버지의 가슴에 불을 질렀다.

"어떻게든 서울 가서 이광수 소설에 나오는 허숭 변호사처럼 살고 싶었다. 농사짓다 말고 두 번 가출했지. 기껏 걸어서 서울까지 갔는데 할아버지가 잡으러 오셨다. 아무리 힘들어도 맏이는 고향과 형제를 지켜야 한다고. 그래도 열아홉 살 때 정말 맘먹고 집을 나왔다. 인천 부두에서 짐을 나르다가 보성전문 지을 때 막노동을 했지. 그러다 엿공장에서도 일했고 쌀가게로 갔다. 주인한테 자전거를 배워가지고 배달일을 했지. 그때 주인이 나를 아주 잘 봤어. 내가 배달도 잘하는 데다 장부도 잘 적고 창고도 말끔히 정리해놓았거든. 유식한 말로 하면 재무도 잘하고 자재 관리도 잘한 거지. 내가 거저 경영학 박사 된 게 아니다."

경영 일선에서 물러나신 후 아버지는 가끔 지난 이야기를 하셨다.

"그때 너희 어머니와 결혼했다. 내가 너희 할아버지한테 논 2000평을 사드렸거든. 그랬더니 내가 서울 가서 성공했다고 소문이 난 거라. 너희 어머니는 우리 집보다는 한결 살 만했거든. 언젠가 여성잡지하고 인터뷰한 걸 보니 '조금 속았다'고 하시더라."

어머니는 아버지와 같은 통천 사람이다. 열여섯 어린 나이에 스물한 살의 아버지와 결혼하셨다. 결혼식만 올린 뒤 아버지는 서울로 올라가 쌀가게를 인수하고, 석 달 뒤에 어머니를 불러 올리셨다.

아버지가 마련한 신혼집은 동숭동 뒤편의 낙산에 있었다. 담도 없고 부엌도 없는 무허가 판잣집 문간방이었다. 방문을 열고 나와 곧바로 길가에서 밥을 짓고 빨래하면 지나가던 사람들이 다 돌아보았다. 창피해서 우는 어린 신부를 위해 아버지는 새벽마다 물지게로 물 두 통을 길어놓고 나가셨다.

이후 형편이 피고 셋집을 면하자 아버지는 통천의 식구들을 서울로 불러들이셨다. 시동생들이 하나 둘 올라오고 곧이어 시부모님도 올라오셨다. 스무 살도 안 된 어머니는 스무 명이 넘는 대가족 살림을 하느라 허리 펼 틈이 없었다. 아버지가 자동차를 정비하는 아도서비스 공장을 차리자 어머니는 식구들 밥을 해놓고는 신설동 공장에 나가 직원들 밥을 지었다. 사업이 잘되어 직원이 60명으로 늘어나도 어머니는 직원들 밥을 다 해먹이셨다.

한국전쟁이 나자 아버지는 회사 직원들까지 모두 데리고 부산으로 피난을 가셨다. 범일동에 집을 사고 마당에 숙소를 지어 우리 가족과 직원들이 함께 살았다. 피난 중이지만 아버지는 사업을 쉬지 않으셨다. 현대건설도 그때 시작되었다. 중구 대교로에 현대건설 간판을 걸고 냄비와 풍로를 빌려다가 밥을 지어 드시며 사업을 일구셨다. 한국을 방문한 아이젠하워 대통령이 유엔군 묘지를 참배한다고 하자, 아버지가 한겨울에 청보리를 떠다가 묘지를 푸르게 단장한 일은 유명한 일화다.

나는 부산 범일동에서 태어나, 휴전 협정이 맺어지고 나서 두 달 뒤인 1953년 9월 서울로 올라왔다. 세 살 무렵이었다. 어머니는 범일동 시장에 진 외상값이 많아서 그 돈을 다 갚을 때까지 이사를 미루었다고 한다. 또 그해 초 중풍으로 고생하시던 할머니가 부산에서 돌아가셔서 이래저래 서울행이 늦어진 것 같다.

외상을 갚고 서울로 올라왔지만 집안 형편이 나아진 건 없었다. 삼촌들이 친구를 끌고 오는 날이면 어머니는 막걸리 한 주전자라도 꼭 받아주셨다. 술값이 없어 반지를 파신 적도 있었다. 그렇지만 한 번도 힘들다거나 돈이 없어 안 된다고 하신 적이 없다. 이렇듯 어머니는 아무리 곤란한 지경에 빠져도 얼굴에 티를 내시지 않았다.

여름이 되면 우리 가족은 고모, 사촌들과 어울려 강원도로 피서를 갔다. 밥솥과 그릇, 이불을 이고 지고 떠나는 모습은 피난 행렬에 가까

1953년 내가 세 살 때, 피난지 부산 범일동에서 서울로 돌아오기
직전 온 가족이 모여 찍은 사진. 피난 중에도 아버지는 부산 중구
대교로에 현대건설을 차리고 냄비와 풍로를 빌려다가 밥을 지어
드시며 사업을 일구셨다. 당시 한국을 방문한 아이젠하워 대통령
이 유엔군 묘지를 참배한다고 하자, 아버지가 한겨울에 청보리를
떠다가 묘지를 푸르게 단장한 일은 유명한 일화다. 앞줄 중앙 의
자에 앉아 계신 분이 할머니, 뒤로 어머니가 나를 안고 있고, 그 바
로 뒤가 아버지다.

웠다. 그래도 어린 나는 집 떠나는 일이 즐겁기만 했다.

통행금지가 풀리는 새벽 4시에 장충동 집을 나서 마장동 시외버스 터미널로 갔다. 당시 시외버스들 앞부분에는 포탄처럼 튀어나온 쇠로 된 장식이 달려 있었다.

그때 강원도로 가는 길은 모두 좁고 외진 길이었다. 강릉으로 갈 때는 대관령을 넘어가고, 돌아올 때는 진부령을 넘었다. 어느 길이든 버스가 곤두박질 칠 것처럼 경사가 급했다. 덜커덕거리며 버스가 천 길 낭떠러지를 달리면 가슴이 조마조마해 의자를 움켜잡았다.

강릉 시외버스 정류장에 내린 다음엔 트럭을 타고 경포대로 갔다. 그릇이나 솥, 쌀 등을 나눠 들고 민박집까지 걸어갔다. 국민학생이던 나도 짐을 덜려고 양손에 한 보따리씩 들고 낑낑대며 가족들을 따라갔다. 어느 해인가 고모가 그곳에서 생선을 잔뜩 사다가 민박집 마당에 멍석을 펴고 말렸다. 서울로 올 때는 고모가 솥이며 그릇그릇마다 왕소금이 묻은 생선을 가득 집어넣었다. 그때 생선 짐이 얼마나 무거웠던지 한참 용쓰고 나면 팔다리가 퉁퉁 부어 있었다.

국민학교 1학년 때이던가, 속초로 놀러간 적이 있었다. 민박집에 모기가 많아 잠을 잘 수 없었다. 나는 경희 누나와 몽헌 형을 졸라 밤바다로 수영하러 나갔다. 마침 노는 배가 있어 얻어 타고 신나게 놀다가 그만 배가 뒤집혔다. 허우적대며 겨우 백사장으로 헤엄쳐 나왔다. 그런데 돌아보니 형과 누나가 보이지 않았다. 나는 형과 누나의 이름을 번갈아 부르며 고래고래 소리를 질렀다. 형이랑 하나밖에 없는 누나가 죽을 수도 있다는 생각을 하니 심장이 목에서 뛰는 것 같았다.

우리 가족은 휴가를 갈 때면 늘 대형 몽고텐트를 갖고 갔다. 힘센 청년 대여섯 명이 설치해야 할 정도로 큰 것이었다. 바닷가 모래밭에 텐

국민학교 다니던 무렵의 어느 여름날에. 나는 아버지 무릎에 앉아 있고, 양옆은 몽헌 형과 어머니다. 손님들이 집에 와서 어머니에게 "사모님은 어디 계시냐"고 물을 정도로, 어머니는 수수한 옷차림을 고집하셨다. 어머니와 몽헌 형, 그리고 나만 단출하게 대천 해수욕장에 간 적도 있다. 바닷가 모래밭에 꽃게잡이 배들이 네댓 척 있었는데, 어머니는 이 배에서 직접 싱싱한 게를 사다가 찌개를 끓여주셨다.

트를 치면 어머니는 텐트 속 가장자리에 항아리를 묻고 휴가 동안 쓸 돈을 감추어두셨다. 아침마다 일어나서 어머니 옆에 앉아 돈이 얼마나 남아 있는지 세어보는 것도 재미있었다.

어머니와 몽헌 형, 그리고 나만 단출하게 대천 해수욕장에 간 적도 있다. 8월 중순이었는데, 해변이 썰렁했다. 바닷가 모래밭에는 고깃배들이 네댓 척 있었는데, 밤새도록 꽃게잡이에 나갔다가 아침에 들어온 배들이었다. 어머니는 이 배에서 직접 싱싱한 게를 사다가 찌개를 끓여주셨다.

어머니는 가을이면 메주를 쑤어 처마에 걸어 말렸다. 손수 만든 메주로 된장도 담고 직원들한테 나눠주기도 하셨다. 아버지 사업이 잘될수록 처마에 매달린 메주가 늘어났다. 나중에는 아예 경기도 미사리에 메주 공장을 짓고 된장을 만드셨다. 어머니에게 현대 직원은 자식이었다. 광화문에 8층 사옥이 생긴 뒤에도 어머니는 꼭대기 층에 있는 식당에 나가 직원들 밥을 챙기셨다. 현대의 초기 임원들은 어머니를 기꺼이 '어머님'이라고 불렀다.

어머니는 평생 화장을 하시지 않았다. 옷도 일하기 편한 통바지를 입었고, 좀 불편하다 싶은 손님이 오면 스웨터를 꺼내 하나 더 입으셨을 뿐이다. 매일 가는 시장인데도 가게 아주머니들은 어머니가 현대 사모님인 줄 몰랐다. 손님들이 집에 와서 어머니를 보고 "사모님은 어디 계시냐"고 물을 정도였으니……. 어머니는 그 흔한 패물도 지니시지 않았다. 6·25 전쟁 직후 아버지가 사준 재봉틀과 장독대의 장항아리가 어머니의 보물 전부였다.

사업이 궤도에 오르자 아버지가 청운동에 집을 지으셨다. 인왕산 자락이라 집 안에 꽤 큰 바위가 들어앉았다. 어머니는 아침저녁으로 바위에 촛불을 밝히고 기도를 하셨다. 아버지를 위해, 우리 형제들을 위해 어머니는 세상의 모든 신에게 빌고 빌었다. 아버지는 늘 새로운 사업을 벌이셨고, 자식들도 많고 챙겨야 하는 식구들도 많으니 바람 잘 날이 없었던 것이다. 쉽지 않은 병으로 병원에 장기 입원했던 형도 있었다. 낯빛은 언제나 평온한 듯 보였지만, 집안에 큰일이 많아 평생을 기도하는 마음으로 조바심치며 사신 어머니의 가슴속은 새까맸을 것이다.

우리 형제들이 어른이 되어 모두 집을 떠난 후에도 어머니는 청운동 집을 지키셨다. 손님이 오는 날이면 며느리를 대동하고 장을 보셨다. 하지만 세월에는 장사가 없다고, 가족들 건사하랴 직원들 챙기랴 노심초사해온 어머니는 서서히 쇠약해지고 계셨다.

어머니가 신경통으로 잠을 주무시지 못하는 날이 늘어갔다. 나는 어머니를 찾아가 자주 다리를 주물러드렸다. 그럴 때면 어머니는 지난 일들을 즐겨 말씀하시곤 했다.

"시집을 갔는데 내가 너무 어렸어. 열여섯 살이니 뭘 알겠냐? 첫날밤, 너희 아버지가 그리도 크고 무섭더라."

이런 말씀을 하실 때 어머니의 눈은 열여섯 살 소녀처럼 빛났다.

열여섯 살에 시집온 어머니는 아버지를 따라 서울로 오신 후 친정 식구들을 만나보지 못했다. 통천에서 함경북도 청진으로 외가 식구들은 이사했고, 그 후 분단이 되어 어머니는 친정 소식을 영영 듣지 못했다.

어머니는 평생 집안의 힘든 일을 도맡아 하셨다. 아버지가 사업을 크게 벌일수록 어머니의 일은 늘어갔고, 어머니는 기꺼이 뒷바라지에 정성을 다하셨다.

어머니가 살아오신 세월은 우리나라의 급격한 변화에 맞물려 있었다. 어머니는 당시 많은 여자들이 그랬듯이 학교 교육을 받지 못하고 시집오셨다. 그러나 넷째 숙모부터는 대학을 다니셨고 다섯째 숙모는 외국 유학까지 갔다 오는 등 시대가 놀라운 속도로 변해갔다. 신식 교육을 받은 숙모들이 들어오면서 우리 집의 분위기도 빠르게 달라졌다.

당시에는 최고 교육을 받은 숙모들이 들어오면서 학교 교육을 받지 못한 어머니가 느꼈을 외로움이나 상실감을 나는 알지 못했다. 별다른 취미도 없이 평생 식구와 친척들 뒷바라지만 하신 어머니는 얼마나 외로우셨을까. 가뜩이나 말씀이 없으셨던 어머니는 집안일을 도와주는 아주머니들과 많은 시간을 보내야 했는데, 어머니의 병은 외로움에서 온 게 아니었을까. 이렇게 나이를 먹어서야 어머니의 외로움을 생각해 본다.

결국 어머니는 병세가 악화돼 아산병원에 입원을 하셨다. 그 후 어머니는 병명도 모르는 통증에 시달리셨다. 미국 컬럼비아 대학의 한 유명한 교수가 어머니를 보더니 이 병은 원인을 모를 뿐 아니라 치유된 사례도 없다고 했다. 나는 그에게 원인을 모르는 병에 통계가 있을 리 없다고, 원인을 모르는데 치료된 사례가 없다는 건 논리상의 모순이라고, 심하게 따졌다. 편찮으신 어머니를 위해 아무것도 하지 못하는 불효자식의 절규였던 것 같다.

어머니는 병실 바깥의 일들을 차츰 잊어갔고, 어머니만의 세상에 갇혀 말씀도 잊어갔다. 한때 형들이 회사 운영을 두고 서로 다툴 때도 어머니는 아시지 못했다. 몽헌 형의 일도 모르셨다. 어머니는 아산병원에 오래 입원해 계시다가 끝내 집으로 돌아오지 못하고 돌아가셨다.

그리운 어머니

✤

어머니는 평소 기분이 어떤지 내색하시는 일이 거의 없었다. 그런데 내가 미국 유학을 떠날 때는 여러 날 눈물로 지새우셨다. 1977년 12월 출국하던 날, 나는 어머니한테 공항에 나오시지 말라고 신신당부했지만, 어머니는 끝내 공항에 나오셨다. 낡고 오래된 외투를 입으신 어머니는 내가 탑승 수속하는 것을 지켜보고 서 계셨다. 공항에서 어머니는 끝내 울음을 참지 못하셨다. 나도 그만 울컥, 눈물을 쏟고 말았다.

1978년 여름이었다. 뉴욕 컬럼비아 대학의 기숙사 아파트로 편지 한 통이 왔다. 도무지 짐작 가는 데가 없는 이름이었다. 뜯어보니 나를 낳아준 어머니라고 주장하는 분이 있다는 내용이었다. 편지 속에 그분의 주소가 적혀 있었다. 당시 나는 컬럼비아 대학에서 여름 계절학기를 듣고 있었고, 새 학기부터는 매사추세츠 공과대학(MIT)으로 옮길 계획이었다. 어차피 전학을 갈 터라 계절학기를 그만두고 귀국했다.

막상 서울에 와서도 선뜻 편지에 적힌 주소를 찾아가지 못했다. 정말 가봐야 하는지 도무지 마음을 정할 수 없었다. 하지만 결국 나는 궁

금한 마음을 억누르지는 못하고 편지에 적힌 곳을 찾아가게 됐다.

심호흡하고 초인종을 눌렀다. 누군가 나와서 문을 열어주었다. 내 어머니라고 주장하시는 분은 평범한 중년 여성이었다. 서로 바라보기만 했을 뿐 거의 대화를 나누지 못했다.

그렇게 말없이 앉았다가 차만 한 잔 마시고 나왔다. 집에 돌아와서도 마음이 복잡했다. 그분을 찾아간 것을 아버지께 말씀드려야 할지 고민이 됐다. 그날 아침도 아버지는 일찍 일어나 조간신문을 들고 마당에 나와 계셨다.

"아버지, 드릴 말씀이 있는데요."

아버지는 의아한 표정으로 내 기색을 살피셨다.

"사실은 엊그제 어떤 여자 분을 만났어요."

편지를 받고 아파트에 찾아간 이야기를 했다. 아버지는 고개를 끄덕이며 내 이야기를 다 들으시더니 단호하게 "그건 다 사실이 아니다"라고 말씀하셨다.

"이번이 처음이 아니에요. 전에도 비슷한 얘기를 들은 적이 있습니다."

"누가 무슨 말을 해도 그건 진실이 아니다. 그 문제는 내가 제일 잘 알지 않겠니? 내 말이 맞다."

그러고는 아버지는 애정과 걱정이 담긴 눈길로 나를 바라보셨다. 그 후에도 내 생모가 어디에 살고 있다는 소문은 끊이지 않았다.

2002년 대선에 출마했을 때 기자들이 이 문제를 물었다. 나도 모르게 눈물이 났다. 대통령 후보로서 내 비전과 구상을 묻기보다 개인사를 파고드는 질문을 받을 때 비애감을 느꼈지만, 무엇보다 아내를 볼 때, 그리고 아이들을 볼 때 마음이 아팠다. 더구나 그때는 아버지가 세상을 뜨신 지 한 해밖에 안 되었고, 어머니는 병원에서 희귀병으로 고통을 겪고 계실 때였다.

낳아준 어머니, 키워준 어머니를 둘러싼 세인들의 호기심은 이해할 수 있다. 하지만 내게 어머니는 중학교 입학시험 날 이마가 찢어져 집에 들어갔을 때 다독여주시던 분, 서울대에 합격했을 때 나를 안고 자랑스러워하셨던 분, 그리고 남에게 말하기 어려운 집안사의 여러 속내를 털어놓으셨던 그분, 한 분뿐이시다.

늘 사람들로 북적였던 장충동 집

✤

우리 집은 대가족이어서 식사 때가 되어도 따로 챙기는 법이 없었다. 어릴 때는 형제들끼리, 친구들끼리 남산을 따라 굽이굽이 이어지는 장충동 길을 잘도 뛰어다니며 놀았다. 그러다 밥 먹을 시간이 됐다 싶으면 총알같이 집으로 뛰어 들어갔다. 밥때를 놓치면 영락없이 굶어야 하는 걸 잘 아는 터라 우리 형제들은 시간이 되면 스스로 알아서 집으로 들어갔다.

방이 많은 장충동 집은 대식구인 데다 형이며 삼촌들을 찾아오는 친구들도 많아 늘 여관같이 북적였다. 몽필 형 친구 중에 백기완 씨가 있었다. 백기완 씨는 몽필 형과 농촌운동을 같이 다녔다고 말했다.

황해도가 고향인 백기완 씨는 아버지 손을 잡고 삼팔선을 넘어왔다. 집이 어찌나 어려웠던지 학교에서 아이들 도시락을 뺏어 먹으며 점심을 때우고 지낸 적도 있었다고 한다. 아버지한테 영어사전을 사달라고 하니 아버지가, 책방에 가서 보면 될 것 아니냐 해서 정말 책방을 돌아다니며 영어사전을 머릿속에 다 집어넣었다고 할 정도로 머리가 좋았다. 한번은 박정희 대통령이 불러 청와대에 가서는 그 당시 제일 비싼 조니 워커 블랙을 마시고는 돌아오는 차 안에서 다 토했다는 이야기도 들었다.

백기완 씨의 평생 소원은 축구선수였다. 집이 워낙 가난해서 축구화를 신어본 적도 없고 축구를 누구로부터 제대로 배운 적이 없이 공을 차고 놀았다. 그것을 본 어느 학교의 축구감독이 "너, 축구선수 하면 좋겠다"고 할 정도로 소질이 있다고 늘 자랑삼아 말했다. 스포츠라면 어떤 것이든 가리지 않고 좋아했던 나는 자연스럽게 그와 친해졌고 축구 경기를 보러 외국에 같이 간 적도 있다. 그런데 백기완 씨는 '대~한민국' 하며 박수를 치는 월드컵 응원도 싫어했다. "우리나라는 미국의 식민지인데 무슨 대~한민국이야?"라고 그는 말했다. 사람은 좋은데 생각하는 게 너무 달라 진심으로 사귀는 게 어렵겠구나 싶어서 그 뒤 자주 만나지 못했다. 그런데 몇 년 전 한나라당 최고위원으로 용산참사 현장을 갔을 때 검은 두루마리 차림으로 기자회견을 하고 있는 백기완 씨를 우연히 보게 되었다.

몽구 형은 나보다 열세 살이나 많다. 터울이 많이 져서 대하기가 늘 어려웠다. 막냇삼촌보다 겨우 두 살 아래였다. 나이 차가 많다 보니 몽구 형하고는 서로 노는 물이 달라 소소한 추억거리가 별로 없다.

몽구 형은 어렸을 때부터 체격이 우람하고 힘이 장사였다. 경복고등학교에 다닐 때 싸움 나면 사람을 들어서 던졌다는 소문이 날 정도였다. 설마 던지기야 했을까마는 소문이 그럴듯하게 들릴 정도로 힘이 좋았다. 우리 형제들은 아버지를 닮아 하나같이 힘이 장사다.

장충동 집에서 나는 몽헌 형과 방을 같이 썼다. 그래서인지 몽헌 형에 대한 기억이 많다. 몽헌 형은 성격이 내성적이어서 별명이 '샌님'이었

국민학생 시절, 장충동 집에서 바로 아래 동생 몽윤(왼쪽)과 함께.
어릴 때 우리 형제들은 남산을 따라 굽이굽이 이어지는 장충동 길
을 잘도 뛰어다니며 놀았다. 집 앞 골목을 나가 수정약국을 지나
면 목욕탕이 있었는데, 넷째 숙모를 따라 여탕으로 목욕을 다녔고
숙모한테 군것질거리를 사달라고 조르곤 했다.

다. 안경을 쓰고 늘 책을 들여다보았다. 그렇다고 약골은 아니었다. 의외로 체격이 단단하고 가벼워서 철봉의 대차돌기 같은 운동을 잘했다.

아버지는 몽헌 형이 상과대학에 들어가길 바라셨다. 그렇지만 학교 공부를 그다지 열심히 하지 않은 몽헌 형은 문과대를 지망했는데 연세대학교에 들어갈 때 문과대 1등을 했다.

몽헌 형이 입학시험을 치르기 전날 밤에 김신조 등 북한의 무장공비들이 청와대를 습격하려 했던 1·21 사태가 터졌다. 이 때문에 인왕산 아래 청운동에 있는 우리 집에서 큰 도로로 가는 길들이 모두 봉쇄되었다. 그때 몽헌 형은 험한 인왕산을 걸어서 넘어가 결국 시험을 놓치지 않고 볼 수 있었다. 몽헌 형은 이 일 덕분에 홍길동이란 새 별명을 얻기도 했다.

몽헌 형이 대학생 때인 어느 여름, 상처 난 몸을 거울에 비춰보며 뿌듯해하는 모습을 본 적이 있다. 깜짝 놀라서 무슨 일인가 물었더니, 만리포 해수욕장에 놀러갔다가 시비를 거는 깡패들과 싸움이 났는데, 그때 깡패들이 휘두른 자전거 체인에 맞은 자국이라고 했다. 몽헌 형은 이처럼 평소에는 내성적이고 조용하지만, 화가 나면 매우 공격적으로 변하곤 했다. 그때 얌전한 사람일수록 한번 화를 내면 크게 내기 때문에 조심해야 한다는 걸 알게 됐다.

삼촌이랑 형들은 나이 차가 많지 않아 같이 어울려 지냈는데, 바둑을 두다 걸핏하면 하나 물러달라, 안 된다, 하며 싸우기도 했다. 우리 집 앞 골목길은 형들이 친구들과 놀고 싸우는 소리로 늘 왁자지껄했다.

장충동 집은 좁은 복도 한쪽에 방들이 늘어선 일본식 가옥이었다. 복도 한가운데 마루를 열면 연탄을 넣는 아궁이가 있었다. 국민학교 1학년인 내가 뒷걸음질 치며 놀다가 그만 마루 밑 연탄 아궁이로 떨어져

등허리를 심하게 덴 적이 있었다. 그때 화상 치료약이 없어 잉크를 발랐다. 벌겋게 덴 자국에 잉크를 바른 내 모습을 보고 경희 누나가 웃었다. 그러자 몽구 형이 "넌 동생이 데었는데 웃고 있냐"며 경희 누나를 쥐어박았던 적도 있었다.

장충동 집은 넷째 숙모가 시집와서 신혼을 보낸 집이기도 하다. 부산여고를 졸업한 숙모는 이화여대 정외과를 다닌 신식 여성이었다. 숙모는 아침마다 일찍 일어나 마당가에 돌들을 얼기설기 쌓고 그 위에 밥솥을 얹은 뒤, 조그만 장작개비에 불을 붙여 아침밥을 지었다. 그 밥이 어찌나 맛있던지 나는 삼촌이 밥을 먹고 나가기를 기다렸다가 장작불로 지은 밥을 얻어먹곤 했다.

집 앞 골목을 나가 수정약국을 지나면 목욕탕이 있었다. 어렸을 때 넷째 숙모를 따라 여탕으로 목욕을 다니던 기억이 난다. 목욕을 마치고 나오면 숙모한테 군것질거리를 사달라고 조르곤 했다.

나는 노래를 잘하지 못한다. 아버지로부터 대물림된 것 같다. 아버지는 사우디아라비아 건설 현장에 다니실 때 노래를 잘해보려고 한 곡만 카세트테이프에 녹음해 계속 듣고 따라 부르다가 음치에서 벗어나셨다고 한다.

내가 대학에 다닐 때 첼로를 전공한 숙모의 소개로 클라리넷을 배운 적이 있다. 그즈음 KBS에서 방송 출연 제의를 받았다. 그럴 만한 실력이 아니라고 사양했지만 방송국에서는 겸양인 줄 알고 거듭 출연을 권해 하는 수 없이 방송에 나가 클라리넷을 연주했다. 그때 나의 빽빽거리는 클라리넷 소리 때문에 텔레비전 수상기가 고장 난 줄 알고 내다버린 사람이 꽤 있었을 거라는 농담을 들었다.

권투를 배우고 바람처럼 달렸던 계동 거리

❧

내가 어릴 적에는 중학교 입시가 있었다. 장충국민학교를 다닐 때 나는 제법 공부를 잘했다. 아버지는 내가 경기중학교에 들어가기를 은 근히 기대하셨다. 자식들 중에 하나쯤은 최고의 학교에 들어가기를 바라는 부모의 바람이었다.

그해에 중학교 입시제도가 바뀌었다. 전 과목 입시에서 몇 가지만 선택하는 것으로 전형이 달라진 것이다. 모든 과목을 고루 잘하는 아이들과 몇 개의 과목에서 두각을 보이는 아이들 간에 희비가 엇갈렸다. 전 과목을 시험 치는 편이 유리했던 나도 입시제도가 바뀐 것에 불만이었다.

시험을 치른 날, 친구들과 답을 맞추어보았다. 운이 좋았는지 거의 다 맞혔다. 합격은 따놓은 당상이라며 가족들이 한껏 치켜세워주었다.

다음 날은 체력장 시험이 있었다. 체육이라면 자신 있던 나는 아침 일찍 경기중학교에 가서 교문에 매달려 장난을 쳤다. 내가 매달리자 철문이 앞뒤로 흔들거렸는데, 학생들이 철문을 뒤로 당겼다가 앞으로 미는 바람에 문이 쾅 하고 닫히면서, 그만 나는 쇠창살에 이마를 찍히고 말았다.

끈적거리는 피가 얼굴로 흘러내렸다. 금방이라도 튀어나올 듯 이마가 부풀어 올랐다. 겁이 덜컥 났다. 깜짝 놀란 주위 사람들이 나를 병원에 데려다주어 이마를 꿰맬 수 있었다. 그래도 체력장 시험을 치러야 해서 이마에 붕대를 감고 다시 경기중학교로 갔다. 전날 시험을 잘 보아서 웬만하면 합격할 것이라는 생각에 달리기, 턱걸이를 대충대충 했다. 그런데 결과는 낙방이었다. 그때 얼마나 실망스럽던지……. 결국 후기 시험을 쳐서 중앙중학교에 들어갔다.

중앙중학교에 입학해서 1학년 때 반장을 했다. 중앙중학교는 규율이 엄했다. 무서운 선생님들도 많았다. 특히 1학년 때 담임선생님은 무척 엄하신 분이었다. 지금 생각해보면 국민학교를 갓 졸업한 신입생들에게 너무 엄하지 않았나 생각된다. 반에서 문제가 발생하면 반 전체가 남아서 혼났다. 특히 반장이던 나는 다른 친구들을 대표해서 매를 많이 맞았다.

한번은 급우 중 한 명이 만년필을 분실한 사건이 있었다. 당시 만년필은 갖기 어려운 귀중품이었다. 당연히 분실이 아니라 도난 사건이 되었다. 선생님은 반 전원을 늦게까지 남겨놓고 가져간 사람은 나오라고 종용했다. 아무도 나오지 않았다. 결국은 또 반장인 내가 책임을 지고 막대기로 종아리를 지독하게 많이 맞았다.

3년 후 고등학교 입시를 치러야 했다. 아버지는 또 내가 경기고등학교에 들어가기를 바라셨다. 공부 좀 한다는 친구들은 하나같이 경기, 서울, 경복 고등학교를 지원했다.

그러나 나는 중앙고등학교에 진학하기로 마음을 굳혔다. 한 번 떨어

국민학교 5학년 때 친구 김태종(오른쪽)과 함께. 사진관에서 찍은 것이어서 어린 시절 사진 중 가장 깨끗하게 남아 있다. 태종이와는 그때 무척 친했는데, 지금은 연락이 끊겨 어디서 어떻게 살고 있는지 궁금하다. 국민학교 시절 개구쟁이였던 나는 집 안에서 뒷걸음질 치며 놀다가 그만 마루 밑 연탄 아궁이로 떨어져 등허리를 심하게 데었다. 그때 화상 치료약이 없어 잉크를 발랐는데, 그런 내 모습을 보고 경희 누나가 웃자 몽구 형이 "넌 동생이 데었는데 웃고 있냐"며 누나를 쥐어박았다.

진 학교에 다시 가고 싶지 않다는 오기도 있었고 중앙중·고등학교에 대한 자부심도 컸다.

"왜 경기고등학교를 안 간다는 거냐?"

원서를 넣을 때가 되어 아버지가 물으셨다.

"중앙고등학교는 독립운동가가 세운 학교잖아요. 저는 애국 하는 학교에 갈 겁니다."

그랬더니 아버지가 피식 웃으셨다.

"짜식, 공부를 안 했으면 안 했다고 하지……."

아버지 말씀대로 나는 공부만 들이파는 성격은 아니었다. 아버지의 핀잔에 오기도 생겼다. 입시를 일주일 앞두고 〈동아일보〉에서 대관령 스키 강습을 모집했는데, 나는 입시 원서만 내놓고 배짱 좋게 대관령으로 갔다. 6일간의 일정이었지만, 눈이 오지 않아 이틀 만에 싱겁게 집으로 돌아왔다. 당시는 인공눈이나 리프트도 없던 시절이었다. 여전히 공부만 하고 있기가 지루할 때, 친구들이 재미있는 영화가 있다며 나를 부추겼다. 시험 치기 전날, 친구들과 서울시민회관에 가서 영화 〈007 골드핑거〉를 보았다. 그때 같이 영화를 본 고규섭은 나중에 영화사 '예필름'을 설립했다.

사실 공부를 잘하는 친구들이 많이 빠져버린 상황이어서 나는 중앙 고등학교에 무난히 합격했다. 전체 3등의 좋은 성적이었다. 그리고 그날부터 나의 파란만장한 계동 거리 잔혹사가 시작되었다.

고등학교에 입학했을 때 나는 키만 멀쑥하니 크고 비쩍 말랐었다. 남자라면 몸에 근육이 붙어야 한다는 생각에 집 안에 있던 콘크리트 역기로 매일 운동하면서 근육을 키워갔다. 그때는 권투가 최고 인기였다. 1966년에 김기수 선수가 이탈리아의 니노 벤베누티를 누르고 우

중앙중학교 3학년 때 본관 앞에서. 나름대로 멋있게 폼을 잡는다
고 모자를 벗었다. 중학교 1학년 때는 반장을 했는데 담임선생님
이 무척 엄하신 분이었다. 한번은 급우 중 한 명이 만년필을 분실
한 사건이 있었는데, 선생님은 반 전원을 늦게까지 남겨놓고 가져
간 사람은 나오라고 종용했다. 그런데 결국 아무도 나오지 않아
반장인 내가 책임지고 막대기로 종아리를 지독하게 많이 맞았다.

리나라 최초의 세계 챔피언이 되면서 너도나도 권투를 배우는 열풍이 불었다.

마침 학교에서 집으로 오는 길목에 권투도장이 하나 생겼다. 지금 경남대 극동문제연구소가 있는 자리에 박종규 당시 청와대 경호실장이 만든 도장이었다. 주수암이라는 친구가 같이 다니자고 해서 함께 권투도장에 등록을 했다. 주수암의 아버지는 헬싱키 올림픽에도 출전한 대표선수로, 당시 권투협회 부회장을 맡고 계셨다.

학교가 끝나면 도장에 들러 권투를 배웠다. 내가 키가 크고 힘이 좋아 보였는지 코치는 내게 소질이 있으니 권투를 계속해보라고 권했고, 이후 나는 더욱 신이 나서 열심히 했다. 운동을 마치고 집에 돌아오면 너무 지쳐서 저녁밥도 못 먹고 쓰러져 아침까지 잘 지경이었다. 서너 달 다니다 보니 상대편에서 날아오는 주먹이 보이기 시작했다. 처음에는 꿈쩍도 않던 샌드백이 스트레이트 펀치 한두 방에 앞뒤로 크게 흔들렸다. 드디어 권투의 맛에 빠지기 시작한 것이다.

고등학교 1학년 때인 1967년 6월에 국회의원 총선거가 있었다. 그런데 부정선거 여론이 들끓으면서 대학생들이 들고일어났다. 우리 고등학생은 뒤따라 시위에 나섰다. 선생님은 고등학생이 무슨 정치에 뛰어드냐며 시위에 나설 생각은 아예 하지도 말라고 하셨는데, 3학년 선배들이 우리를 시위로 끌고 갔다.

대동상고와 휘문고등학교 근처를 지날 때 갑자기 앞에 있던 친구들이 거꾸로 뛰기 시작했다. 나도 따라서 정신없이 뛰다가 하수구에 빠지기도 했다. 시위는 그렇게 끝났지만 부정선거를 규탄하는 데모가 전국으로 확대되었다. 정부는 학교를 휴교시켜버렸다.

고2 가을 무렵에 아버지가 외국 출장을 다녀오면서 선수들이 타는 것 같은 사이클 자전거를 사오셨다. 나는 통금이 해제되기를 기다려 새벽 4시에 자전거를 끌고 밖으로 나갔다. 청운동에서 마포경찰서 앞까지 잘 갔는데 비탈진 내리막길에서 잠시 고개를 숙였다가 드는 순간, 앞에 분뇨통을 지고 가는 사람이 보였다. 앞뒤 브레이크를 다 잡았지만 갑자기 서다 보니 자전거째 공중으로 뜨게 되었다. 결국 분뇨통을 진 사람과 부딪혔고, 내 몸과 자전거는 오물을 뒤집어쓰고 말았다. 두 사람 모두 잠시 정신을 잃고 땅바닥에 널브러져 있었다. 집에 와서 자전거를 물로 씻은 뒤 냄새를 없애기 위해 치약을 잔뜩 묻혀 닦고 또 닦았다. 군대에 가기 전까지 그 자전거를 탔는데 그때까지도 냄새가 남아 있었다.

당시 중앙고등학교에는 주먹클럽이 많았다. 전국대회에서 상위권 성적을 내는 축구부와 야구부를 빼고는 송구부, 유도부, 역도부와 같은 운동부가 주먹클럽의 온상이었다. 키가 큰 덕에 나도 주먹클럽의 스카우트 대상이 되었지만 가입하지는 않았다.

고3 무렵, 아카시아 꽃향기가 진동하던 초여름이었다. 유도부 주장이 학교 뒤편 삼청공원으로 나를 불러냈다. 공원에는 이미 유도부를 비롯한 주먹클럽 아이들이 잔뜩 와 있었다. 족히 100여 명은 되어 보였다.

유도부 주장은 '타이탄'이라는 주먹클럽에서 힘깨나 쓰던 친구였다.
"야, 니가 빵집을 유도부 옆으로 옮기라고 한 놈이냐?"

당시 학교 안에 작은 빵집이 있었는데 장소를 옮겨야 할 사정이 생겼다. 나는 선생님께 유도부 옆으로 옮기는 게 좋겠다고 말씀드렸는데, 그 말이 유도부 친구들의 기분을 건드린 모양이었다.

"니가 뭔데 옮기라 마라야?"

나는 할 말이 없었다. 빵집이 유도부 옆으로 옮겨가면 뭐가 안 된다는 건지 알 수가 없었다.

"덤벼!"

주장으로서 그는 유도부의 위신을 세워줘야 했다. 어쩔 수 없이 결투를 받아들였다.

나를 붙잡아서 메다꽂으려고 다가서는 유도부 주장을 향해 스트레이트 펀치를 몇 대 날렸더니, 유도부 주장은 땅바닥에 엎어졌고 내 푸른색 교복은 벌겋게 피로 물들어 있었다. 맞붙어 싸우는 데는 유도보다 권투가 훨씬 유리하다. 다음 날 학교에서 친구들이 나를 보더니 말했다.

"야, 그런데 큰일 났다. 주먹클럽 아이들이 가만있겠냐? 너, 잡기만 하면 가만 안 둔다더라. 그러기에 왜 그랬어? 그냥 몇 대 맞아줬으면 됐을 텐데……."

주먹들의 보복이 얼마나 집요한지 아는 터라 할 수 없이 일주일을 쉬다가 조심스레 학교에 갔다. 공부가 끝난 후 친구와 대동상고 앞을 지나는데 대여섯 명이 우리를 막아섰다. 지금은 대학총장이 된 친구의 얼굴이 허옇게 질렸다. 그들이 곧 시비를 걸어왔다.

"야, 잠깐 좀 보자."

그들이 바라는 것은 주장이 맞은 것에 대한 보복이었다. 분풀이를 하겠다는데 달리 방법이 없었다. 학교는 다녀야겠고, 계속 피해 다닐 수도 없는 노릇이었다.

나는 그들과 타협을 해야 했다. 그리고 방법은 그들의 분이 풀리게 맞아주는 것뿐이었다. 그날의 기억은 정치를 하는 지금도 자주 떠오른다. 패거리를 만들고 자기 패에 속하지 않은 개인을 괴롭히는 것은 유

중앙고등학교 졸업식 때 어머니와 함께. 어머니는 단아하게 서 계신데, 나는 손을 주머니에 넣고 고개를 조금 삐딱하게 한 채 사진을 찍었다. 예전에는 그나마 낭만이 남아 있었다. 고교 2학년 때는 3학년인 운동부 선배들과 단성사와 피카디리 극장이 있던 종로 3가 골목의 막걸리집을 드나들었다. 고3 때는 빡빡 깎은 머리에 모자를 쓰고 혜화동의 막걸리홀이라는 술집에도 가보았다. 생음악이 나오고 국산 위스키도 팔던 집이라 우리 눈에는 별천지처럼 보였다. 운동하고 싸우고 데모하고 공부하고…… 파란만장한 계동 거리의 학창 시절도 이날로 졸업이었다.

치하고 용렬한 일이다.

예전엔 그나마 낭만이 남아 있었다. 고교 2학년 때는 3학년인 운동부 선배들과 단성사와 피카디리 극장이 있던 종로 3가 골목의 막걸리집을 드나들었다. 고3 때는 빡빡 깎은 머리에 모자를 쓰고 혜화동의 막걸리홀이라는 술집에도 가보았다. 생음악이 나오고 국산 위스키도 팔던 집이라 우리 눈에는 별천지처럼 보였다.

대학 3학년 가을 무렵, 대단치도 않은 일 때문에 보안부대 군인들에게 밤새도록 두드려 맞은 일이 있었다. 아직 프로야구가 없던 때라 고교 야구가 대단한 인기였다. 중앙고도 야구 명문이었다. 그해도 전국대회의 결승까지 올랐다가 아깝게 패하는 바람에 우승컵을 놓쳤다. 별다른 놀이가 없던 시절이라 누구나 만나기만 하면 야구 이야기를 하며 흥분했다.

주말에 친구들을 만났다. 마침 옆 자리에 앉은 군인 서너 명이 술을 마시며 야구 이야기를 하고 있었다. 그중 한 명이 "중앙고 녀석들, 바보같이 하니까 졌지" 하는 소리가 들렸다. 마치 내가 모욕당하는 기분이었다.

왜 남의 학교 욕을 하느냐, 하고 따져 물은 것에 시비가 붙었다. 술을 마시던 군인들이 화가 나서 덤벼들었고, 순식간에 치고받는 아수라장이 되었다. 그런데 싸움도 하던 놈이 하는 모양이다. 조금 지나자 옆에 있던 친구들은 슬그머니 사라져버렸고, 나 혼자 서너 명을 상대하고 있었다. 그중 한 녕이 나에게 꽤 당했다. 그러자 군인들이, "여기서 이러지 말고 남자답게 밖에 나가서 한판 붙는 게 어때?"라고 제안했다.

술도 한잔 걸친 터라 겁도 없이 따라나섰다. 영화에서처럼 한강 백

사장에 나가 한판 싸우려나 생각했다. 그런데 느닷없이 나를 차에 태웠다. 차가 닿은 곳은 군인들이 총을 들고 서 있는 국방부였다. 그들은 국방부 본관 왼쪽에 있는 작은 건물로 나를 끌고 들어갔다. 국방부 보안부대였다. 나와 싸움을 벌인 군인들이 보안부대 소속이었던 것이다. 그들은 나를 방으로 데려갔다. 콘크리트 바닥에는 철제 책상만 덜렁 놓여 있었다.

"엎드려!"

육두문자가 날아왔다. 나는 맥없이 엎드렸다. 그들이 군홧발로 바닥을 탁탁 치면서 겁을 주더니 몽둥이로 사정없이 두들겨 팼다. 밤새도록 얻어맞고 이튿날 풀려났다. 풀려나자마자 신촌의 정형외과로 갔다. 옷을 벗어보니 온몸에 피멍이 들어 눈 뜨고 못 볼 지경이었다. 의사도 겁이 나는 모양인지 세브란스로 가서 치료를 받으라고 했다. 엑스레이를 여러 장 찍었는데 다행히 뼈가 부러진 곳은 없었다. 때리는 데도 기술이 있는 모양이었다.

그 당시 오른쪽 무릎을 심하게 다쳤다. 그때부터 운동만 하면 오른쪽 무릎이 붓는다. 절룩거리며 병원에 가면 무릎에서 회색의 금속 빛깔 나는 액체를 뽑는다. 모교를 욕한다고 맞서 싸운 대가치고는 너무 가혹했다.

1988년 13대 국회에 무소속 초선의원으로 들어가자 국방위원회에 소속됐다. 유신 시절 민주화 투쟁을 했던 평화민주당의 조윤형 의원을 비롯해 평민당의 정대철 의원과 권노갑 의원, 통일민주당의 최형우 의원, 민정당의 유학성 의원, 이한동 의원, 정석모 의원 등 기라성 같은 인물들이 포진한 곳이었다. 조윤형 의원은 상임위회의나 국정감사 때마다 군인들에게 "당신들이 나를 서빙고에서 고문하지 않았느냐"고

억박지르곤 했다. 하루는 회의가 끝난 뒤 내가 "이제 그만 좀 하시라"
면서 "조 선배는 지점에서 고문당했지만 나는 국방부 본사에서 고문당
한 사람입니다"라고 농담을 건넸다.

거울 속에 비친 내 못생긴 얼굴

✤

   우리나라 입시제도는 걸핏하면 바뀐다. 내가 대학에 들어가던 해에 예비고사가 처음 실시되었다. 게다가 고등학교 3학년 여름에 갑자기 서울대학교는 본고사에서 선택과목을 없애고 전 과목 시험을 보겠다고 했다. 암기과목이 중요해진 것이다.

   나는 친구 두 명과 청운동 집에서 매일 밤늦게까지 공부를 했다. 우리나라 입시는 잘 맞히는 것보다 안 틀리는 게 중요하다. 남들이 맞히는 문제는 절대로 틀리면 안 된다. 책을 통째로 달달 외웠다. 잠이 쏟아지면 친구들하고 외운 것을 입으로 맞춰보았다. 하도 외워대서 나중에는 머리로 생각하기도 전에 입에서 먼저 흘러나왔다.

   친구들과 어울려 공부하다 보니 어른들 몰래 맥주 한 병씩 먹는 버릇이 생겨났다. 공부가 끝난 후 우리끼리 모여 은밀하게 먹는 맥주맛은 지금 다시 생각해도 일품이었다. 몇 주가 지나자 내 책상 밑에는 맥주병들이 교묘하게 가려진 채 진열되어 있었다. 돌이켜보면 어이없는 치기였지만 그때 우리는 '공부만 하는 꽁생원은 아니다'라고 말하고 싶었던 것은 아니었는지 모르겠다.

서울대 입시에서는 독일어 시험 덕을 톡톡히 보았다. 고등학교 2학년 겨울방학 때 친구 몇 명과 이인호 독일어 선생님한테 두 달 정도 과외 지도를 받았는데, 선생님 덕분에 그 어렵던 독일어가 머리에 쏙쏙 들어왔다. 선생님의 가르침을 따라 독일어를 공부하다 보니 고3 때는 독일어 공부를 특별히 더 하지 않아도 성적이 좋았다. 그리고 서울대 독일어 시험에서는 거의 만점을 받았다. 대학에 들어가서도 독일어가 재미있어서 1년간 독일문화원에 다니면서 공부를 더 했다. 선생님이 좋으면 공부가 좋아진다는 것은 비단 여학생들만의 경우는 아닌 듯하다.

파란만장한 계동 골목을 뒤로하고 서울대 경제학과에 들어갔다. 고등학교 입시가 있던 때라 중앙고등학교 졸업생이면 그다지 어렵지 않게 명문대에 진학할 수 있던 때였다.

대학에 들어가서도 나는 여전히 치기어린 청춘이었다. 1학년 2학기 기말고사를 볼 때였다. 나는 교양과목인 문화사 시험에서 친구들과 짜고 커닝을 하기로 했다. 꼭 시험을 잘 보겠다고 한 짓은 아니었다. 거칠게 보이는 게 멋있어 보이는 치기였달까, 아무튼 대수롭잖게 커닝을 했다. 그런데 감독 선생님한테 딱 걸려버렸다.

순간 눈앞이 아찔했다. 잘못했으니 용서해달라고 빌어야 하는데 그것조차 하지 못했다. 선생님은 한마디 말도 없이 용서조차 구하지 않는 내 태도에 더욱 화가 나셨다. 결국 감독 선생님은 학과에 보고를 했고, 나는 학기말 시험 전체를 취소당했다. 유급이었다. 후에 아버지께 혼난 것은 이루 다 말할 수 없다.

후배들과 섞여 다시 1학년을 다녔다. 멋쩍기는 했지만 나름대로 유익한 시간들이었다. 책을 읽는 시간이 많아지면서 생각도 많아졌다.

서울대학교 경제학과 졸업식 때 친구 오연천과 함께. 미국 컬럼비
아 대학으로 유학 갔을 때, 1년 전부터 정부 유학생 자격으로 뉴욕
대학에서 공부하고 있던 오연천에게 유학생활에 대한 조언을 많이
받았다. 오연천은 현재 서울대학교 총장이다.

3학년이 되어서 나는 ROTC에 들어갔다. ROTC 출신들은 사회에서 일도 잘하고 리더십도 있다고 칭찬을 듣고 있었다. 학교를 다니며 군사훈련을 받기가 쉽지는 않았다. 남들은 멋있게 머리를 기르는데 고등학생마냥 머리를 깎으니 폼도 나지 않았다. 훈련을 받다 지치면 우리들은 '우리 전공은 군사학'이라고 자조하곤 했다.

대학 3학년 여름방학 때 첫 번째 ROTC 야영훈련을 받게 되었다. 야영훈련을 떠나기 전, 육군 준장이던 학군단장이 서울 상대 ROTC 동기 스무 명 앞에서 훈화를 했다.

"여름 야영훈련 때문에 ROTC에 잘못 들어왔다고 생각할지 모르지만 ROTC 프로그램은 너희에게 베풀어지는 특혜다. 특혜받는 것을 감사히 여기고 용감하게 떠나라."

학교에서 받는 군사훈련에다 야영훈련까지 가는 마당에 특혜라니. 마음속에는 불만이 한가득이었지만 대답만은 "예!"라며 우렁차게 외치고 야영훈련을 받으러 떠났다.

충북 증평에서 서울대와 충북대, 청주대 학생들이 함께 훈련을 받았다. 훈련이 어찌나 힘들던지 저녁만 먹으면 곯아떨어지고 싶은 마음뿐이었다. 그런데 거기도 엄연한 사회였다. 훈련이 끝나고 밤이 되면 고된 사회생활이 기다리고 있었다.

"서울 놈들, 이리 나와!"

텃세였다. 밤만 되면 충북 지역의 학생들이 서울 학생들을 불러냈다.

"엎드려뻗쳐!"

친구들 몇몇이 충북 학생들에게 몽둥이찜질을 당했다. 하도 당하다 보니 우리도 열이 나서 덩치가 있는 친구들을 모아 맞서보기도 했다.

40명 정도가 들어가는 내무반은 찜통이 따로 없었다. 야영훈련을 간

서울대 상대 3학년 여름 충북 증평에서의 ROTC 야영훈련 중에.
뙤약볕 아래 훈련받다 잠시 쉬는 시간인데, 단추를 풀고 있는 것이
조금 불량스러워 보이지만 사실은 너무 더웠기 때문이다. 흙먼지를
뒤집어쓴 우리는 침상에서도 등을 벽에 기대지 못한 채 땀을 흘리
며 똑바로 앉아 있어야 했다. 그때 맞은편에 앉은 동료들을 바라보
며 '짜식, 되게 못생겼네' 하고 속으로 웃었는데, 나중에 거울을 보
니 못생긴 동료들의 얼굴이 바로 내 모습이었다.

다고 짧게 깎은 머리에 흙먼지를 뒤집어쓴 우리들은 침상에서도 등을 벽에 기대지 못한 채 땀을 흘리며 똑바로 앉아 있어야 했다. 그때 맞은 편에 앉은 동료들을 바라보며, '짜식, 되게 못생겼네' 하며 속으로 웃었 다. 그런데 내무반에 들어간 지 일주일 만에 작은 거울이 내무반 입구 의 벽에 걸려 내 얼굴을 볼 수 있었다. 내가 속으로 웃었던 못생긴 동 료들의 얼굴이 바로 나의 모습이었다. 낮에는 훈련에 바빴고 밤에는 텃세에 시달리며 야영훈련을 마쳤다.

나는 ROTC 13기생으로 졸업한 후 소위로 임관되어 2년 4개월간 복 무하고 예비역 중위로 만기 제대했다. 우리 집 큰아이 기선이도 30년 후에 ROTC 43기로 임관해서 군 복무를 마쳤다.

길 다니기가 무서웠던 할렘가 아파트

✦

1977년 12월초, 미국 유학길에 올랐다. 난생 처음 가는 미국이었다. 어머니의 눈물 배웅을 받으며 뉴욕행 대한항공 비행기를 탔다. 두 개의 이민 가방엔 책을 가득 실었다. 일반석이라 중량이 초과되는 바람에 요금을 추가로 물었다.

당시는 외국에 나가기가 힘든 때였다. 지금이야 누구나 여권이 있지만 그때는 여권이란 것을 구경하기도 쉽지 않았다. 유학생은 정부가 주관하는 유학시험에 합격해야 여권이 발급되었다. 그러나 시험이 녹록지 않아 친인척이 경영하는 회사의 주재원으로 여권을 내는 등 여러 편법이 성행하곤 했다. 나는 그런 편법을 쓰기가 싫었다. 내 실력으로 떳떳하게 유학 갈 결심을 했다.

정부 주관 유학시험은 영어, 사회, 국사, 세 과목이었다. 뒤늦게 국사 공부를 하려니 외우는 게 많아 힘들었다. 나는 경영대학원에 갈 생각이었으므로 유학시험 외에 GMAT도 치러야 했다. 전 세계 학생들을 대상으로 하는 GMAT는 예술, 과학, 종교, 사회, 경제 등에 대한 예문을 제시하고 빠른 시간 내에 풀도록 하는 3시간 반짜리 시험인데, 영어권 학생들에게도 어려운 것으로 정평이 나 있었다.

뉴욕 케네디 공항에 도착했을 때 진눈깨비가 내리고 있었다. 이승훈이라는 고교 동창이 마중을 나와주었다. 친구의 고물차를 타고 공항에서 빠져나가다가 일방통행 길로 잘못 접어들었다. 곧바로 경찰이 쫓아왔다. 친구는 유효 기간이 지나서 너덜너덜해진 국제 면허증을 보여주며 서툰 영어로 통사정을 했다. 그 모습을 보면서 미국 생활이 영 만만치 않겠다는 생각을 했다.

미국에 도착한 후 처음에는 맨해튼 시내에 있는 지인의 아파트에 가서 며칠을 지냈다. 지금은 서울대 총장으로 있는 친구 오연천이 그때 두꺼운 오버코트를 입고 아파트로 찾아와 뉴욕의 유학생활에 대해 조언을 해주었다. 서울대 교양과정 학생회장이던 그는 행정고시에 합격해서 정부 유학생 자격으로 1년 전부터 뉴욕 대학에서 박사과정을 밟고 있었다. 그는 뉴욕대 학생회관에서 먹고 자고 있는데 한 달에 200달러밖에 안 든다고 은근히 자랑했다. 두꺼운 외투는 이불로 쓰고, 세면과 양치는 학생회관 화장실에서 해결한다고 했다. 그는 나중에 귀국해서 정부 보조금을 반납한 뒤, 다시 유학 가서 박사학위를 받았다.

나는 뉴욕 컬럼비아 대학에 들어가서 경영학 석사과정을 시작했다. 컬럼비아 대학은 맨해튼의 할렘가에 위치해 치안이 별로 좋지 못했다. 지금은 환경이 많이 나아졌지만, 그때는 저녁 늦은 시간에 길에서 사람을 만나는 게 두려울 정도였다. 대학원생에게 제공하는 아파트가 그 한복판에 있었는데 그나마도 방이 부족했다. 방을 구하지 못해 애태우다가, 정치학 박사과정에 있던 주진우(현 사조그룹 회장) 선배가 부친의 건강 때문에 급히 귀국하게 되어 내가 그 방으로 들어갔다. 미국인 아

미국 MIT 경영대학원 졸업식 때 아내와 함께. MIT에 입학하기 전
형수의 소개로 만난 그녀가 졸업식 때는 아내가 되어 있었다.
MIT 이전에 컬럼비아 대학에 다닐 때는 기숙사 세탁실에서 줄리
어드 음대생들과 단체 미팅을 한 적도 있었는데, 세탁기를 한쪽으
로 밀어놓고 맥주, 햄버거, 감자튀김으로 상을 차렸다. 그것만으
로 20명의 젊은이들은 초저녁부터 새벽까지 시간 가는 줄 모르게
즐거운 한때를 보냈다.

주머니의 눈치를 살피며 지내다가, 마침 보스턴 매사추세츠 공과대학 (MIT)에서 입학 허가가 나서 학교를 옮겼다.

컬럼비아 대학에 다닐 때 정운찬 총리를 만났다. 프린스턴 대학에서 박사학위를 막 받고 나서 그곳에 와 학생들을 가르치고 있었다. 서울대 경제학과 선배이기도 한 정 교수 집에 찾아가 국수를 얻어먹기도 여러 번 했다. 김현종 전 유엔 대사는 그 당시 학부에 다니고 있었다. 이필상 전 고려대 총장, 박준영 이화여대 명예교수, 이성휘 전 서울대 경제학과 교수, 한창길 부산대 물리학과 교수, 박진원 법무법인 세종 변호사, 최창근 고려아연 회장, 장철 원현주택 사장, 김석한 에이킨 검프(Akin Gump) 시니어 파트너 변호사 등도 MIT에서 만나 소중한 인연을 맺게 되었다.

유학생활이란 게 남들 보기에는 화려할지 몰라도 실상은 외롭고 힘들기 짝이 없다. 1978년 봄학기를 끝냈을 때였다. 컬럼비아에 같이 다니던 친구가 줄리어드 음대의 한국 여학생과 결혼하게 되었다. 동료들 사이에서 난리가 났다. "너만 잘 나가기냐"며 다그치자 그 친구가 그룹 미팅을 주선했다.

그런데 문제가 생겼다. 컬럼비아 대학원생 10명과 줄리어드 음대에 유학하던 대학원생들이 한꺼번에 모일 장소가 없었다. 궁리 끝에 맨해튼 브로드웨이 거리에 있던 컬럼비아 대학 기숙사의 세탁실에서 모이기로 했다. 세탁기를 한쪽으로 몰아놓고 맥주, 맥도널드 햄버거, 그리고 감자튀김을 사다 상을 차렸다. 그것만으로도 20명의 젊은이들은 초저녁부터 새벽까지 시간 가는 줄 모르게 즐거운 한때를 보냈다. 청춘이란, 그 이름만으로도 가슴 설레고 심장이 고동치는 것이다. 젊은 남녀끼리의 만남에서 더 이상 무엇이 필요할까.

8년 만에 가까스로 박사학위를 받다

✦

MIT에서 MBA 공부를 마친 후에 현대중공업 사장으로 일하던 나는 1985년 12대 국회의원 선거에 출마하려다 전두환 전 대통령의 제지로 포기한 뒤, 본의 아니게 두 번째 유학을 떠나게 되었다. 당시 서울대 교수였던 이홍구 전 총리가 전공을 바꿔보라고 권유하셨다. 기왕에 정치에 뜻을 두었으니 이참에 국제 정치학을 공부해보라는 말씀이었다. 귀가 솔깃했다. 정치학은 세상을 바라보는, 폭넓고 균형 잡힌 시각을 배울 수 있는 학문이다. 대학에서 경제학을 공부했고 경영학 석사과정을 마쳤으니, 그걸 바탕으로 국제 관계를 연구해보면 한국이 앞으로 나아갈 방향을 가늠해볼 수 있을 듯했다.

나는 워싱턴의 존스 홉킨스 대학 국제관계대학원(SAIS, School of Advanced International Studies)에 지원했다. SAIS는 제2차 세계대전 중 미국의 지도자들이 외교 안보의 중요성을 깨닫고 미래의 지도자들을 양성하기 위해 설립한 곳이다. 원래는 독립된 대학원이었으나 1950년 볼티모어에 있는 존스 홉킨스 대학과 합병되었다.

입학한 첫해부터 여름 계절학기 과목을 3년 연달아 수강했다. 전공을 바꾼 나로서는 남들보다 국제 정치학 과목을 더 많이 들어야 했다. 대부분의 사람들은 워싱턴의 여름이 덥고 습기가 많다며 싫어했지만, 나는 나무가 많고 교통 체증이 없어서 오히려 더 즐거운 마음으로 지냈다. 경제학하고는 많이 다른 국제 정치에 대해 하나씩 하나씩 알아가는 재미도 쏠쏠했다. 여름 계절학기 외에 일반학기 과목도 2년간 4학기를 꼬박 들었다.

박사과정은 오로지 공부로 일관해도 시간이 모자란다. 그 당시 얼마나 열심히 책을 읽었던지 지금도 어느 책 어느 장에 무슨 글이 있는지 기억이 날 정도이다. 그중에서 특히 인상 깊었던 책은 국제 정치학의 대가인 케네스 월츠(Kenneth N. Waltz)가 쓴 《국제 정치 이론(Theory of International Politics)》과 《사람, 국가 그리고 전쟁(Man, the State, and War)》이다. 나는 이 두 권의 책을 갖고 여름학기 과제로 서평을 썼다.

《미국은 왜 중국을 잃었나(America's Failure in China, 1941~50)》라는 책은 중국 공산화 과정과 그 후 미국에 불어닥친 매카시즘(McCarthyism) 광풍에 대해 치밀하게 파헤친 명저(名著)인데, 삼국지보다도 흥미진진해서 밤잠을 잊고 읽었다. 일본 정치와 경제에 대한 공부도 많이 했다. 당시 한국과 일본은 유사한 패턴을 그리면서 20~30년의 격차를 두고 한국이 일본을 따라가는 형국이었다.

박사학위 논문을 쓰려면 반드시 종합 시험을 통과해야 했다. 나는 국제 경제, 미국 외교 정책, 일본학을 선택했다. 첫 번째 시험은 국제 경제였는데 국제 통상, 국제 금융, 개발경제학을 종합하여 치렀다. 미국 외교 정책에 대해서는 1, 2차 세계대전의 역사와 중국의 공산화 과정, 미소 간의 핵 전략 등을 공부했다. 국제 경제, 미국 외교 정책은 각

각 하루씩 시험을 보았다. 일본학은 일본의 정치, 경제, 역사가 총망라된 과목인데, 일본어 시험도 보아야 했다. 일본학은 사흘에 걸쳐 시험을 쳤다. 종합 시험을 보는 동안에는 정말 고3 때보다 더 치열한 나날을 보냈다.

내가 힘들어할 때면 서울대 정치외교학과 교수이며 외교통상부 장관을 역임한 윤영관 교수가 많은 도움을 주었다. 윤 교수는 나보다 1년 먼저 박사과정을 시작했을 뿐 아니라 학부와 대학원에서도 외교학을 전공한 터라 큰 힘이 되었다. 존슨 홉킨스 시절에 가까이 지낸 또 다른 친구는 마이클 그린(Michael Green) 박사이다. 그린 박사는 나와 같은 일본학 전공자로서 서로 도움을 주고받았다. 그린 박사는 부시(아들) 대통령 시절 백악관 국가안보회의(National Security Council) 아시아 담당 국장을 역임했고, 현재는 워싱턴 국제전략연구소(CSIS) 일본 석좌(Japan Chair)와 조지타운 대학 정치학 교수를 겸임하고 있다. 함께 공부하던 학생 중에 김형국 전 숙명여대 교수가 있었는데 안타깝게도 50대 초반의 나이에 세상을 떴다.

내가 박사학위를 받을 무렵, 폴 월포위츠(Paul Wolfowitz) 박사가 SAIS 학장으로 부임했다. 월포위츠 박사는 1991년 걸프전 당시 국방부 차관을 역임했고, 2001년부터 부시(아들) 행정부에서 국방부 부장관으로 근무하다, 나중에 세계은행(World Bank) 총재를 맡기도 했다. 2002년 월드컵 당시 미국이 한반도 주변에 항공모함을 배치하는 등 지원을 해주었는데, 이때 월포위츠 국방부 부장관의 도움을 많이 받았다. 월포위츠 박사는 현재 내가 설립한 아산정책연구원의 자문위원이다.

종합 시험을 통과한 뒤에는 '일본의 정부와 기업 관계(The Relation

between Government and Business in Japan)'를 논문의 주제로 잡았다. 논문 준비를 위해, 나중에 외무부 장관을 지낸 한승주 교수를 통해 도쿄대 사토 세이자부로 교수를 소개받았다. 사토 교수는 도쿄대에 있는 자신의 사무실을 사용하게 해주었다. 일본국제교류센터(Japan Center for International Exchange)의 야마모토 다다시 소장도 사무실을 마련해주었다. 나는 일본으로 짐을 부치고 잠시 귀국했다.

그러나 1988년으로 접어들면서 논문 준비는 중단되고 말았다. 그해 4월 나는 울산에서 선거를 치르고 국회의원으로 정치계에 첫발을 내디뎠다. 지역구 관리와 바쁜 의정 활동을 소화하면서 논문을 준비한다는 것은 사실상 불가능했다.

얼마 후 아버지가 학위는 어떻게 됐냐고 물으셨다. 아무래도 어려울 것 같다고 말씀드렸다가 크게 꾸중을 들었다. 뜻을 세웠으면 끝까지 해보아야지, 중간에 그만두면 되겠느냐고 호통을 치셨다. 아버지 말씀에 용기를 얻고 다시 시작했지만 시간을 내기가 너무 힘들었다. 논문은 5년이나 걸려서 가까스로 마칠 수 있었다. 박사학위 공부를 시작한지 8년 만인 1993년 정치학 박사학위를 받았다.

새벽기도를 나가는 아내의 뒷모습

✢

"도련님, 제 친구 동생 한번 만나보시겠어요?"

넷째 형수님이었다. 나는 좀 민망해서 대답도 못 하고 웃기만 했다.

"키가 아주 크고 영어를 잘해요."

"재미 교포예요? 미국 여자인가요?"

"도련님도 참 싱거우시긴……."

1978년 여름, 그렇게 해서 싱거운 남자와 키 큰 여자가 서울의 호텔 커피숍에서 만나게 되었다. 나는 약속 시간보다 일찍 나가 앉아 있었다. 조금 기다리고 있으니 웬 키 큰 여자들이 우르르 들어와서는 자기들끼리 뭐라 뭐라 하고 나서 한 여자만 남기고 나갔다. 남은 한 여자가 내 앞으로 와 섰다. 나중에 알고 보니 아내의 친정 식구들은 모두 키가 컸다. 장모님은 경남여고 농구부의 센터를 맡았을 정도로 키가 크신 분이다.

아내의 첫인상은 동글동글하고 부드러웠다. 얼굴이 길고 눈이 작은 나는 그 모습이 좋았다. 아내의 큰 눈은 가만히 있어도 웃고 있는 것처럼 보였다.

아내는 보스턴에 있는 웰슬리 대학(Wellesley College) 졸업반이었다. 9월부터는 나도 보스턴의 MIT로 옮겨갈 참이었다.

아내는 김동조 전 외무장관의 막내딸이다. 장모는 일본 고베 대학교 약대를 졸업해 부산 초량에서 약국을 경영하시기도 했다. 아내는 혜화 국민학교 3학년 때 주일 대사로 부임한 아버지를 따라 일본에서 3년간 살았다. 그 후에는 주미 대사로 발령받은 아버지를 따라 미국으로 가서 중·고등학교와 대학을 다녔다.

아내는 딸이 넷이나 되는 딸부잣집의 막내딸이다. 우애가 돈독한 자매들끼리 서로 잘 챙기면서 정을 주고 다정하게 이야기도 많이 하며 자유롭게 자랐다. 무뚝뚝한 남자들이 많은 데다 위계질서가 분명한 우리 집안 분위기에 아내는 적응하기 힘들었을 것이다.

우리는 4남매를 두었다. 맏아들은 1982년 울산에서 회사일을 할 때 태어났다. 결혼 후 3년 만에 얻은 아이였다. 요즘은 신혼부부들이 일부러 아이를 늦게 낳기도 하지만 그때는 아이가 늦어 걱정이 많았다. 어머니는 울산으로 아내에게 한약을 지어 보내주며 손주 보기를 기다리셨다. 아들이 태어난 바로 이듬해에 맏딸을 얻었다. 아내는 낯선 울산에서 연년생인 두 아이를 키웠다.

셋째는 두 번째 유학 중 워싱턴에서 태어났다. 아내는 셋째를 임신할 무렵 아메리칸 대학 대학원에 입학, 회화(繪畵) 공부를 시작했는데 아이를 낳은 뒤 힘들게 마치고 나보다 석 달 늦게 귀국했다. 결혼 직후에도 석사과정을 밟다가 내가 공부를 마치고 귀국하는 바람에 중단했는데, 셋째가 태어난 뒤 또다시 중단할 수는 없어 조금 무리를 했다. 아내는 학부에서 사진과 국제 정치학을 공부한 뒤 대학원 때 전공을

명절 때 모처럼 찍은 가족사진. 맨 오른쪽이 큰아들 기선이고, 장녀인 둘째 남이는 아내 뒤에, 차녀인 셋째 선이는 내 뒤에, 그리고 막내아들 예선은 아내 품에 있다. 막내는 2002 월드컵 유치 활동 중에 얻게 되었는데 셋째와 열 살 차이가 난다. 그때만 해도 아이가 넷이라고 하면 '야만인' 소리를 들었는데 지금은 '애국자'라고들 하니 쑥스럽다. 사진 속의 늦둥이 예선이가 지금은 고등학생이다.

울산 현대중공업 바닷가에서 큰 아들 기선과 함께(위쪽), 셋째 선이를 안고(왼쪽). 장남 기선은 울산 회사에서 일할 때, 결혼 후 3년 만에 얻은 아이다. 요즘은 신혼부부들이 일부러 아이를 늦게 낳기도 하지만, 그때는 아이가 늦어 걱정이 많았다. 셋째 선이는 두 번째 유학 중 워싱턴에서 태어났다. 아내는 당시 아메리칸 대학 대학원에서 회화(繪畵) 공부를 하고 있었는데, 아이를 낳은 뒤 힘들게 공부를 마치고 나보다 석 달 늦게 귀국했다. 기선이는 내 뒤를 이어 ROTC 43기로 임관해 군 복무를 마쳤고, 선이도 훌륭한 숙녀로 자라주었는데, 아이들이 이처럼 잘 커준 것은 모두 아내의 공이다.

회화로 바꿨다. 아내는 회화와 사진에 대한 열정이 강하다.

막내는 2002 월드컵 유치 활동 중에 얻게 되었다. 셋째와 열 살 차이가 난다. 그때만 해도 아이가 넷이라고 하면 '야만인' 소리를 들었는데 지금은 '애국자'라고들 한다.

아내는 독실한 크리스천이다. 아내의 할아버지가 김해성결교회를 세우신 분이다. 아내는 새벽기도를 열심히 나간다. 추우나 더우나 새벽 5시까지 교회에 간다는 것은 쉬운 일이 아니다. 오래전에 친구의 아내가 새벽기도를 나간다고 해서 그 친구에게 "야 임마, 니가 지은 죄가 많아서 그래"라고 놀린 적이 있었다. 그런데 얼마 후 아내도 새벽기도를 다니기 시작했다.

큰애가 대학 입시를 앞두었을 때도 아내는 열심히 새벽기도를 다녔다. 큰애가 대학에 들어간 뒤 새벽기도를 잠시 쉬자, 고3이 된 둘째가 "오빠 때는 새벽기도를 가더니 왜 지금은 안 가느냐"며 섭섭해했다. 두 아이가 연년생이다 보니 첫째 입시가 끝나자마자 둘째의 입시가 기다리고 있었다. 아내는 그날부터 다시 새벽기도에 나가기 시작했다.

아내는 새벽 4시 반에 일어나 5시에 교회로 간다. 그리고 6시에 집으로 와 아이들을 깨운 뒤 아침밥을 챙겨주는 일을 지치지도 않고 계속한다. 아내는 내가 바빠서 못 채워주는 부모의 빈자리를 메워주는 고마운 사람이다. 사실 내가 교회에 다니는 것도 다 아내 덕분이다.

미세스 스마일 월드컵

✤

아내는 외교관인 아버지를 뒷바라지하는 어머니를 보고 자랐다. 집 안에 손님이 끊이지 않아 아내는 부엌에서 밥을 먹는 경우가 많았고, 그래서였는지 공무원한테는 시집가지 않으려 했다고 한다. 사업하는 집의 아들인 줄 알고 나와 결혼한 것인데, 그래도 내가 1988년 울산 동구에서 무소속으로 첫 출마를 할 때 적극적으로 지원해줬다. 사교성 이 좋은 어머니 덕분인지 아내도 친화력이 뛰어나 선거운동 때 큰 힘 이 됐다.

선거운동에 나서면서 아이들을 떼어놓을 수는 없었다. 아이들은 아 직 엄마 손이 필요한 다섯 살과 여섯 살이었기 때문에 아내는 아이들 을 데리고 지역 주민을 찾아다녔다.

울산 동구의 주민은 대부분 현대중공업 가족이었다. 그러나 노사 분 규가 아주 심할 때라 아내가 나타나는 걸 아무도 반기지 않았다. 아내 가 찾아가 인사를 드리면 본 척 만 척하거나 "이제 와서 뭘 봐달라는 거야?", "왜 왔어?"라며 퉁명스럽게 얘기하는 분들도 있었다. 그래도 아내는 "늦게 와서 죄송합니다. 앞으로 자주 찾아오겠습니다"라고 허리 굽혀 공손히 인사하고 나왔지만 집에 돌아와서는 혼자서 울었다고 한다.

아내가 가장 힘들어한 것은 2002년 대선 때 노무현 후보에 대한 지지를 철회한 뒤였다. 선거 전날 아내는 부산에서 노 후보의 부인 권양숙 여사와 하루 종일 지원 유세를 하다가 올라왔다. 그날 밤, 내가 아내한테 말했다.

"아무래도 노 후보에 대한 지지를 철회해야 할 거 같아."

아내는 눈을 둥그렇게 뜨고 아무 말도 하지 않았다. 어떻게 그럴 수 있느냐는 표정과 그럴 수밖에 없을 거라는 표정이 착잡하게 엇갈렸다. 그러더니 이내 차분한 목소리로 말했다.

"여보, 노 후보의 당선 가능성이 가장 높아요."

"높아도 할 수 없지."

아내와 나눈 대화는 그것뿐이었다. 아내도 나도 더 이상 아무 말도 하지 않았다. 아내는 누구보다도 후보 단일화 이후 노 후보 진영과 우리 사이에 벌어진 일을 잘 알고 있었다. 어쩌면 내가 고민한 문제들에 대해 나보다도 더 걱정이 많았던 아내였다. 한참 뒤에야 아내가 입을 열었다.

"그동안 당신이 얼마나 고민해왔는지 알아요."

아내는 그렇게 나의 동지가 되어주었다. 나는 아내의 속 깊은 이해 속에 노 후보 지지 철회 선언을 할 수 있었다.

노 후보가 당선된 후 우리 부부는 참으로 어려운 시기를 겪었다. 그때 아내는 밝은 얼굴로 내 옆을 지켜주었다. 시간이 흐를수록 나는 점점 더 서울에 있기가 힘들어졌다. 어쩔 수 없이 미국 스탠포드 대학에

가 있게 되자 아내는 혼자 아이들을 돌보며 가정을 지켜주었다.

2001년에 아내가 뜻을 같이하는 지인들과 '예올'이라는 문화단체를 만들었다. '예올'이라는 이름은 '옛것을 올바로 지키자'는 뜻으로 소설가 윤후명 씨가 지어주었다. 철자법이 틀린 영어 간판, 아름답지 못한 문화재 표지판을 보고 안타까워하며 안내판 하나만이라도 잘 세우면 좋겠다는 소박한 생각으로 시작했다. 잘못 표기된 문화재 표지판을 바로잡고, 전통 장인들을 후원하며, 울산의 반구대 암각화를 보존하기 위한 노력도 했다. 예올의 첫 답사가 반구대 암각화 현장이었던 것이 계기가 되었다. 이 단체는 외국인들을 대상으로 한국 문화에 대한 강의도 하고, 2012년 여수 엑스포의 문화재 안내판 개선사업도 지원하고 있다.

아내가 나온 미국 웰슬리 대학은 힐러리 클린턴 미 국무장관과 매들린 올브라이트 전 국무장관이 졸업한 곳이다. 아내는 학부 때 경제학을 전공하려고 경제학 과목을 많이 수강했으나 통계 과목이 너무 어려워 그만두고, 정치학과 역사 과목을 많이 들었다고 한다. 되돌아보니 아내는 1979년 결혼한 뒤 30여 년간 네 아이를 낳아 키우고 정치하는 나를 뒷바라지하느라 자신이 하고 싶은 것은 못 하고 지낸 것 같아 미안하다.

2002 월드컵 유치를 위해 세계 각국을 방문할 때 아내 덕을 톡톡히 보았다. 영어와 스페인어를 잘하는 데다 사교성이 좋아서 외국인들과 자연스럽게 친목을 쌓았다. 아내는 국제 축구계 인사들로부터 '미세스 스마일 월드컵'으로 불릴 만큼 인기가 좋았다. 한 표가 아쉬운 판에 아내의 따뜻한 외교력은 큰 힘이 되었다. 외교관인 아버지와 농구선수 출신의 어머니한테 물려받은 친화력과 활동력은 아내의 장점이다. 선

결혼식날 처가에서. 아내는 자매들끼리 다정하게 서로 잘 챙기는
집안 분위기에서 자유롭게 컸다. 외교관이던 아버지와 학창 시절
운동선수였던 어머니를 닮아 사교성이 좋은 아내를 두고 "부인이
선거에 출마하면 표를 더 받을 것"이라고 하는 말을 많이 들었다.

고(故) 김병관 동아일보 명예회장과 함께 중국 황산을 여행했을
때 아내와 찍은 사진. 아내는 2009년 결혼 30주년을 기념해서
3주간의 휴가를 달라고 했는데 이 황금 같은 시간을 런던에서 그
림 공부하는 데 썼다. 60세가 되면 전시회를 열고 싶다고 말하는
내 아내 김영명. 아내가 아직도 꿈을 버리지 않았다는 사실이 진
심으로 고맙다.

거 유세를 돕는 아내를 보고 "사교성이 좋은 부인이 출마하면 표를 더 받을 것"이라고 말하는 지역구민들도 많다.

결혼 30주년을 맞은 2009년, 아내가 10년에 한 달씩 해서 석 달만 휴가를 달라고 했다. 나는 아내의 말을 들어줄 수 없었다. 국회의원의 아내가 그렇게 오랫동안 자리를 비우면 곤란하다고 했더니, 아내는 10년에 일주일씩 계산해 3주만 휴가를 달라고 했다.

아내는 30년 만에 얻은 3주간의 휴가 동안 런던에서 사진과 회화를 공부했다. 웰슬리 대학에서 사진과 미술, 정치학을 배운 아내인데 자기 일에 대한 욕심이 없었을까. 그런데 나는 한 번도 아내의 꿈에 대해 생각해본 적이 없었다.

"나는 본래 그림을 그리는 게 꿈이었어요. 그런데 인문학을 공부해두면 더 좋은 그림을 그릴 것 같아 웰슬리에 진학했지요. 지금도 나는 그림을 그리고 싶어요. 사진도 잘 찍고 싶고. 내가 아직도 내 꿈을 포기하지 않고 있다는 걸 당신이 알고 있었으면 좋겠어요."

30년 만의 휴가를 위해 런던의 서머스쿨로 떠나기 전날, 아내가 나에게 한 말이었다. 나는 그날 아내에게 참 많이 미안했다. 언제나 나의 꿈, 정몽준의 희망만을 이야기하며 살아오지 않았던가. 아내는 서머스쿨을 다녀온 뒤부터 60세가 될 때 전시회를 열고 싶다고 말한다. 말이 씨가 되어 실행으로 옮기는 데 힘이 될 것으로 생각하는지, 사람들을 만날 때마다 그 계획을 얘기한다. 아내가 아직 꿈을 버리지 않았다는 것이 고마울 따름이다.

True or Not 코너를 만들어야 할까

✤

2009년, 경상북도에서 열린 한나라당 국민보고대회에서의 일이다. 인사 순서를 기다리고 있는데 옆에 앉은 허태열 최고위원이 "이번에 자살한 여배우 J씨와 많이 놀았다면서요" 하고 묻더니 의미심장한 표정을 지었다. 순간 "뭐 이런 사람이 다 있나" 하는 생각이 들었지만 그때는 장소가 장소인지라 그냥 넘어갔다.

며칠 뒤 오찬장에서 허 최고위원을 다시 만났다. 누가 그러더냐고 물었더니 K의원한테 들었다기에 "욕을 하려면 당신 입으로 하지 왜 남의 이름을 들먹이느냐"고 쓴소리를 해줬다.

그런데 얼마 뒤엔 유명 가수 C씨가 내 아이를 임신했다는 소문이 돈다는 말을 들었다. 이건 또 무슨 소리인가 했지만, 이미 소문이 좍 돌아 인터넷상에서 내 이름을 검색하면 그 가수의 이름이 함께 나올 정도라고 했다. 마침 그 가수가 열애 중이던 다른 연예인과 갑작스럽게 결별한 일이 있는데, 그 일을 연관 지어서 누군가 그럴싸하게 소문을 낸 것이다. 이 황당한 소문은 그 가수가 아이를 출산하러 외국에 나갔다고까지 확대되었지만, 나중에 국내에서 멀쩡하게 활동 중인 것이 밝혀져 결국 사그라졌다.

이렇게 나와 관련된 이상한 유언비어들은 하나둘이 아니었다. 2002년에는 유명 탤런트 S 씨와 스캔들이 있다는 소문도 났다. 그 탤런트가 2001년 12월 부산 벡스코에서 열린 월드컵 본선 조 추첨에 나와서 그런 모양이었다. 내가 S 씨에게 푹 빠져서 타워 팰리스에 집을 사주었고, 현대중공업 주식을 상장할 때 정보도 알려주어서 돈을 벌게 해주었다는 것인데, 이른바 '정보지' 등을 통해 널리 퍼졌다고 한다. 그 탤런트는 당시에 월드컵조직위원회가 가장 인기 있는 연예인이라고 해서 섭외했고, 사실 나는 만난 적도 없었다.

내가 골프장에서 누구 뺨을 때렸느니 하는 유언비어도 나돌았다. 기가 막힌 일이다. 지금이 어떤 세상인가. 만약 그런 유언비어에 조금이라도 근거가 있다면 언론이 벌떼처럼 달려들 일이 아닌가. 누구라도 조금만 상식적으로 생각하면 터무니없다는 것을 알 수 있는 유언비어들이 자꾸 생겨나서 돌아다니고 있었다.

2002년 대선을 앞둔 시기였다. 처가 식구들과 밥을 먹는데 내가 아내를 허리띠로 때린다는 소문이 돈다고 했다. 그때만 해도 나는, 선거 때는 다 그런 것이라고 하며 대수롭지 않게 넘겼다. 그런데 다음에 만나자 아직도 그런 소문이 돈다는 것이었다. 이번에는 나도 화가 나서, 누구한테 그런 말을 들었느냐고 캐물었다. 뜻밖에도 온누리 교회의 부목사란 이야기가 나왔다. 교회의 부목사라면 목회자요 성직자인데, 그런 사람이 왜 그런 얼토당토않은 말을 옮기고 다니는지 이해할 수 없었다. 우리나라에서 손꼽히는 영향력을 갖고 있는 대형 교회의 부목사라는 사람이 제정신으로 그런 말을 떠들고 다닐 리야 없지 않겠는가.

누군가 시키는 사람이 있고, 목적이 있을 터였다.

　온누리 교회의 고(故) 하용조 목사는 아내가 평소 존경하는 분이었다. 일요일 오전에 아내와 함께 교회로 가서 하 목사를 만났다. 하 목사는 소문을 내고 다닌 P 부목사를 불러 그런 말을 했느냐고 물었다. P 부목사가 "네" 하고 대답했다. 그러자 하 목사는 "앞으로 그러지 마세요"라고 엄하게 꾸짖었고, 이에 부목사는 "네"라고 대답하고는 방을 나가버렸다. 나는 어이가 없었다. 마치 아무 일도 없었던 것처럼 '네' 하고 나가버리면 그만인 것인가. 성직자라는 사람이 그렇게 책임 없는 말을 퍼뜨리고도, 진정한 사과 한마디 없이 끝내버린 게 지금도 이해되지 않는다.

　교회로 가서 하 목사를 만나던 날 저녁, 헬스클럽에서 P 부목사를 우연히 보았다. 교회에서 가장 바쁜 일요일에 부목사가 운동복 차림으로 헬스클럽에 있다는 것이 의아했다. 헬스클럽 입구 한구석에서 하필이면 어느 대기업 일가의 주치의라는 치과의사와 귀엣말을 나누고 있었다. 필시 내 얘기를 하고 있을 거라는 느낌이 들었지만, 모르는 체 지나쳤다. P 부목사의 부인도 그 대기업과 밀접한 관련이 있는 사람이었다.

　연예인들이 악플로 고통을 겪듯이, 정치인들에게 유언비어는 고통스럽다. 연예인들이 악플 때문에 목숨을 끊는 일들이 발생해서 한동안 사회적으로 관심이 집중된 적이 있었다. 대중의 사랑 속에 돈과 명예를 쌓은 연예인조차, 악플이 얼마나 고통스러웠으면 불행한 선택을 하겠는가. 유언비어는 악플보다 더한 측면이 있다. 전파력이 빨라서 순식간에 웬만한 사람들은 다 알고 있는데 당사자만 모른 채로 있다가, 한참 뒤에야 그런 소문이 있다는 것을 알게 되는 것이다.

　언젠가 한나라당의 여성의원들과 자리를 함께했을 때, 내가 농담처럼 "제가 스캔들 많은 거, 다 아시죠" 하고 물은 적이 있다. 모두가 깔깔 웃으며 다 안다면서 이것저것 끄집어 말하는데, 그때까지도 내가 모르는 것들이 있었다.

지난번 미국 대통령 선거 때 오바마 후보는 자신과 부인에 대한 수많은 유언비어와 관련해 홈페이지에 '진실 혹은 거짓(True or Not)'이라는 코너를 만들어 해명에 나섰다. 그러나 대부분의 경우 스스로 나서서 아니라고 해보았자 오히려 소문만 키우게 되는 것이 현실이다.

결국 시간이 흐르면 진위가 가려진다지만, 그때까지 당사자가 겪는 고통은 상상할 수 없을 정도로 크고 깊다. 유언비어를 퍼뜨린 사람들이야 없던 일로 하면 그뿐이지만, 피해자는 대부분의 경우 부정적 이미지로 세상에 낙인찍힌다. 이런 점 때문에 상대방에게 흠집을 남기려고 조직적으로 유언비어를 만들어내는 세력들이 있는 것 같다.

몇 달 전, 국회에서 있었던 한 강연에서 안철수 당시 KAIST 교수가 자신의 경험담을 소개하면서, 우리나라 벤처업계에는 사기꾼들이 많은데 이들을 사형시켜야 한다고 힘주어 말하는 것을 들은 적이 있다. 얼마나 마음고생이 많았으면 그렇게까지 말하는 것일까, 나도 충분히 이해가 됐다.

나는 **아버지**에게
인생을 배웠다

2

서울 올림픽이라는 불가능에 도전한 아버지

✤

세계인의 축제인 올림픽이 1988년 대한민국 서울에서 열린 것은 기적 같은 일이었다. 독일 바덴바덴에서 국제올림픽위원회(IOC) 사마란치 위원장의 '서울' 개최 선언이 있기 전까지 그 누구도 한국이 올림픽을 유치할 수 있다고 생각한 사람은 없었다. 아니, 딱 한 사람이 있었다. 바로 서울 올림픽 유치의 주역이던 아버지였다.

서울 올림픽 유치전을 앞둔 1981년, 정부는 진퇴양난에 빠져 있었다. 그대로 밀고 나가자니 일본에게 질 게 뻔하고, 그만두자니 IOC에 둘러댈 그럴듯한 유치 포기의 명분이 필요했다. 전문가들은 나고야와 서울이 표 대결을 벌일 경우, 서울이 얻을 수 있는 표는 IOC 위원 82표 가운데 많이 잡아서 4표, 적게 잡으면 3표라고 보았다.

실상가상으로 그 당시 남덕우 총리는 올림픽 유치에 부정적이었다. 우리가 아무리 기를 쓰고 열심히 유치 활동을 벌여도 절대로 일본을 이길 수 없고, 만의 하나 유치에 성공해도 올림픽 때문에 경제가 파탄 나서 나라가 망한다는 게 그의 지론이었다. 경제통이라는 총리가 그랬으니 다른 국무위원들도 덩달아 심드렁한 것은 말할 것도 없었다. 올림픽 관련 주무 부서인 문교부의 체육국이 유치 활동에 필요한 예산과 제반 경비를 남 총리에게 요청했지만, 그는 이를 간단히 일축해버렸다.

올림픽 유치에 누구보다 적극적이고 열성적이어야 할 김택수 IOC 위원 역시 비관적이었다. 그는 한국이 두 표는 얻을 것이라고 농담처럼 말했다. 한 표는 자신의 표이고 다른 한 표는 미친 사람의 표라는 말이었다. 거의 모든 장관들이 내심 올림픽 유치 철회를 생각하고 있었다.

남덕우 총리는 아버지에게 일본에 밀사를 파견하자고까지 했다. 일본에서 공식적으로 우리 정부에 올림픽 유치 포기를 종용하면, 그것을 명분과 핑계로 삼아 그만두자는 것이었다. 그편이 표 대결에서 국제적인 망신을 당하는 것보다 차라리 낫다는 게 남 총리의 계산이었다.

올림픽 유치와 '86 아시안 게임을 교환하자는 뒷거래 제안도 있었다. 서울 올림픽을 포기하는 대신에 '86 아시안 게임을 개최할 수 있도록 도움받자는 거였다. 이런 제안들에 대해 일본은 아무런 관심이 없었다. 나고야의 승리를 확신하는 일본은 우리와 거래할 필요가 없다고 생각했다.

전경련 회장인 아버지가 올림픽 유치추진위원장을 맡으셨다. 사전에 상의 한마디 없이, 정부가 내린 일방적인 결정이었다. 올림픽 유치 관계 장관 회의에서 이규호 문교부 장관의 제안으로 결정된 일이라고 했다.

"이건 나를 망신 주자는 거지, 올림픽을 정말로 유치해오라고 뽑은 게 아니야. 망신을 당해도 정주영이 네가 당하라는 게 정부의 속셈이다. 이를테면 망신 대용인 셈이지. 그렇지만 기왕 이렇게 된 거 한번

해보자. 매사는 사람 하기에 달렸다."

아버지는 당신이 원했던 일은 아니었지만 피하지 않았다.

정부에서는 억지춘향으로 일을 맡기면서 유치추진위원장 밑에 각 부 장관들을 전부 위원으로 임명했다. 그러나 회의에 나온 사람은 이 규호 문교부 장관 한 사람뿐이었다. 누구보다 앞서 발 벗고 나서야 할 IOC 위원과 서울시장조차 불참했다. 명색이 서울 올림픽인데 말이다.

아버지가 나를 부르셨다. 그 무렵 나는 울산 현대중공업에서 일하고 있었다.

"아버지 좀 도와줘야겠다. 독일말 잘하는 거 아꼈다 무엇에 쓰겠느냐? 나랑 같이 독일로 가자. 다들 안 된다고만 하는데, 망하게 계획하면 망하는 거고, 흥하게 계획하면 흥하는 법이다. 기왕 맘먹은 거 유치를 못 하는 게 바보지, 유치만 한다면 얼마든지 손해 안 나게 치러낼 수 있다."

억지로 맡겨진 일이었지만 아버지는 이미 자기 일로 받아들이신 듯했다.

"경비는 어떻게 충당하시게요?"

"외국 손님들을 모시려면 지하철이나 도로 공사는 되어 있어야 한다. 그 일은 올림픽이 아니라도 어차피 해야 할 일이니 올림픽 경비로 산출할 필요가 없다. 경기장과 숙소도 올림픽을 위해서만 신축할 게 아니라 이미 만들어진 각 대학의 시설들을 규모에 맞게 고쳐서 활용하면 된다. 좋은 부지에 민간 자본을 끌어들여 아파트를 지어 미리 팔고, 올림픽 때 먼저 사용하도록 만들면 정부 돈을 한 푼도 안 들이고 숙소 문제도 해결할 수 있다. 기자촌이나 프레스센터도 기업들이 어차피 지을 신축 빌딩을 찾아내서 먼저 기자들이 쓰게 하면 된다."

아버지는 숨도 쉬지 않고 한달음에 말씀하셨다. 아버지의 어조에서 썩 내키지는 않지만 나라를 위한 일이니 자신이 맡아서 꼭 성공시키겠다는 결의가 느껴졌다. 아버지는 평소에도 나라를 위한 일이라면 물불을 가리시는 분이 아니었다.

1981년 9월 18일, 정부의 공식 유치단이 독일로 출국하기로 결정되었다. 총회 개막일인 20일부터 현지에서 본격적인 유치 활동에 들어갈 계획이었다. 개최지 발표는 9월 30일, 독일 바덴바덴에서 열리는 제84차 IOC 총회 마지막 날 있을 예정이었다. 나는 아버지를 모시고 며칠 먼저 영국으로 향했다.

우리가 서울 올림픽을 유치할 거라고 믿는 사람은 정부 인사 가운데 단 한 명도 없었다. 약소국가인 데다 독재정치니 군사정치니 하는 말들로 해외 언론에 오르내리던 나라가 한국이었다. 유치단은 이런 상황에서 올림픽 개최라는 것은 하늘의 별 따기라고 생각했다.

"대한민국에서 일깨나 한다는 사람들이 외국에 나와서 겨우 창피만 면하고 돌아간다면 그거야말로 부끄러운 일이다."

아버지는 새로운 도전에 의욕이 솟는 모습이었다. 오히려 통역 겸 수행비서로 아버지를 모시고 가는 내 마음이 비장했다. 아버지와 나는 손을 꽉 잡았다. 철들고 나서 처음 잡아보는 아버지의 손이었다.

분단의 나라에서 세계 평화의 무대를 올리다

⚜

1981년 9월 15일, 런던에 도착하자마자 영국 IOC 위원 두 사람과 점심을 먹었다. 그들은 아버지에게 언제부터 체육 관련 일을 했느냐고 물었다. 아버지는 이번 올림픽을 유치하면서부터라고 솔직히 대답하셨다. 이 말에 영국 IOC 위원들이 웃었다. 그들은 우리한테 지나치리만큼 냉소적이었다. 나중에 알고 보니 아버지에 대한 감정이 나빴던 게 아니라 대한민국의 정치 상황을 얕보고 있었다.

당시 유럽 국가들 사이에서 한국 정부의 이미지는 아주 좋지 않았다. 1979년 박정희 대통령 서거 후 신군부가 등장하면서 광주 민주화 항쟁이 일어났다. 김대중 총재는 신군부 법정에서 사형선고를 받았다. 또한 국가 경제가 어려워지면서 일본에 싼 이자로 200억 달러를 꿔달라고 부탁해놓은 상태이기도 했다. 정치적으로는 군사독재 국가이고 경제적으로는 파탄이 나다시피 한 나라가 유럽인들이 보는 대한민국이었다. 민주주의에 대한 자부심이 대단한 유럽인들 입장에서는 그같이 '야만적인 나라'에서 올림픽을 하겠다고 하니 어처구니없었을 것이다. 일부 유럽 국가들에서는 군사독재의 나라 한국을 제재해야 한다는 주장들마저 나왔다. 어디 한 군데 기대볼 데가 없었다.

아버지는 "정치와 스포츠는 분리돼야 한다. 그것이 스포츠 정신이다"라고 역설하셨다. 그러나 잘 먹혀들지 않았다. 1980년 모스크바 올림픽에서 여러 나라가 소련의 아프간 침공을 이유로 올림픽에 불참했을 때, 그 분위기를 주도한 나라가 영국과 미국이었다. 영국 정부는 자국 체육회에 올림픽 불참을 권유하며 재정을 지원해주지 않았다. 영국 체육인들은 정치와 스포츠를 분리해야 한다는 신념으로 올림픽 참가를 주장하면서 경비 마련을 위해 길거리 모금운동까지 전개했다. 그렇다면 정치와 스포츠를 분리한다는 데 공감해야 할 텐데, 우리에겐 전혀 다른 입장을 취했다.

"말씀 잘하셨습니다. 우리가 바로 그것 때문에 얼마나 고생한 줄 아십니까?"

영국 IOC 위원들은 그때 고생한 일을 떠올리며 언성을 높였다. 도무지 이야기가 통하지 않았다. 나는 그만 자리에서 일어나고 싶었지만 아버지는 그들의 터무니없는 울분을 다 들어주었다. 그러더니 식사 막바지에 조심스레 입을 여셨다.

"일본은 이미 한 번 올림픽을 치른 나라입니다. 아시아에 국가가 일본밖에 없습니까? 모든 국가가 참여하는 올림픽이 되려면 이번엔 다른 나라에서 열려야 합니다. 그게 바로 올림픽 정신이 아닐까요?"

그리고 이렇게 덧붙이셨다.

"만일 또다시 일본이 올림픽을 열게 되면 일본의 제철과 자동차산업은 더욱 발전할 테고, 결국엔 그 분야에서 세계의 주도권을 잡을 겁니다."

산업혁명 이후 영국은 제철과 자동차산업을 주도하던 나라였으나 차츰 다른 나라에게 그 자리를 빼앗기고 있었다. 영국 위원들의 표정이 금세 바뀌었다. 일본이 올림픽을 또 치른다면 더 크게 발전할 거라는 말에 당황하는 기색이 역력했다. 영국 위원들은 정말 그렇게 되는 거냐고 되물었다. 아버지는 일본의 급속한 성장세에 대해 구체적인 사례를 들어가며 설명해주었다. 비로소 그들은 우리에게 관심을 보이기 시작했다. 다정스레 바덴바덴에서 묵을 숙소의 위치를 묻는가 하면, 다른 위원들을 소개해주겠다는 약속도 했다. 극적인 반전이었다.

아버지는 그다음 날부터 벨기에에서 열리는 한(韓)·EC(European Community, 유럽 공동체) 심포지엄에 참석하고 룩셈부르크로 가서 장드 황태자를 만났다. 모두 올림픽 유치를 위한 행보였다. 20일 우리는 바덴바덴에 도착했다.

현지 상황은 더 좋지 않았다. 나고야 시는 총회 개막 전부터 시장을 중심으로 왕성한 활동을 펼치고 있었는데, 우리나라 IOC 위원은 개막일이 지나도 나타나지 않았다. 각국의 IOC 위원들이 투숙한 브래노스파크 호텔은 IOC 위원에게만 출입이 허용되었다. 우리나라 IOC 위원이 호텔에 투숙하고 있어야 그를 만난다는 핑계로 다른 나라 위원들을 접촉할 수 있다. 부랴부랴 파리에 머물던 IOC 위원을 현지로 불러들였다. 그때가 벌써 23일이었다.

유치위 사람들에 대해 섭섭한 정도가 아니라 분노가 치밀었다. 다 접어버리고 서울로 돌아가고 싶은 마음뿐이었다. 최선을 다해 유치 활동을 해도 성공이 거의 불가능한데 다들 열의가 없고 비협조적이니 너무 힘들었다. 그러나 아버지는 새벽 5시면 일어나서 전화로 회사 업무를 챙긴 다음 어김없이 올림픽 유치 전략회의를 소집했다. 아침 회의가 끝나면 모두 바깥으로 나가 온갖 인맥을 동원해 각국의 IOC 위원들과 접촉하고 밤 11시가 되어야 숙소로 돌아오는 강행군을 계속했다. 되지도 않을 일에 목숨 건다며 마뜩잖아하던 사람들이 어느새 열정과 사명감을 갖고 움직이고 있었다. 우리나라 IOC 위원이 도착한 다음부터는 본격적인 외교가 시작되었다. 아버지는 갯벌 사진 한 장으로 조선소 지을 자금을 받아냈을 때처럼, 인지도가 전혀 없는 서울의 미래를 걸고 각국의 위원들에게 호소했다. 아버지가 보여주는 것은 가난한 현재가 아니라 풍요한 미래였고, 전쟁과 독재의 나라 한국이 아니라 민주주의가 꽃피는 대한민국이었다. 그리고 우울한 현재와 행복한 미래의 중간에 서울 올림픽이 있었다.

아버지는 서울 올림픽의 가치를 스포츠 제전에서 세계 평화의 도구로 올려놓았다. 앞서 열린 올림픽은 냉전 시대의 이념 대립으로 인해 지구촌 식구들의 반이 불참하는 바람에 성공적으로 치러지지 못했다. 그러나 서울 올림픽이 확정된다면, 바로 그 이념 때문에 동족이 남북으로 갈린 아픔을 가진 대한민국에서 세계인들이 한데 어우러지는 축제가 펼쳐지는 것이다.

표결 날짜가 다가오면서 나고야 시는 IOC 위원 부부에게 최고급 일제 손목시계를 선물했다. 우리에겐 일본 제품을 능가할 손목시계가 아직 없었다. 아버지는 정성이 담긴 꽃바구니를 선택했다. 적은 값이라 부담도 주지 않으면서 따뜻한 감동을 줄 수 있는 선물이라고 판단하셨다. 서울이 올림픽 개최지로 확정된 다음, 우리가 선물한 꽃바구니는 '기적의 꽃바구니'로 불렸다.

발표일인 30일이 가까워지면서 여기저기에서 작은 변화의 움직임이 감지되고 있었으나 여론에서 말하는 대세는 나고야였다. 그러나 실로 놀라운 일이 일어나고 있었다.

투표 하루 전날인 29일에 있었던 신청 도시 프레젠테이션에서 우리는 일본을 압도했다. 프레젠테이션을 앞두고 150여 개에 달하는 질문과 답변을 미리 준비해서 수없이 반복 연습했다. 상영될 홍보 영상에도 무척 공을 들였다. 스크린 가득 펼쳐진 서울의 모습은 대한민국을 전쟁, 독재, 가난으로만 기억하고 있던 대부분의 IOC 위원들에게 충격이었다.

"정말 서울이란 말이오?"

"도쿄나 LA와 다를 게 없지 않소?"

웅성거리는 소리가 내 귀에까지 들렸다. 그때 러시아 IOC 위원이 일본에 200억 달러 차관을 신청한 나라가 어떻게 올림픽을 치를 수 있겠냐고 물었다. 일본의 사주를 받은 것이 분명했다. 답변에 나선 유창순 당시 무역협회장은, 한일 관계는 역사적인 관계인데 그렇게 간단히 물어보는 것은 '천진난만한 질문(naive question)'이라고 단호하게 못박았다. 상대가 무리한 공격을 해올 때 되받아치는 것보다 더 좋은 방어는 없다.

마지막 날, 서독의 한 지방신문은 1988년 올림픽 개최지로 나고야가 결정된 것이나 다름없는데, 한국 대표단은 그것도 모르고 아직도 로비를 하고 다닌다는 기사를 실었다. 나고야 대표단이 샴페인을 터뜨리며 축제 분위기에 젖었다는 소문도 떠돌았다.

투표 당일, 비장한 각오로 회의장으로 갔다. 북한 사람들이 입구에서 기다리고 있다가 아버지에게 다가왔다.

"정 선생님, 한국은 안 됩네다. 쓸데없는 짓 하지 말고 날래 돌아가시라요. 정말 답답합네다."

"허허, 아무리 그래도 결과나 보고 가야 하지 않겠습니까?"

아버지의 이 말에 그들은 웃으면서 빈정거렸다.

"벌써 결정났습네다. 정 선생은 신문도 안 봤습네까?"

특별히 섭섭할 것도 없었다. 고개를 숙여 인사하고 회의장으로 들어갔다. 마침내 피 말리는 발표 시간이 다가왔다. 일본 대표단은 알파벳 순서에 따라 우리 앞에 앉았다. 사마란치 IOC 위원장이 연단에 나타났다. 그의 손에 개최지가 적힌 메모가 들려 있었다. 아버지가 나의 손을 잡아 쥐셨다.

"세울 52! 나고야 27!"

이게 뭔 소린가? 내 귀를 의심했다. 예상을 뛰어넘은 압승이었다. 회의장 가득 놀란 함성이 터졌다. 그제야 우리가 들은 것이 사실임을 확인한 우리 대표단은 일제히 일어나 만세를 부르며 서로 얼싸안았다. 사마란치 위원장도 믿을 수 없다는 듯 메모를 다시 확인한 뒤, 좀 전보다 더 큰 소리로 외쳤다.

"세울! 코레아!"

바덴바덴의 기적! 아무도 알아주지 않는 곳에서 고군분투한 열흘은 기적을 만드는 시간들이었다.

서울 올림픽의 기적은 단순히 일본을 누르고 개최했다는 것에 머물지 않는다. 1980년 모스크바 올림픽에 이어 1984년 LA 올림픽은 이념이 다른 쪽에서 불참한 반쪽짜리 대회였다. 하지만 '88 서울 올림픽은 양 진영이 '손에 손 잡고' 모두 참가한 세계 화합의 무대였다. 더구나 대한민국은 서울 올림픽을 계기로 독재와 가난을 넘어 선진 민주국가로 성큼 나아가게 됐다.

이때 나는 아버지를 모시고 다니면서 이전에는 미처 알지 못한 아버지의 진면목을 보게 되었다. 늘 곁에 계셨기에 다 안다고 생각했고 다 이해한다고 믿은 아버지였다. 그러나 이때 아버지가 보여준 모습은 모두가 안 된다고 생각하는 일에 모든 것을 걸고 밀어붙이면서 끝내 해내는 승부사였다. 그리고 자신이 옳다고 여기는 일에는 추호의 흔들림도 보이지 않는 애국지사였다.

지금도 노령의 나이를 잊고 머나먼 타지에서 분투하시던 아버지의 모습을 생각하면 마음속에서 존경심이 인다.

현대중공업을 맡아라

✦

1982년 봄에 몽필 큰형님이 49세로 돌아가셨다. 울산에서 서울로 올라오던 길이었다. 새벽에 경부고속도로에서 트레일러와 충돌하여 자동차가 전소되는 끔찍한 사고였다. 그때 아버지는 명예 박사학위를 받기 위해 미국 조지 워싱턴 대학을 방문 중이셨다.

유교적 가부장제 사회에서 성장하신 어르신들한테 맏자식이란 특별한 의미가 있다. 아버지 역시 그러하셨을 거다. 그러나 아버지는 크게 내색을 하시지 않았다. 아버지는 귀국 후 "지금까지 자식들에게 엄하게만 대했던 것 같아 마음이 아프다. 이제부터는 능력을 억누르지 않고 대우를 해주겠다"고 말씀하셨다. 장례를 마치자마자 아버지가 뜻밖의 말씀을 하셨다.

"몽준이가 중공업 맡아라."

내 나이 만 서른 살 때였다.

"니가 쓴 논문 읽어봤다. 니 말이 다 옳다. 기업은 지 혼자 저절로 크는 게 아니다. 기업 하는 사람은 처음 물건 팔릴 때의 고마움을 잊으면 안 된다. 배운 너야 유식한 말로 썼다마는 그게 다 그 말 아니냐? 그만 하면 아버지가 보기엔 노벨상감이다. 이참에 중공업에 가서 네 뜻을 한번 펼쳐보거라."

그해 나는 미국 매사추세츠 공과대학교 경영대학원을 졸업하고 졸업 논문을 보완해 《기업경영이념》이란 책을 냈다. 기업의 사회적 책임에 관한 책이었는데, 아버지가 읽어보실 거라고 생각은 했지만 그렇게까지 말씀하실 줄은 몰랐다.

사람들은 '형들을 제치고 현대중공업 사장이 된 정몽준'이라며 입방아를 찧었다. 돌이켜보면 그때 형님들의 기분을 헤아렸어야 했다는 생각이 든다.

그렇게 해서 나는 서른 살에 현대중공업 사장이 되었다. 이전에 상무 직함을 갖고 경영회의에 참석하기는 했지만, 그것과는 비교도 할 수 없는 자리였다. 벤치에서 경기를 지켜보기만 하던 후보선수가 하루아침에 주전이 되어 마운드에 선 기분이었다.

현대중공업은 당시 매출, 수출, 고용 등의 주요 지표에서 우리나라 최고의 회사였다. 매출 규모가 삼성전자나 현대자동차의 두 배가 넘었고, 종업원이 3만 명이나 됐다. 경제학을 공부했다고는 하지만 3만 명 종업원들의 생계를 책임지기엔 경륜도 능력도 많이 부족했다.

현대중공업이란 이름이 새겨진 작업복을 입고 조찬 모임에 갔다. 수백 명의 간부들이 나를 기다리고 있었다. 짧게 인사말을 하고 자리에 앉자마자 각종 보고가 쏟아졌다. 무슨 내용인지 파악도 못 한 상태에서 다른 질문들이 들어왔다. 다행히 현장에서 산전수전을 겪은 노련한 간부들이 나를 도와주었다.

나는 옛날이야기 듣듯이 조선소의 모든 것을 들었다. 볼품없이 덩치

현대중공업 사장 시절, 현장에서 근로자들과 함께. 1982년, 만 서른 살의 나이로 갑작스럽게 현대중공업 경영을 맡게 되었다. 벤치에서 경기를 지켜보기만 하던 후보선수가 하루아침에 주전이 되어 마운드에 선 기분이었다. 다행히 현장에서 산전수전을 겪은 노련한 간부들이 나를 도와주었다. 나는 옛날이야기 듣듯이 조선소의 모든 것을 들었다. 볼품없이 덩치만 큰 콘크리트 도크마다 눈물과 웃음이 범벅이 된 감동적인 전설이 숨어 있었다.

만 큰 콘크리트 도크마다 눈물과 웃음이 범벅이 된 감동적인 전설이 숨어 있었다. 나는 아버지가 이루신 일들이 그리도 거칠고 외로운 투쟁에서 비롯된 것인 줄 다시금 알게 되었다.

"입찰에서 2등은 꼴등이다"

✤

사시사철 하루도 빠짐없이 새벽 6시 반이면 간부 조찬회의를 한 후 사장실로 향했다. 바깥 복도에는 결재를 받으려는 사람들이 점심시간까지 길게 줄지어 있었다. 화장실에 갈 짬도 없었다. 경영진과 상의하고, 현장을 둘러보다 보면 어느새 하루해가 훌쩍 지나갔다.

현대중공업 경영을 맡았을 때는 세계적으로 조선업계가 불황을 맞이할 무렵이었다. 조선업은 호황과 불황의 주기가 짧고 그 진폭은 매우 크다. 자동차나 가전제품 등은 불황이 있어도 매출이 조금 줄어드는 것에 그치지만, 조선업은 선박 가격이 절반으로 뚝 떨어진다. 선박 수주는 안 되는데 수만 명 근로자들의 급여는 매달 나가야 했다. 게다가 1981년에 발주했던 원유 운반선의 선주가 파산을 했다. 주문 받은 배는 한창 만드는 중인데 돈 줄 사람이 사라져버린 것이다. 불황이라 다른 선주를 찾을 수 있을지, 찾는다 해도 애초에 계약한 돈을 얼마나 건질 수 있을지, 걱정이 태산이었다. 도무지 중심을 잡기 어려운 날들이었다.

눈에 불을 켜고 선박 수주할 곳을 찾았다. 조선소가 살아나는 길은 그것뿐이라고 생각했다. 인터넷도 없던 때여서 일일이 외국에 전화하고 전보를 보내 확인해야 했다. 해외에 나가 있는 간부들과 연락하느라 밤낮없이 텔렉스에 붙어살았다.

그러던 중 싱가포르의 국영해운회사 NOL(Neptune Orient Lines)에서 선박 2척을 발주한다는 정보를 얻었다. 불황이라 전 세계의 모든 조선소가 입찰할 것이 뻔했다. 나는 수주 경험이 풍부한 간부진과 머리를 맞댔다. 입찰에서 이기되 최대한 이익을 남겨야 했다. 우리는 각종 정보를 모아 적정가를 찾아내는 데 골몰했다. 다른 조선소의 소식들이 들려왔다. 그중 대부분은 서로 입찰가를 떠보기 위한 거짓 정보들이라고 했다. 입찰이 처음인 나는 도대체 무얼 믿고 무얼 기준으로 삼아야 할지 몰라 애가 탔다. 내가 아는 것은 오직 "입찰에서 2등은 꼴등이다"는 아버지 말씀뿐이었다.

작은 단서 하나라도 놓치지 않으려고 유명 경제지와 선박 소식지, 싱가포르 경제지를 모두 뒤졌다. 입안의 혀가 말라붙어 가뭄의 논바닥처럼 갈라지고 나서야 겨우 입찰 결과가 나왔다. 우리의 승리였다. 한참 동안 수주가 없던 터라 단비처럼 고마웠다. 그런데 선주가 뜻밖의 제의를 해왔다. 배를 수주하면 보통 선수금으로 선박 가격의 20퍼센트를 주는데, 불황이라 현금이 없으니 주식으로 가져가라는 것이다. 머리가 핑 돌았다. 당장 달러가 필요한데 주식을 주겠다니 난감했다. 그렇지만 조선소를 놀리는 것보다야 그편이 훨씬 나았다. 더구나 경기가 좋아져 주식이 오르면 더 큰 이익을 볼 수 있는 일 아닌가. 나는 조건을 받아들였다. 언론은 이 거래를 '창의적 마케팅(Creative Marketing)'이라고 크게 소개했다. 계약 서명식이 싱가포르에서 열렸다. 싱가포르

울산의 현대중공업 본사를 방문한 비센테 폭스 멕시코 대통령과
함께. 울산은 우리나라 경제 발전의 견인차 역할을 해온 곳이다.
그중 핵심 역할을 한 곳이 현대중공업이어서, 외국 정상들을 비롯
한 인사들이 많이 방문한다.

의 관계 부처 장관들도 참석하고 싱가포르 주재 한국 대사도 참석했다. 사장으로 취임한 후 거둔 첫 번째 성과였다. 세상을 다 얻은 것 같았다.

그런데 몇 달 후 검찰에서 소환장이 날아왔다. 외환관리법을 위반했으니 대표이사가 검찰에 출석하라는 통지였다. 무엇이 잘못인지 변호사에게 물었다. 외국 주식을 취득할 때는 사전 신고를 해야 하는데, 그 규정을 어겨 외환관리법에 위배된다는 것이었다.

기가 막혔다. 외환관리법이란 기본적으로 외화를 국외로 빼돌리려는 사람을 잡는 법이다. 우리 경우는 돈을 빼돌리는 것이 아니라 장기적으로 외화를 벌어오는 것이 아닌가. 게다가 공개적으로 이루어진 거래였고, 국내 고용을 유지하는 데 꼭 필요한 것이었다. 직원들을 먹여 살리고 나라 경제를 풍요롭게 하려는 나의 이상과, 현실을 따라가지 못하는 법 규정 사이에 놓인 벽을 절감하는 순간이었다. 다행히 검찰이 우리의 이 같은 설명을 받아들여 출두하는 일은 없었다.

페어플레이 정신

✣

    기업은 이익을 내는 것이 우선적인 목표이지만 사회 구성원으로서의 책임감도 가져야 한다는 것이 나의 평소 생각이다. 선진국에서는 이미 오래전에 기업을 지역사회의 구성원으로 보는 기업 시민(corporate citizen)이라는 개념이 정착되었다. 스포츠팀을 만드는 것도 기업이 사회에 기여할 수 있는 좋은 방법이다.

    사장 시절, 친구의 형이던 유영구 명지대 이사장으로부터 테니스팀을 창단하면 어떻겠느냐는 권유를 받았다. 명지대에 좋은 선수들이 있는데 갈 만한 실업팀이 부족하다는 것이었다. 흔쾌히 수락하고 팀을 만들었다.

    내가 테니스팀을 창단하자 나를 알던 사람들은 '자기가 좋아해서 만들었다'고 했다. 사실 그런 말을 들어도 좋을 만큼 나는 테니스를 좋아한다. 월드컵 유치 활동 때나 외국 정치인을 만날 때도 테니스가 많은 도움이 되었다. 미국의 스티븐 솔라즈 하원의원이 테니스를 좋아해서 바쁜 일정이라도 틈을 내어 솔라즈 의원의 워싱턴 자택에 있는 테니스장에서 같이 치곤 했다. 리처드 홀브루크 전 유엔 주재 대사, CBS 앵커우먼 다이안 소이어 여사와는 뉴욕 맨해튼의 실내 테니스장에서 함께 경기를 했다. 한여름인 데다 빌딩 옥상에 있는 테니스장이어서 마치 사우나에 있는 것처럼 땀을 흘렸던 기억이 난다.

나는 스포츠라면 종목을 가리지 않고 좋아한다. 어떤 스포츠를 해도 기본은 한다. 축구는 어릴 때부터 좋아했다. 한번은 군대에서 축구를 하다가 상대편이 깊은 태클을 하는 바람에 오른쪽 다리가 부러져 6주 동안 깁스를 했다. 요즘도 국회에서 조기축구 회원들과 자주 시합을 한다.

대학에 다닐 때는 친구들과 어울려 농구를 많이 했다. 1학년 때는 콘크리트 바닥에서 농구를 하다가 왼쪽 팔꿈치가 부러졌다. 조계종 총무원장 자승 스님이 관악산 연주암 주지로 있을 때 양재동 교육문화회관에서 함께 농구를 했고, 또 종로 YMCA에서 박신자 선수가 뛰는 바구니 농구단과 시합을 하기도 했는데, 농구는 축구와는 또 다른 매력을 가진 스포츠다. 지금도 지역구에 가서 주부 농구단과 어울리기도 하고, 학생들의 길거리 농구에 끼어들기도 한다. 빠르지는 않지만 골 넣는 솜씨는 그리 녹슬지 않았다.

아버지 덕분에 스키도 일찍부터 탔다. 중학교 때는 청운동 집 앞 언덕에서 대나무 스키를 타다가, 눈 속에 파묻힌 연탄재에 걸려 공중으로 날아갔다 곤두박질치는 바람에 오른손목 윗부분이 부러졌다. 일제강점기에 고향인 강원도 통천에서 일본 사람들이 스키 타는 것을 보고 부러워한 아버지가 외국 다녀오는 길에 스키를 사다주셨는데, 그 당시 스키는 지금 보면 웃음이 나올 정도로 조잡한 것이었다. 부츠는 가죽을 두 겹으로 덧대어 만들었는데 눈 녹은 물이 새어 들어오지 못하게

2002년 대선 때 홍익대를 지나다 길거리 농구를 하는 학생들과
어울렸다. 대학 1학년 때 콘크리트 바닥에서 농구를 하다가 왼쪽
팔꿈치가 부러졌다. 조계종 총무원장 자승 스님이 관악산 연주암
주지로 있을 때 양재동 교육문화회관에서 함께 농구를 했고, 또
종로 YMCA에서 박신자 선수가 뛰는 바구니 농구단과 시합을 하
기도 했다. 빠르지는 않지만 골 넣는 솜씨는 그리 녹슬지 않았다.

끔 끈으로 안팎을 묶어놓았었다. 바인더도 지금처럼 좋은 게 아니라 두꺼운 철사로 만들어진 것이어서 요즘 아이들보고 타라고 하면 질겁할 것이다. 오전에 스키를 타면 신발이 눈에 젖어서 점심때쯤에는 난로에 걸어놓고 말려야 했다.

그때 우리나라에는 스키장이 없었다. 자연설 위에서 1년에 한 달 정도 스키를 탈 수 있는 있었는데, 그나마 눈이 항상 있는 게 아니어서 때를 못 맞추면 타기 힘들었다. 그래도 중학교 때부터 신문사에서 주최하는 강습회에 매년 다녔다. 리프트도 없어서 스키를 신고 산을 걸어 올라갔다.

꽤 소질이 있었던지 대학생 때는 평창군에서 열린 종합선수권대회에 출전해 5위를 했다. 강원도 출신을 제외하고는 제일 좋은 성적이었다. 덕분에 유명 선수들과 어울리기도 했었다. 1968년 그레노블 동계 올림픽과 1971년 일본 삿포로 프레 동계 올림픽에 국가대표로 출전했던 어재식 선수 같은 사람들과 함께, 전기도 안 들어오는 비좁은 민박집에서 새우잠을 자면서도 겨우내 스키를 탔다. 진부령은 코스가 길어서, 스키를 신고 정상까지 올라가는 길은 차라리 등산에 가까웠다.

1975년에는 종합선수권대회에 출전했다가 사고를 당했다. 햇볕에 녹은 눈이 밤새 얼어서 슬로프가 빙판이나 다름없었다. 대회 하루 전 대관령 내차항(內車項)에서 직활강 연습을 하다 오른발이 코스 밖으로 벗어나는 바람에 공중으로 날아가 빙판에 떨어졌다. 왼쪽 어깨가 아팠지만 단순 타박상인 줄 알고 횡계 하숙집으로 돌아가 동료들의 마사지를 받았다. 다음 날 시합에서 다시 얼음판에 넘어졌는데 도저히 일어날 수가 없었다. 서울로 돌아와 엑스레이를 찍었더니 왼쪽 어깨뼈가 부러지고 인대가 끊어졌다. 왼팔을 올린 자세로 허리부터 어깨까지 로

마 군인의 갑옷처럼 깁스를 했다. 겨울이라 오버코트를 입고 다방에 들어가면 손님들이 자기에게 손을 흔드는 줄 알고 쳐다봤고, 길가에 서 있으면 택시들이 내 앞에 서곤 했다.

스포츠는 개인의 건강을 위해서도 필요하지만 국력을 높이는 데도 큰 몫을 한다. '84 LA 올림픽을 앞두고 대한체육회 회장이던 아버지의 권유로 양궁협회를 창설하고 초대 회장을 맡았다. 노태우 전 대통령이 '88 서울 올림픽 조직위원장을 맡던 시절이었다. LA 올림픽에서는 세계 최고 기록을 자랑하던 김진호 선수가 아깝게 동메달에 그쳤지만 서향숙 선수가 금메달을 따면서 우리나라 양궁 신화의 첫 페이지를 썼다.

건강한 몸에 건전한 정신이 깃든다. 페어플레이(fair play) 정신은 경험을 통해서만 배울 수 있기 때문에, 플레이가 없는 교실에서는 페어플레이를 배울 수 없고 운동장에서만 배울 수 있다. 페어플레이 정신을 젊은이들에게 가르칠 수 있는 스포츠의 중요성은 아무리 강조해도 지나치지 않다.

스포츠는 단순히 몸을 건강하게 하는 것뿐 아니라 사회를 건강하게 하는 것이다. 교육의 목표를 지덕체(智德體)라고 할 때 스포츠는 그중 절반을 차지한다고 해도 과언이 아니다. 아리스토텔레스는 일찍이 "육체가 없으면 영혼도 존재할 수 없다"고 말했다. 스포츠를 잘못 배우게 되면 건달이나 깡패가 될 위험도 있지만 제대로 하면 국제 신사가 된다. 축구의 김정남 전 국가대표 감독이나 홍명보 올림픽 대표팀 감독, 박지성 선수 같은 사람들을 보면 모두 조용하면서도 합리적인 사고를 갖고 있는 신사들이다.

나는 스포츠를 좋아할뿐더러 이런 이점이 있다는 걸 잘 알기 때문에 울산과 전남 영암에 세계적 수준의 실내 테니스장을 만들도록 회사에 권유했다. 또 눈이 내리지 않는 울산에는 학생들을 위해 실내 스케이트장도 짓도록 했다.

　한창 신체적으로 성장할 나이의 고등학생들이 요즘은 입시 때문에 학교에서 체육을 거의 하지 못한다고 들었다. 우리 교육의 큰 문제다. 스포츠를 가르치지 않는 교육은 반쪽짜리에 불과하고 위태로워 보인다. 현재 교육과학기술부와 문화체육관광부로 나뉘어 있는 학교 체육의 소관 부서를 교육과학기술부로 일원화해서 교육 차원에서 스포츠를 활성화할 필요가 있다.

〈뉴스위크〉 표지에 등장한 노조위원장의 얼굴

✧

1987년의 6월 항쟁과 6·29 선언이 있은 후, 우리나라는 극심한 소용돌이 속에 빠졌다. 6·29 선언은 대규모 노조운동에 불을 붙였다. 사업장마다 '민주 노조'가 생겨나면서 과격하게 노동운동이 전개됐다. 유학길에 올라 국제 정치학을 공부하다가 현대중공업 사장으로 복귀했을 때, 회사 상황은 어디부터 손을 써야 할지 난감했다. 6·29 선언 한 달 후, 현대중공업 파업이 시작됐다.

현대중공업 사태는 울산을 넘어 전국적인 관심사가 되었다. 피 말리는 날들이 흘러갔다.

1987년의 첫 번째 파업은 56일간 계속되었다. 단순 파업에 그치지 않고 근로자들은 거리로 나갔다. 폭염이 계속되던 8월 중순, 수만 명의 근로자들은 울산 공설운동장까지 가두시위에 나섰다. 9월초 임금 협상이 결렬되자 시위는 더욱 격렬해졌다.

근로자들은 중장비를 앞세우고 시청으로 향했다. 철판의 녹을 제거하기 위해 모래를 분사하는 샌드블라스트 등 중장비까지 동원되어 자칫하면 심각한 인명 피해까지 우려되었다. 그 뒤를 오토바이 대열이 따랐고 이어서 자전거 대열, 도보 행렬이 뒤따랐다. 노조 집행부도 통제할 수 없는 상황이었다.

시청 앞 집회가 끝날 무렵 일부 시위 참가자들이 시청 유리창을 깨고 근처의 차량에 불을 질렀다. 시청 건물에도 방화했다. 시내는 상가가 모두 문을 닫는 등 마비 상태가 되었다. 울산에서 방어진으로 가는 국도까지 가로막혔다.

당시는 대선을 앞둔 시점이었다. 청와대에서는 특전사를 투입해 진압해야 한다는 주장이 나오기도 했다. 나는 조금만 더 인내해달라고 정부를 설득했다. 노사는 극심한 진통을 겪은 뒤 9월 중순 조업 정상화에 합의했다.

파업이 끝난 뒤 나는 구속된 근로자들이 추석 전에 석방될 수 있도록 구속자 전원 석방을 건의하고 법원에 탄원서를 제출했다.

그 뒤로도 파업과 농성은 계속되었다. 1988년 12월부터 이듬해 3월까지 128일간이나 지속된 파업도 있었다.

그 당시 길을 가다가 〈뉴스위크〉 표지에서 낯익은 얼굴이 눈에 띄어 살펴보니 128일 파업을 주도한 노조위원장이었다. 나는 걸음을 멈추고 그의 얼굴을 바라보며 '노조위원장이 회사 사장보다 더 유명하구나' 하고 속으로 생각했다.

한번은 노조위원장과 이런 대화를 나눴다.

"폴란드 바웬사는 소규모 조선소에서 노동운동을 하면서 국민의 존경을 받아 대통령까지 되었습니다. 그런데 당신들은 똑같은 노동운동을 하면서 고생하고 왜 욕을 먹습니까? 현대중공업이 바웬사의 조선소보다 훨씬 큰데 맘만 먹으면 대통령보다 더한 일을 하실 수 있지 않겠습니까? 기왕이면 칭찬받는 노동운동을 해야 되지 않겠습니까?"

노조위원장을 달래려고 하는 괜한 소리가 아니었다. 노조가 잘되면 회사에도 좋은 일이었기 때문이다. 현대중공업 노조는 민노총을 만들었다고 해도 지나치지 않을 정도로 핵심 노조였다. 실제로 민노총 위원장을 배출하기도 했다.

"바웬사는 노동운동을 할 때 세 가지 원칙을 갖고 있었다고 합니다. 첫째 국가에 도움이 되느냐, 둘째 회사에 도움이 되느냐, 셋째 조합원에게 도움이 되느냐를 반드시 먼저 생각했다고 합니다. 저는 현대중공업의 노동운동에도 이런 원칙과 기준이 있었으면 좋겠습니다."

노사 관계는 부자(父子) 관계라기보다는 부부 사이에 가깝고, 계약 관계이다. 부부 간에도 때때로 싸우면서 문제를 해결해나가지만, 부부 싸움은 칼로 물 베기다. 노동조합의 파업도 넓게 보면 노사 간 대화의 한 방식이다. 부부 사이에 싸울 수도 있지만 그것은 같이 살기 위한 싸움이 되어야지, 온 동네 구경거리가 되게 해서는 곤란하다. 때리는 시어머니보다 말리는 시누이가 더 밉다는 말도 있듯이 노사가 아닌 제3자가 개입할 때는 신중히 해야 한다. 이런 생각으로 나는 노사가 함께 잘살기 위한 근본적인 대책을 연구하게 되었다.

노사 분규가 끝난 뒤 나는 깊은 고민에 빠졌다. 이런 식의 분규는 근로자와 회사가 모두 망하는 일이다. 일을 못 하게 되면 품질이 떨어지고 결국 수주가 되지 않는다. 잘살아보자고 파업하는데 회사와 같이 망해버리는 것이다. 현대중공업 사업장에서 파업이 이렇게 계속되어서는 안 된다고 생각했다.

방법은 하나뿐이었다. 임금을 올려주는 것 외에 근로자들이 회사를 믿고 편안하게 살아갈 수 있도록 보장하는 것, 바로 복지였다. 나는 현대중공업 직원들이 모두 중산층이 되는 길을 찾아 나섰다.

당시 공장 밖에는 회사 소유의 임대주택들이 있었는데 모두 낡고 불편했다. 우선 근로자들의 주거 환경부터 개선하기로 했다. 여러 방법이 의논되었는데 고층 아파트를 지어 싼값으로 분양하자는 의견이 많았다. 이를테면 반값 아파트인 셈이었다. 사실 주택 문제는 현대중공업 근로자뿐만 아니라 우리나라 국민 전체가 고민하는 심각한 문제이다. 근로자들의 반응은 상당히 좋았다. 너도나도 회사가 짓는 아파트를 분양받았다. 지금 현대중공업 근로자들의 주택 자가 보유율은 98퍼센트에 이른다.

다음으로 신경을 쓴 것은 교육 환경이었다. 근로자의 자녀들이 훌륭한 교육을 받을 수 있도록 하는 게 중요했다. 내가 이사장으로 있던 회사 근처의 중학교 두 곳과 고등학교 세 곳에 대한 지원을 대폭 늘렸다. 울산대와 울산전문대는 공장과 멀리 떨어져 있어 자녀들이 다니기에 불편했다. 수백억 원을 투자해서 회사 앞에 울산과학대학을 새로 지었다.

당시 울산과학대학 개교식에는 이해찬 전 교육부 장관이 참석했다. 그는 "울산과학대학을 설립하는 데 수백억 원을 투자했다니 그 정도 돈이면 수도권의 4년제 대학을 인수할 수 있는 금액"이라고 했다. 이전 장관은 칭찬하는 뜻으로 한 말이었는데, 돈을 지나치게 많이 투자한 것이 아니냐는 비판을 듣기도 했다.

이런 노력들이 계속되면서 직원들의 자부심이 커졌다. 직원들 사이에 회사의 발전이 자신에게 도움이 된다는 인식이 확산되었고, 그 결과 노사 관계는 저절로 안정을 찾아갔다.

지금 현대중공업 직원들의 평균 근속 연수는 19년으로, 국내 기업

중 가장 길다. 요즘 잘나간다는 전자회사들의 평균 근속 연수는 7년에 불과하다. 정년퇴직하는 근로자들을 보는 게 현대중공업에서는 그리 어려운 일이 아니다.

"내 인생의 젊음과 정열을 모두 바친 곳, 그럴 만한 가치가 있는 곳."

"감사한 마음으로 즐겁게 떠납니다."

정년퇴임하는 직원들이 남긴 글에는 회사에 대한 자부심이 묻어난다.

중학교만 마친 현장 근로자의 아들이 서울대 의대 교수가 된 사연을 소개한 회사 소식지를 보고 내 일처럼 기뻐한 적이 있다. 근로자의 자녀들이 회사가 제공하는 좋은 교육을 받고 인재가 되는 것은 어떤 복지의 열매보다 귀한 것이다. 결국 현대중공업은 1995년부터 2011년 현재까지 17년 연속 무분규 사업장이 되었다.

정치를 하게 된 이후 회사의 경영 일선에서 물러났다. 대표이사를 전문 경영인에게 넘겨주고 고문으로 있다가 그것마저 2002년에 그만두었다. 지금의 현대중공업은 전문 경영인들과 현장 근로자들이 함께 이룩한 것이다. 세계 제일의 중공업 회사를 만들어놓은 그들에게 존경과 감사의 마음을 전한다.

정치 노무자가 되기로 결심하다

⚜

"나라가 잘되는 것이 우리가 잘되는 것이며, 우리가 잘되는 것이 나라가 잘되는 길이다."

현대중공업 공장의 큰 외벽에 새겨져 있는 문구이다. 이것은 아버지가 즐겨 하시던 말씀이다. 말씀의 앞부분은 나라가 잘되는 것이 나하고 무슨 상관이냐는 냉소적인 생각이 잘못되었음을 지적한 것이고, 뒷부분은 개인에게 무조건 희생을 요구하기만 하는 국가 발전도 역시 잘못된 것임을 지적한 것이다. 아버지는 개인이 없으면 국가가 무슨 의미가 있냐고 항상 말씀하셨다. 사실은 뒷부분에 무게가 더 실렸다.

소년 시절 아버지는 서당에서 공자와 맹자를 공부했다. 아버지는 공자보다도 맹자를 더 좋아한다는 말씀을 하신 적이 있다. 전통적으로 전체주의가 강한 동양에서는 개인주의를 찾아보기 힘들지만 아버지는 서양식의 합리적 개인주의를 신봉했다. 아버지는 '자유'를 소중하게 생각했다. 생각이 자유로워야 기존 인습의 한계를 깰 수 있고, 그래야 새로운 것을 창조할 수 있다고 확신했다.

박정희 대통령이 유신헌법을 발표한 이후부터 아버지는 상당히 힘들어하셨다. 박정희 정권은 1972년 10월 전국에 비상계엄령을 발동하며 비상조치 상태에 돌입했고, 한 달 후 유신헌법을 발표했다. 독재가 시작되었다.

그때 나는 대학생이었다. 하루는 아침 인사를 드리려고 안방으로 들어갔다. 면도를 하고 계시던 아버지는 내 인사를 받는 둥 마는 둥 하시더니 얼굴에 거품을 가득 묻힌 채 중얼거리듯 말씀하셨다.

"우리나라가 도대체 이게 뭐냐? 국민은 열심히 일하고 있는데 나는 독재의 도구 노릇이나 하는 거 아닌지 모르겠다. 나라 꼴이 이게 뭐냐?"

개인의 자유라는 가치를 소중하게 생각하시던 아버지에게 유신 시대의 강압적인 분위기는 견디기 힘든 것이었다.

'88 서울 올림픽을 유치하기 위해 유럽의 IOC 위원들을 만나며 느낀 것도 바로 그것이었다. 그들은 우리나라에서 민주주의가 실현되지 않고 있다는 것만으로 우리를 대놓고 무시했다. 우리는 조금 더 잘살게 될 때까지 민주주의니 자유니 하는 것들을 잠시 유보시킨다고 생각했지만, 그들에게 민주주의와 자유는 단 하루도 떼어놓고 살 수 없는 존재의 이유였다.

유학 시절에도 학생들은 모이기만 하면 이 문제로 토론하며 밤을 새웠다. 경제는 어느 정도 발전하고 있었지만 정치는 여전히 후진국 수준이었다. 머나먼 타국에서 조국의 정치를 생각하기만 하면 가슴이 답답했다. 이런 정치 현실에 대한 고민은 올림픽 유치단 활동을 하고 선박 수주를 위해 외국 출장을 다니면서 점점 더 깊어졌다. 그때 우리나라는 1980년 '서울의 봄'에서 좌절을 겪은 뒤 다시 군사독재로 돌아간 시기였다. 경제적으로도 어려웠다. 이대로 간다면 아무런 희망이 없어 보였다.

단지 경제적인 어려움에서 벗어나 잘살게 되었다는 대한민국과 자랑스러운 조국 사이에는 엄청난 거리가 있었다. 정녕 그것을 메울 수는 없는 것일까. 자랑스러운 조국이 되기 위해서는 뭔가 근본적인 변화가 필요했다. 굳어진 사고를 바꾸고 낙후된 제도를 바꾸는 새바람을 어떻게 불러일으킬 것인가. 내가 현대중공업 사장으로 계속 일한다면 현대중공업은 바꿀 수 있을 것이다. 그러나 그것뿐이지 않은가. 국가와 사회를 변화시키려면 이 틀에서 벗어나지 않으면 안 된다고 생각했다.

아버지한테 마음속의 갈등을 말씀드리고 새로운 일을 해보고 싶다고 했다.

"그리 생각했느냐? 나도 지난번 올림픽 유치 때 외국인들한테 창피당하면서 크게 깨달았다. 정치가 먼저 변해야 나라가 변한다."

아버지는 흔쾌히 손을 들어주셨다. 아버지는 타고난 기업인이셨다. 기업에 모든 가치를 걸고 계셨다. 그러나 기업만으로는 어찌 해볼 도리가 없는 높은 벽을 경험하신 뒤였다. 나는 아버지의 뜻을 비장하게 받아들였다.

정치를 하기로 마음을 굳힌 뒤 어떤 정치를 할 것인가에 대해 정리했다. 아버지는 늘 자신을 '부유한 노동자'라고 생각하셨다. 나는 '정치 노동자'가 되기로 결심했다. 선거만 생각하는 정치꾼이 아니라 국가의 미래를 생각하는 정치가가 되어 공공에 봉사하는 길을 가기로 했다. 나는 국회의원에 출마하기로 결정했다.

5공 시절인 1985년, 12대 총선을 앞두고 울산에서 무소속 출마를 준비했다. 어느 날 현홍주 안기부 차장이 만나자는 연락을 해왔다. 서울

시청 앞 플라자 호텔의 한 객실에서 현 차장을 만났다. 현 차장은 나에게 "내가 오랫동안 정치의 바깥에서 정치를 봐서 아는데, 정치에 발을 들여놓고 나중에 제대로 되는 사람 못 봤습니다"라며 출마 포기를 종용했다. 나는 "지금 우리나라의 현실은 그렇지만, 앞으로는 바뀔 것입니다"라고 내 생각을 설명했다. 방 안에 있던 국산 위스키 한 병을 함께 마시고 나왔다. 헤어지기 전에 현 차장은 "앞으로 잘되시길 바랍니다" 하고 인사를 했다. 나도 기분이 나쁘지 않았다.

얼마 뒤 청와대에서 전두환 대통령이 나를 만나고 싶어 한다는 연락이 왔다. 직설적인 화법을 쓰는 전두환 대통령은 대뜸 "젊은 사람이 큰 회사 사장 해먹고 있으면 좋을 텐데 왜 정치를 하려고 하느냐"면서 출마 포기를 종용했다. 그러더니 자신이 대한민국에서 국회의장, 대법원장 같은 높은 사람을 다 임명하는 사람이라고 말했다. 그 정도는 나도 알고 있다고 했더니, 본인도 어색한지 줄담배만 계속 피우면서 한참 동안 말이 없었다. 한 나라의 대통령이 30대 초반의 젊은이를 불러다 놓고 국회의원 출마 포기를 종용하고 있자니 마음이 편치는 않았을 것이다.

"제가 국회의원에 출마하지만, 정치를 하려는 것이 아니고 공직자로서 일을 하려고 합니다. 청와대가 있는 종로구에 출마한다면 대통령께서 걱정하시는 것을 이해할 수 있습니다. 하지만 저 멀리 지방의 울산에서 출마하는데 무얼 염려하십니까?"

전 대통령은 "들어보니 말은 되는데 하여간에 안 돼"라고 딱 잘라 말했다.

전두환 대통령은 그때 본인의 퇴임 후가 순탄치 않을 것으로 예상하고 측근들을 국회에 포진시키려 했던 듯하다. 김태호 전 청와대 정무

수석을 울산에 출마시키려 했는데 내가 울산에 출마할 경우, 김 전 수석이 떨어질 것을 우려했던 모양이다.

결국 12대 총선 출마는 포기해야 했다. 어찌해볼 도리가 없는 상황이었다. 군사독재 시절에 지방의 무소속 국회의원 출마를 대통령이 직접 나서서 말리는 상황을 어떻게 이해해야 할지 난감했다. 국회가 중요하기는 한가 보다 생각했다.

선거에 나가지 못하게 되자 할 일이 없었다. 그래서 나는 이 기회에 공부를 계속하려고 미국 유학길에 올랐다. 전두환 대통령 덕분에 좋은 공부를 하게 된 셈이다. 본의 아니게 떠난 유학에서 돌아온 뒤 1988년 13대 총선 때 울산에서 국회의원 선거에 나섰다.

1987년 가을, 과격했던 노사 분규가 일시적으로 잠잠해졌을 때였다. 퇴임을 앞둔 전두환 대통령이 나를 다시 불렀다. 이번에는 집권당인 민정당으로 13대 총선에 출마하라는 권유였다. 나는 거절했다. 1985년에는 출마하지 말라고 하더니 이때는 다시 나가라고 하는 것에 기분이 내키지 않았고, 나름대로 뜻을 세우고 시작하려는 공직을 권력의 입맛에 맞춰 해서는 안 된다는 생각에서였다.

울산에서의 선거는 지역 국회의원 선거인데도 마치 대통령 선거처럼 치열했다. 수천 명이 떼를 지어 유세장에 와 시위를 벌이기 일쑤였다. 돌멩이가 날아와서 유세가 중단되는 일도 잦았다. 급기야 대통령 선거 때 사용되던 방탄 방패가 등장했다. 돌멩이를 맞아가며 유세를 벌인 끝에 국회의원에 당선됐다.

만 36세에 무소속으로 들어간 13대 국회는 소위 황금분할의 여소야대였다. 국방위원회에 배정되어서 위원장실에 가보았더니 쟁쟁한 선배들이 앉아 있었다. 야당인 통일민주당의 원내총무 최형우 의원이 나를 보더니 걸걸한 목소리로 이렇게 환영해주었다.

"어이, 정 의원, 여기는 왜 왔어? 여긴 정치 노무자들이 있는 곳이라구."

울산이 고향인 최 의원의 이 말이 반갑게 들렸다.

1988년 13대 국회에서 나는 정치 노무자 정몽준으로서 첫발을 내딛었다.

북녘을 향한 아버지의 그리움과 비극의 전조

⚜

1992년 아버지는 대통령 선거에 출마했다. 가족이 모두 말렸지만 결국 당신의 의지를 관철시켰다. 아버지 연세 일흔일곱 살의 도전이었다. 하루는 아침에 아버지와 함께 걸어가면서 반대의 뜻을 완곡하게 말씀드렸다.

"아버지, 선거라는 것은 참 어렵습니다."

그 말에 아버지는 나를 유심히 바라보더니 이렇게 대답하셨을 뿐이나.

"그러니까 네가 준비를 잘하란 말이야."

나는 더는 반대하지 못했다. 아버지의 대선을 향한 행보는 거침없었다.

아버지는 새로운 당을 만들었다. 신생 통일국민당은 3월 총선에서 교섭 단체를 구성하고도 충분히 남을 정도의 의석을 확보했다. 신생 정당으로서는 상당한 성공이었다.

총선에서 성공하고 나자 아버지와 통일국민당을 보는 시선이 많이 달라졌다. 외신들도 사뭇 호의적인 기사를 내보냈다. 노태우 대통령은 아버지를 안가로 초대해 같이 저녁을 들었다. 자연스레 우리는 이제부터는 정치 탄압이 덜하려니 하는 기대를 갖게 되었다. 그런데 4월이 되자 갑작스럽게 정치 탄압을 하기 시작했다. 뒤통수를 맞은 셈이었다. 권력이란 이렇듯 얄팍하고 야비한 것이로구나, 하는 생각이 들었다.

세계적 해운회사로 성장한 현대상선의 대표이사인 몽헌 형이 그 회사 임원들과 함께 구속됐다. 화주(貨主)들에게 리베이트를 주었다는 혐의였다. 나는 정구영 당시 검찰총장을 찾아갔다.

"리베이트는 전 세계적인 관행입니다. 국내에서도 노태우 대통령 사돈의 기업을 비롯해 다른 대형 해운회사들이 똑같이 하고 있는데, 왜 몽헌 형만 잡아갑니까?" 나는 화가 나서 따져 물었다. 그러자 정구영 총장은, "남자들이 외도했다고 해서 다 잡아갈 수는 없는 일 아닙니까? 잘 아시면서……"라고 답했다.

유치하고 노골적인 정치 탄압이었다. 국가 공권력이 일관성을 잃으면 폭력배나 다름없어진다. 몽헌 형은 법정에서 집행유예를 선고받았다. 나는 아버지와 함께 묵묵히 그 모습을 지켜보아야만 했다.

회사 운영을 놓고 몽구 형과 몽헌 형이 갈등을 빚기 시작했다. 두 형님들 주변에는 좋지 않은 사람들이 많았다. 아버지의 신임을 얻기 위해서 그랬는지 두 형들은 대북 사업에서도 지나친 경쟁을 벌이고 있었다.

하루는 임동원 국정원장이 내게 전화를 걸어 몽구 형이 북한에서 자동차사업을 하려고 하는데 말려달라고 부탁했다. 몽헌 형은 건강이 좋지 않은 아버지를 모시고 너무 무리하게 북한의 여러 곳을 다녔다. 아버지는 실향민이었다. 실향민들이 대부분 그러하듯 북녘에 대한 애틋

한 마음이 있었고, 북한이 발전하는 데 도움을 주고 싶어 하셨다. 몽헌 형은 아버지의 이런 마음을 잘 알고 있었다.

아버지의 잦은 방북은 엉뚱한 오해를 낳기도 했다. 당시 북한 김정일 위원장은 일본 언론 인터뷰에서 선친이 나를 대통령으로 만들려고 열심히 북한을 찾는다고 말했다. 이 인터뷰가 한국 언론에도 보도되어 몹시 민망했었다.

월드컵과 관련된 일로 외국 출장을 다녀오는 길이었다. 축구와 관계된 일로는 회사 사람들이 공항에 마중 나오는 일이 없는데, 그날은 현대중공업의 재정을 담당하는 임원이 공항에 나와 있었다. 얼굴 표정이 꽤나 심각했다. 그 임원은, 몽헌 형이 이익치 현대증권 회장, 김윤규 현대건설 사장 등 대북 사업 관련 인사들과 함께 있는 자리에서 자신을 불러서는 '현대중공업에서 몇억 달러를 내놓으라'고 했다고, 어쩌면 좋을지 물었다. 나는 무엇에 쓴다고 하더냐고 되물었다. 임원은 자신 없는 목소리로 답했다.

"현대건설 해외 현장에서 쓸 돈이라고 하셨습니다."

순간 나는 남북정상회담을 위해 북한에 보낼 돈이란 생각이 들었다.

"회사 돈을 아무런 근거 없이 보내면 큰일 나지 않겠습니까?"

이틀 후 청와대 비서실의 고위 인사를 청와대 인근 커피숍에서 만났다. 나는 답답해서 그에게 말했다.

"이런 일을 하면 안 됩니다. 회사 돈을 보내면 비밀이 지켜지겠습니까? 김대중 대통령을 이렇게 모시면 안 됩니다."

그러자 그 고위 인사는 얼굴이 시커멓게 변해서 아무런 대답도 못 하고 바닥만 내려다보았다. 민주당의 이해찬 정책위의장을 만나서도 같은 이야기를 했다. 며칠 후에 이 의장이 연락을 해왔다. 임동원 국정원장에게 알아봤더니 "나는 그런 것에 대해 아는 것이 일절 없다"고 하더라는 것이다.

결국 현대중공업에서 자금이 빠져나가지는 않았지만, 나중에 보니 현대상선의 자금이 사용되었다. 퇴임 직전 김대중 대통령은 담화를 통해서 "현대는 대북 송금 대가로 북측에서 7대 사업권을 얻었다"고 했고, 대북 정책 책임자는 "민간 기업의 자체 판단에 따른 상업적 거래였다"는 말로 모든 책임을 현대에 떠넘겼다.

장사하는 사람은 정치인을 만날 때 조심해야만 한다. 곤고(困苦)한 입장이 된 몽헌 형은 아무런 말도 할 수 없었는데, 당시 몽헌 형을 이용했던 사람들로부터는 고맙다거나, 안됐다거나 하는 말 한마디 없었다.

노무현 대통령 임기 초에는 대북 송금 문제를 파헤치려고 특검까지 도입되었다. 세간에서는 노 후보 지지를 철회한 나에 대한 보복으로 보는 시각들이 있었다. 노무현 대통령 당선에 김대중 대통령이 많은 도움을 주었는데, 왜 굳이 대북 송금 문제를 파헤치려는 것인지 상식적으로 이해되지 않는 일이었다. 그러니 나를 뒷조사할 목적으로 대북 송금 특검을 도입했다는 말이 나왔다. 내가 대북 송금에 반대한 것에 대해, 회사 내부에 무슨 문제가 있기 때문이 아닌가 지레짐작했다는 것이다. 대북 송금 특검은 김대중 전 대통령의 반발을 불러일으켜 결국 민주당 내에서 김대중 대통령 쪽과 노무현 대통령 쪽의 갈등을 심화시켰다. 그리고 몽헌 형의 비극이 싹트기 시작했다. 우리 집안에 어두운 그림자가 덮치고 있었다. 얼마나 무서운 비극이 닥쳐오는지 그때는 미처 알지 못했다.

"정주영 회장의 전공은 유머 같소"

✤

1992년 대선 직후였다. 아버지가 낙선한 이후, 현대는 여러 가지로 정부와의 관계가 불편했다. 그러던 중 청와대의 고위 인사가 회사 사장을 통해, 아버지한테 현대그룹의 명예회장직을 내놓으라고 압력을 가했다. 아버지는 내게 어떻게 하는 게 좋겠느냐고 물으셨다. 나는 직함보다는 역사적 사실이 중요하니까 그만두셔도 좋겠다고 말씀드렸다. 그러자 아버지는 일부러 심각한 표정을 지으면서 이렇게 말씀하셨다.

"몽준아, 이화여대에서 받은 명예박사는 반납하지 않아도 되겠냐?"

아버지 특유의 유머였다. 아버지는 언제나 부정적인 면보다는 긍정적인 면에 주목했다. 고정관념의 틀에서 벗어나 유연하게 사고했고, 일을 추진했다. 서산 간척지 사업의 물막이 공사에서 있었던, 이른바 유조선 공법 등 새로운 발상으로 성사시킨 수많은 사례들은 모두 그러한 사고의 결과였다.

아버지의 대선 출마는 기존의 사회 통념에 대한 도전이었다. 기성 정치권에서는 정치는 정치인에게 맡겨야 한다는 생각이 강했다. 특히 장사하는 사람이 무슨 정치냐는 인식은 뿌리 깊었다. 아버지는 그런 기존의 인습 또는 거대한 시스템에 도전했다. 남들이 모두 안 된다고 했기 때문에 더 도전하시려 했던 것으로 보인다. 아버지는 대통령 선거에서 낙선한 후 "실패가 아니다…… 그저 선거에 나가 뽑히지 못했을 뿐이다"라고 말씀하셨다.

아버지는 아무리 힘들어도 유머를 잃지 않으셨다. '왕자의 난'이라고 세상이 떠들썩했을 때도 아버지는 의연했다. 당시의 기억은 두 번 다시 돌아보고 싶지 않을 정도로 고통스럽다. 낙관적인 성격의 아버지는 형제들 사이에 그런 분란이 일어나리라고는 생각도 못 하셨다. 나는 동생이라서 할 수 있는 역할도 없어 애만 끓일 뿐이었다. 자식은 모두가 불효자식이라는 말은 맞는 말이었다.

당시의 일은 몽헌 형 주변에 있던 아버지의 비서 출신들이 몽구 형을 중상하고 폄하하면서 형제 사이를 이간질했기 때문에 일어났다고 생각한다. 몽구 형 주변의 경복고등학교 동창 출신 중에도 비슷하게 이간질하는 사람들이 있었다.

내가 뉴욕 출장 중이던 때, '삼부자(三父子)가 동반 퇴진하기로 했다'는 신문 기사를 보았다. 워싱턴에 가는 일정을 취소하고 서둘러 귀국해서 아버지에게 사실 여부를 물었다. 그런데 아버지는 신문 보도와는 전혀 다르게 말씀하셨다. 동반 퇴진이라는 말을 한 적이 없고, 회사 일을 전문 경영인들과 상의해서 하라고만 했다는 것이다. 기가 막혔다. 앞으로 외국에는 나가지 않을 테니 중요한 결정을 하실 때는 나하고 사전에 의논해주시라고 말씀드렸다. 아버지는 흔쾌히 그러마고 약속하셨다.

그리고 잠시 뒤 나를 보며 이렇게 물으셨다.

"그런데 몽준아, 내가 지금 너하고 상의하겠다고 약속했는데, 그 약속한 사실마저 잊어버리면 어떡하니?"

그게 아버지의 유머였다.

조선소를 건설할 자금을 빌리기 위해 영국의 버클레이즈 은행 부총재를 만났을 때였다. 현대가 내놓은 신규 차관 신청서를 두고 은행 이사회의 회의가 며칠씩 계속되었다. 초가집 옆에 소나무 몇 그루가 서 있는 울산 미포만의 황량한 바닷가 사진과 지역 지도 한 장, 영국 조선소에서 빌린 26만 톤급 유조선 도면만으로 차관을 내놓으라니, 그들로서도 난감한 일이었다. 이사회가 길어지는 바람에 아버지는 회사 중역들과 런던 근교를 관광했다. 옥스퍼드 대학과 윈저 궁을 둘러보고 온 다음 날 아버지와 부총재가 만났다. 부총재는 대뜸 아버지한테 물었다.

"정 회장의 전공은 경영학입니까, 공학입니까?"

소학교밖에 나오지 못한 아버지로서는 난감한 질문이었지만 망설이지 않고 곧바로 대답했다.

"우리가 낸 사업 계획서를 보았습니까? 어제 내가 그 사업 계획서를 들고 옥스퍼드 대학에 갔더니 한번 척 들쳐보고는 바로 그 자리에서 경영학 박사학위를 주더군요."

아버지의 말에 부총재가 껄껄 웃었다. 그러고는, "옥스퍼드 대학 경영학 박사라도 그런 사업 계획서는 못 만들 거요. 당신은 그들보다 훨씬 훌륭합니다. 당신의 전공은 유머 같소. 우리 은행은 당신의 유머와 함께 당신의 사업 계획서를 수출보증국으로 보내겠습니다. 행운을 빕니다"라고 말했다. 아버지의 거침없는 유머로 현대중공업이 시작될 수

1982년 세계 최고의 조선소인 현대중공업에서 아버지와 함께. 황량한 미포만 바닷가 사진 한 장과 거북선이 그려진 500원짜리 지폐 한 장에서 출발한 현대중공업은 아버지의 도전 정신과 유머로 만들어진 회사라 해도 과언이 아니다. 영국 버클레이즈 은행 부총재는 아버지에게 "당신의 전공은 유머 같소"라는 말과 함께 조선소 건설 자금을 빌려주었다.

있었다.

아버지는 평생을 근검절약하는 모습으로 일관했다. 아버지가 돌아가셨을 때, 수십 년은 된 듯한 TV 수상기, 몇 번이나 뒷굽을 간 낡은 구두와 같은 유품들이 세간에서 화제가 되기도 했다.

"일하는 것 자체가 그저 재밌어 일에 묻혔고, 그러다 보니 일과 한 몸이 되어 살았다. 좋은 옷이나 음식이나 물건에 한눈팔 겨를도 없이 그저 일이 좋아 일과 함께 살았다. 타고난 일꾼으로서 열심히 일한 결과가 오늘의 나일 뿐이다."

아버지는 일제 강점기에 강원도에서 두 차례 가출했는데, 그때마다 걸어서 서울까지 왔다. 친구와 함께 가출했을 때는 중간에 밥을 얻어먹으며 걸었다고 한다. 그런 경험이 있어서인지 걷기를 좋아해 출근도 늘 걸어서 하셨다. 서울 신설동에 살던 시절에 막노동하는 현장까지 걸어 다닌 아버지의 이야기를 들은 내가 "그렇게 걸어 다니시면 운동화가 닳아서, 버스나 전차 타는 것이 오히려 경제적이지 않습니까" 하자, 아버지는 웃으면서 이렇게 대답하셨다.

"운동화가 닳으면 칼로 폐타이어를 잘라 접착제로 붙여서 신고 다녔지."

나 역시 구두를 한번 사면 밑창을 갈아가며 오래 신는다. 10년 전에 FIFA에서 준 양복과 와이셔츠도 지금까지 즐겨 입는다. 아들은 나이가 들수록 점점 아버지를 닮아가나 보다.

어느 해 2월, 아버지와 함께 걸어서 출근하던 아침이었다. 경복궁 돌담길 보도블록 위에 군데군데 쌓인 눈 위를 걷고 있는데, 아버지가 말씀하셨다.

"녹다 남은 잔설을 밟는 기분은 한겨울의 눈을 밟을 때와는 달라. 봄이 오는 소리가 들리는 듯하구나."

많은 사람이 아버지를 박력이 넘치는 분으로 기억하고 있지만, 내가 본 아버지는 섬세한 감성을 가진 로맨티스트였다. 문학에 대한 관심도 깊어서 박경리, 구상, 김수현 선생 등의 문인들과도 교류를 많이 하셨다. 교회에 다니지는 않았지만 기독교계 종교인들과도 가깝게 지내셨다. 청운동 집 정원에 눈이 내리면 성심여대 총장이던 김재순 수녀, 이화여고 교장을 지낸 정희경 선생을 비롯한 지인들을 초대해서 〈내게 강 같은 평화〉 같은 복음성가를 부르기도 했다. 유신 말기인 1978년에는 현대중공업 앞에 성바오로 성당을 지어서 정부로부터 탄압받고 있던 지학순 원주교구장을 초대한 가운데 봉헌하기도 했다. 병원에 입원했을 때도 나와 아내가 복음성가를 불러드리면 박수를 치며 좋아하셨다.

한번은 새벽에 아버지가 글을 쓰고 계신 것을 본 적이 있다. 무엇을 쓰고 계시냐고 여쭈니 신문에 기고할 글이라고 하셨다. 바로 '새봄을 기다리며'라는 제목으로 〈서울신문〉에 실린 글이었다.

"기업의 단하(壇下)에서 봄을 만끽하고 싶다. 〔……〕 봄눈이 녹은 들길과 산길을 정다운 사람들과 함께 걸으며 위대한 자연을 재음미하고, 인정의 모닥불을 피우리라. 천지의 창조주 앞에 경건한 찬미를 바치리라."

통천에서 서당을 3년쯤 다니고 소학교를 졸업하신 게 아버지 학력의 전부이다. 그래도 호구지책이 절박하던 시절에 농사꾼 집에서 서당에도 다니고 소학교 졸업도 했으니 당신은 행운아였다고 늘 말씀하셨다.

아버지는 고향에서 유일하게 신문을 구독한 구장(이장) 댁을 거의 매일 찾아가서 동네 어른들이 다 돌려보고 난 〈동아일보〉를 맨 마지막으로 얻어 봤다고 한다. 그것이 고립된 농촌에서 바깥세상과 연결되는 아버지의 유일한 숨구멍이었다. 그 무렵 〈동아일보〉 연재소설인 방인근의 《마도의 향불》, 이광수의 《흙》 등을 감명 깊게 읽었는데, 신문소설이 작가가 꾸며서 쓰는 얘기가 아니라 매일매일 실제로 일어나는 일인 줄 알 만큼 순박하셨다. 《흙》의 주인공인 변호사 허숭한테 감동해서 실제로 변호사가 되려고 《법제통신》이나 《육법전서》 같은 책을 사서 독학하고 보통고시에 응시하신 적도 있다.

신문을 읽는 아버지의 습관은 평생 이어졌는데, 가족이 모여 함께 아침을 먹는 자리에서도 그날 신문에 실린 이야기를 자주 하셨다. 아버지는 신문을 통해 특별한 인연을 맺기도 했다. 대표적인 분이 정진홍 서울대 종교학과 명예교수이다. 그분이 신문에 기고한 글에 감동한 아버지가 연락해서 만나게 된 후, 두 분은 깊은 우정을 나누셨다.

언젠가 내가 아버지께 왜 그토록 신문을 열심히 읽으시냐고 여쭤봤더니, 아버지는 이렇게 말씀하셨다.

"신문은 재밌기도 하고, 나의 선생이다. 세상에서 잘났다는 사람들은 모두 신문에 글을 쓰잖니?"

어렸을 때 아버지가 이렇게 물으신 적이 있다.

"몽준아, 옛날에 우리나라 부잣집 아들들이 왜 바보가 됐는지 아느냐?"

무슨 말씀인지 몰라 우물쭈물 대답을 못 하고 있으니까, 이렇게 설명해주셨다.

"그건 말이다, 부자들의 집은 크잖니? 그 큰 집에 가면 대청마루가 아주 넓지. 부잣집 아들이 대청마루에서 낮잠을 자다 잠에서 깨어나면 대들보가 한눈에 들어오거든. 그걸 보고는 저렇게 큰 대들보가 떨어지면 내가 죽겠구나, 하는 쓸데없는 걱정을 한단다. 그래서 부잣집 아이들이 힘이 없는 거지."

큰 집의 자식들이 심약해지는 이유를 그렇게 재미있게 설명하신 것이다.

낙관과 나눔의 인생철학을 물려받다

✤

아버지는 기업가로서 철학이 확고한 분이었다. 기업이 튼튼하려면 사회가 건강해야 하고, 기업가로서 성공한 사람은 사회를 건강하게 만드는 일에 노력을 기울여야 한다고 믿었다. 아버지는 사회가 안정되어야 돈이 의미가 있지, 사회가 불안하면 돈은 종잇조각에 불과하다고 말씀하셨다. 식민지 시절을 보내고 전쟁을 겪은 아버지가 뼈저리게 절감한 '진리'였다.

기업인의 일차적인 책임은 기업 자체를 잘 운영하는 것이다. 기업이 부실해지거나 부도가 나면 사회에 폐를 끼치고 본의 아니게 죄를 짓게 된다. 그러나 이윤만 추구한다면 땅에 거름을 주지 않으면서 해마다 수확물만 거둬가려는 격이 된다. 사회 발전에 귀속하지 않는 경제 성장, 기업의 성장이란 생각할 수 없다.

아버지의 인생철학은 한마디로 '긍정과 낙관'으로 요약할 수 있다. 매사에 긍정적인 생각을 가졌고, 앞날에 대한 낙관으로 가득 차 있었다. 긍정하면 낙관할 수밖에 없고, 낙관하는 데 긍정적이지 않을 리가 없다. 아버지는 타고난 이상주의자였고 나라 바깥의 일에도 관심이 많았다. 특히 폴란드의 자유노조운동에도 관심이 많은 아버지는, 이런 운동을 미국이 적극적으로 도와서 이번 기회에 동유럽을 해방시켜야 한다고 말씀하셨다.

내가 초선의원 시절이었다. 아버지와 함께 시청 앞에서 차를 타고 가는데, 탄식하듯 말씀하셨다.

"몽준아, 우리나라 야당 정치인 중에 단 한 명이라도 제대로 된 정치인이 있었더라면, 나라가 이 지경까지 되지 않았을 거야."

아버지의 한마디가 국회의원 배지를 단 내 가슴에 날카롭게 와 박혔다. 아버지는 에둘러 나에게 경계의 말씀을 남기신 거였다.

예술적 기질이 다분하신 아버지는 스스로 문화 예술인들의 후견인을 자청하고 여러모로 후원을 했다. 올해 있었던 아버지의 10주기 추모음악회에서 지휘를 맡은 서울시립교향악단 정명훈 예술감독은 무대에서 우리 형제도 모르고 있던 30년 전 일화 한 토막을 들려주었다. 정 감독이 유럽에서 한창 공부하던 시절, 우리나라는 워낙 가난해 오케스트라가 아예 없었다고 한다. 그런데 하루는 한국에서 정 감독의 어머니로부터 연락이 왔다. 현대건설 정주영이라는 분이 오케스트라를 하나 만들고 싶은데 어떻게 하면 좋겠느냐고 상의를 해왔다는 거였다.

옛일을 이야기하며 정 감독은 30년 전에 오케스트라를 만들고 싶어 했던 아버지의 예술에 대한 안목을 높이 평가한다고 말했다. 그러면서 30여 년 전의 아버지에게 존경하는 마음을 담아 꼭 드리고 싶은 선물이 있다며 프랑스에서 사용하던 지휘봉을 가지고 나왔다. 그 선물을 몽구 형님이 받고 몹시 좋아했다.

6남 2녀 중 맏이인 아버지는 동생들 중에 공부를 많이 한 다섯째 신영 숙부를 유난히 아꼈다. 신영 숙부는 아버지보다 열여섯 살이나 어렸는데, 서울법대를 나와 〈동아일보〉 정치부 기자를 지냈고, 국회 출입 기자로 관훈클럽 회원이었다. 그런 숙부가 경제학을 배우러 독일 유학을 떠났다. 그곳에서 숙모를 만나 결혼했고 딸도 낳았다. 유학 중에는 월급도 못 받으면서 자칭 〈동아일보〉 특파원으로 일하며 아데나워 수상과의 인터뷰를 비롯해 꽤 많은 기사를 써 보냈다. 아버지에게는 큰 자랑거리인 아우였다.

그런 숙부가 갑자기 세상을 떠났다는 비보가 날아들었다. 내가 국민학교 5학년 때로 기억한다. 당시에는 국제전화가 없었다. 아침에 전보가 왔는데 수술을 받는다는 간단한 내용이었다. 몽헌 형과 장충동 집 앞 골목에서 놀다가 저녁에 들어오니, 어머니와 숙모들, 고모가 한꺼번에 울고 계셨다. 오후에 전보가 한 통 더 왔는데, 거기에 비보가 담겨 있었다.

숙부는 박사학위 논문을 준비하던 중에 장폐색증으로 수술을 받았고, 수술 예후가 나빠 돌연 객지에서 별세했다. 당시 숙부의 나이 서른두 살이었다. 일종의 의료 사고였던 것으로 짐작된다. 박사논문 마무리에 열중하겠다며 숙부는 둘째를 임신한 숙모와 큰딸을 서울에 보내놓은 상태였다. 아버지가 쓴 자서전에 당시 상황이 잘 나타나 있다.

"아우의 장례를 치르고 처음 제수씨가 교회로 예배를 보러 가던 날, 나는 아무 말 없이 집사람과 함께 제수씨를 따라 나섰다. 졸지에 남편을 잃고 어린 두 아이와 함께 남겨진 제수씨를 차마 혼자 교회에 보낼 수가 없었다. 그렇게 시작해서 7개월 정도를 나는 집사람과 함께 교회를 다녔다. 내가 녀석을 좋아한다는 것도, 내가 녀석에게 기대가 크다는 것도, 내가 녀석을 자랑스러워한다는 것도, 나는 단 한 번도 아우한 테 정식으로 말한 적도 표현한 적도 없었다. 살아오는 동안 두고두고, 나는 그게 그렇게 후회가 될 수가 없다."

그로부터 15년쯤 지난 1977년, 아버지는 아깝게 요절한 아우를 기리기 위해 관훈클럽에 기금 출연을 제의했다. 신영 숙부의 못다 한 뜻을 계속 이어가달라는 의미였다. 그 뜻이 받아들여져서 '신영연구기금'이란 명칭으로 언론인의 연구, 저술 활동과 해외 연수를 지원하고 서적들을 발행, 번역하는 출판 사업도 하게 되었다.

아버지는 1977년에 우리나라 최초의 복지재단인 아산재단을 설립하셨다. '복지'란 말이 아직 생소하기만 하던 시절이었다.

"사람이 모든 것의 근본입니다. 그런데 사람을 괴롭히는 두 가지가 있습니다. 병고와 가난이 그것입니다. 병고와 가난은 악순환을 일으킵니다. 병치레를 하다 보면 가난할 수밖에 없고, 가난하기에 온전히 치료받을 수 없게 됩니다."

아버지가 가난과 병고의 고리를 끊기 위해 당신이 갖고 계시던 현대건설 주식의 절반인 500억 원을 출연해서 설립한 아산재단은 현재 총자산 규모가 2조 원에 이를 정도로 성장했다.

그 당시는 의사가 없어 진료를 받지 못하는 지역이 많아 '유의촌'과 '무의촌'이 지역을 구분하는 잣대가 되던 시절이었다. 아산재단은 창설 이듬해부터 인제, 정읍, 보성, 보령, 영덕, 홍천, 강릉 등에 병원을 지어 농어촌 주민들에게 값싸고 질 좋은 의료 서비스를 제공했다. 우리 사회의 가장 불우한 이웃을 돕는다는 취지에 맞춰 아산재단은 사회복지 지원 사업과 학술연구 지원 사업, 장학 사업 등에도 활발한 지원을 해왔다.

지난해 천안함 사건 이후로 국가 발전에 헌신하는 많은 MIU(Men in Uniform, 제복의 공직자)들의 수고와 희생이 사회 화두가 되었다. 아산재단은 군인, 경찰, 소방관, 해양경찰 공무원의 자녀들 중에 일반대·전문대 재학생 170명을 선발하여 2010년부터 1인당 연간 300만 원의 장학금을 지급하기 시작했다.

아산재단의 가장 큰 일은 역시 의료 사업이다. 설립 당시에 '쓸 만한 의사는 모조리 뽑아가서 미국에 의사가 없다'는 뒷말을 들었을 정도로 정예의 의료진으로 시작한 아산병원은 국내 최대의 선진 의료 기술을 보유한 병원으로 발전해 미국과 영국, 스페인, 호주, 중국 등의 의료진들이 연수 교육을 받으러 오는 병원으로 발전했다.

2700병상의 서울 아산병원은 국내에서 암수술을 가장 많이 하고 있으며 간, 신장, 췌장, 심장 등 장기 이식 수술도 가장 많이 한다. 간 이식 수술의 성공률은 미국보다 높은 95퍼센트 이상으로 명실공히 세계 최고 수준이다.

앞으로 아산생명과학연구원을 중심으로 하는 연구 중심 병원으로 키워갈 계획이다. 이를 위해 최신 설비를 갖춘 연구소와 기숙사를 건립하고, 환자 보호자들도 병원에서 편히 생활할 수 있는 공간과 영유아를 보육할 수 있는 어린이집도 건설하고 있다. 덕분에 내가 이사장으로 취임한 이래 하루도 공사가 없는 날이 없다는 말을 듣는다.

아산재단을 운영하면서 가슴 훈훈한 일들이 많았지만 민병철 원장을 잊을 수 없다. 16년간 서울 아산병원장을 역임해온 민병철 원장은 병원을 떠날 때, 우리가 수고비를 드려야 하는데도, 오히려 고맙다고 사재 20억 원을 기부했다. 나는 민 원장의 뜻을 받들기 위해 30억 원을 출연해 50억 원의 민병철 기금을 만들어 간호사와 의료기사, 행정

1987년 3월, 아버지와 함께 미국 뉴욕을 방문해 시티 은행 회장을 만났다. 통역 겸 수행비서로 아버지를 모시면서 아버지의 여러 면모를 볼 수 있었다. 아버지는 풍부한 감성과 유머로 사람을 포용할 줄 아는 로맨티스트이자, 모두가 안 된다고 생각하는 일을 모든 것을 걸고 밀어붙여 끝내 해내는 승부사였다.

직원들의 해외 연수 등에 사용하고 있다.

사립병원 최초로 의약품 공개경쟁입찰을 실시하고 의료진의 해외 출장비용을 모두 병원에서 지원하여 병원과 제약사 사이에 벌어지는 리베이트 관행을 없앴다. 지난해에는 정부로부터 '아산병원처럼만 하라'는 칭찬을 들었다. 또 2008년에는 '아산의학상'을 제정, 괄목할 만한 업적을 거둔 의학자를 선정해서 시상했고, 아산의학상을 독립적으로 운영하기 위해 300억 원 규모의 기금을 조성했다.

지난 3월, 아버지의 10주기 기일이 있었고 그 자리에서 나는 아버지의 남기신 뜻을 계승할 새로운 재단을 만들기로 구상했다. 그리고 8월에 나를 포함해 가족들과 현대중공업 그룹이 5000억 원을 출연해서 '아산나눔재단'을 설립했다. 아산나눔재단은 갈수록 심화되고 있는 우리 사회의 양극화를 해소하는 일에 최선을 다할 것이다. 아버지의 시절이 가난과 질병의 고리를 끊어야 했던 때라면, 지금은 교육과 소득의 불균형으로 사회의 양극화 현상이 걱정되는 시기이기 때문이다. 물론 소득 불균형이 심화되는 것은 전 세계적인 현상이고 우선 정부가 해결해야 할 사안이지만, 그렇다고 정부에만 맡길 일은 아니다. 나는 앞으로 아산나눔재단을 통해 양극화 해소를 위한 나눔 복지, 청년들의 창업 정신 고양 등 좋은 사회를 만들기 위한 '키다리 아저씨'의 역할을 하고 싶다.

아버지는 평소 '담담한 마음'을 강조하시고는 했다. 이 말은 현대의 사훈처럼 쓰인 문구였다. 아버지는 담담한 마음을 이렇게 설명했다.

"담담한 마음이란 무슨 일을 할 때 착잡하지 않고 정직한 상태를 말합니다. 복잡하게 생각하면 인간은 약해져요. 맑은 마음을 가질 때 좋은 생각이 나오지요."

담담(淡淡)이라는 글자를 들여다보면, 두 개의 불 화(火) 자 옆에 물 수(水)의 부수가 있다. 물로 불을 다스린다는 뜻인데, 열정이 많은 사람이 차분하게 되려는 노력을 볼 수 있다. 아버지는 열정이 많은 분이었기에 더욱 '담담한 마음'을 강조하셨던 것이 아니었을까 생각한다.

아버지가 돌아가신 지 벌써 10년. 피땀 흘려 일구신 기업들은 이제 세계적인 사업체가 되어 5대양 6대주를 누비고 있다. 현대가 지금처럼 성장할 수 있었던 것은 뜨거운 뙤약볕 밑에서 함께 땀 흘리고 울고 웃은 근로자가 있었고, 기업을 지지해준 국민이 있었기 때문이다.

해도 뜨지 않아 컴컴한 새벽, 아버지와 함께 경복궁 돌담길을 걸으면서 배운 도전 정신, 긍정적 사고, 애국심⋯⋯. 남자의 일생은 아버지를 이해하고 배워나가는 과정이라고 한다. '인생을 살아가는 데 필요한 지식은 유치원에서 다 배웠다'는 서양 격언이 있다. 나는 많은 것을 아버지한테 배웠다.

열정의 그라운드
위에 서다

3

FIFA의 정치는 중동보다 복잡하다

✤

미국 국무장관으로 오랫동안 세계 정치를 주무른 헨리 키신저 박사는 그 자신이 미국의 1986 월드컵 유치 활동에서 실패하고 나서, "FIFA의 정치는 중동 정치보다 더 복잡하다(FIFA politics make me nostalgic for the Middle East)"며 혀를 내둘렀다.

1994년 1월, FIFA 부회장 선거에서 도움받으려고 중국을 방문했을 때 중국의 IOC 위원인 허전량(河振梁)과 테니스를 쳤다. 연세가 많고 인자한 그는 "아시아의 스포츠 정치(sports politics)에서는 거인들이 난장이들에게 휘둘리고 있다"고 말했다.

지금도 그렇지만 그때도 한중일 세 나라는 국제 정치에서는 '거인'이지만 스포츠 외교에서는 아시아의 작은 나라들에게 휘둘리고 있었다. 허전량 위원은 아시아의 스포츠 외교에서 한중일 세 나라가 서로 반목하고 있는 현실을 지적한 것이다.

스포츠 외교를 다니면서 절감한 것은 우리나라에는 진정한 친구가 없다는 사실이다. 우리나라에서 한 발만 바깥으로 나가도, 마음을 터놓고 얘기하면서 서로 도움을 주고받으며 의지할 수 있는 나라가 거의 없다.

우선 지리·역사·문화적으로 가장 가까운 중국과 일본만 해도 그렇다. 한중일 삼국은 유교권 국가라고 하지만 실상은 매우 다르다. 근대화 과정에서 한국은 기독교를 적극 수용하면서 아시아에서는 거의 유일하게 기독교 인구가 전체 종교 인구의 50퍼센트를 육박하고 있다. 반면에, 대부분의 일본인은 신토(神道) 신자이며 기독교 신자는 1퍼센트도 안 된다. 공산당 지배 아래에서 종교 행위를 금지당한 중국에서는 전통적인 종교가 거의 모든 영향력을 상실했다.

19세기 이후 근대화 과정에서 일본은 우리와 중국에게 큰 고통을 안겨주었고, 중국도 우리와 편한 관계는 아니었다. 청일전쟁과 중일전쟁, 일본의 조선 강점과 잔혹한 식민 수탈, 한국전쟁과 냉전 등을 통하여 한중일 관계는 최악으로 치달았다.

중국은 우리와 수교한 지 20년이 다 되었고, 교역 규모는 지난해에 1900억 달러를 기록함으로써 일본과 미국과의 교역량을 합친 것보다 많아서 우리나라 최대 교역국이 되었다. 하지만 천안함, 연평도 사건에서 보았듯이 중국은 그 위상에 걸맞은 객관적인 입장을 취하지 않고, 최근에는 역사 문제에 있어서까지 우리와 불편한 관계를 유지하고 있다.

일본은 우리에게 그토록 많은 고통을 안겨준 과거사에 대해 진정한 반성을 하지 않는 것은 물론, 독도에 대한 영토 야욕마저 버리지 못하면서 끊임없이 양국 관계를 긴장으로 몰아가고 있다.

지리적으로나 역사·문화적으로 가장 가까운 이웃이라고 할 수 있는 중국, 일본과 우리의 관계가 이 정도다. 동북아시아를 벗어나 동남아시아, 서아시아, 중동으로 가면 문화·종교적으로 동질감을 찾기가 쉽지 않다.

한중일을 제외한 아시아축구연맹(AFC, Asia Football Confederation)의 40여 회원국은 우리와는 많이 다른 문화·종교적 배경을 가지고 있다. 태국과 미얀마 등은 불교 국가지만 우리와는 달리 소승불교 국가이고, 인도는 대부분 힌두교이다. 중동은 물론 말레이시아와 인도네시아를 포함한 나머지 국가들은 대부분 이슬람 국가다.

이슬람 국가들은 자기들끼리 긴밀하게 협조하고, 동남아시아 국가들은 아세안(ASEAN)과 같은 지역 공동체를 통해 협력한다. 인도를 필두로 한 비동맹권 역시 오랫동안 외교 안보에 있어서 독자적인 노선을 걸어왔다. 그래서 우리는 아시아 무대에만 서면 외톨이 신세가 되기 쉽다.

1993년 내가 대한축구협회장이 된 후 스위스 취리히에 있는 FIFA 하우스로 아벨란제 회장을 찾아가자 그는 "한국 축구협회장으로서는 최초의 방문"이라면서 반갑게 맞아주었다. 그때까지 아벨란제 회장은 IOC 위원 자격으로 '88 서울 올림픽을 참관하는 등 우리나라를 여러 차례 방문했고, 심지어 북한도 두 번 방문했다. 그런데 한국의 축구협회장은 세계 축구의 심장부라고 할 수 있는 FIFA 본부를 한 번도 방문하지 않을 정도로 스포츠 외교는 전무했다.

1993년 내가 회장이 된 후, 아시안컵 대회의 개최지를 결정하기 위해 아시아축구연맹 회의에 처음 참석했을 때였다. 싱가포르의 회의장에 가보니 이미 개최 장소가 내정되어 있었다. 우리는 그런 줄도 모르고 AFC 조사팀이 한국에 왔을 때 대회를 유치하려고 열심히 안내하고 접대했었다.

"경기 장소를 미리 내정해놓고 회의하는 게 말이 되느냐, 원칙에 어긋나는 일이다, 투표로 결정하자"며 내가 주장해서 투표를 관철시켰으나 표 대결에서 지는 바람에 장소를 바꾸지는 못했다.

AFC의 몇몇 사람이 모여 결정하던 기존의 관행에 대해 내가 "모든 것은 규칙대로 해야 하고 투명해야 한다"며 제동을 걸자 그들은 긴장하는 것처럼 보였다.

이때까지만 해도 한국이 아시아에서 축구를 잘한다고 했지만 스포츠 외교는 제로에 가까웠다. 그러던 차에 내가 나타나 원칙을 주장하자 까다로운 인물이 나타났다는 인상을 받은 모양이었다.

AFC의 한 고위 인사는 "한국 대표팀의 성적이 나쁘면 정몽준 회장이 축구협회장에서 바로 쫓겨날 것이므로 신경 쓸 것 없다"고 말했다고 한다. 외국 사람이야 자기들의 이익을 따라서 그런다고 하지만, 문제는 이런 말을 듣고 국내에서 그대로 떠들고 다니며 나를 음해하는 사람들인데, 정말 고약한 일이다.

우리나라 축구의 발전에는 경기력도 중요하지만, 그에 못지않게 스포츠 외교도 중요하다.

국제 신사가 아닌 악동 블래터 회장

✤

2002년에 AFC 회장이 된 모하메드 빈 함맘은 모국인 카타르가 2022년 월드컵을 유치하는 데 공헌했다. 그런데 그는 제프 블래터 회장에 맞서 2011년 5월 FIFA 회장 선거에 나왔다가 일부 회원국의 대표들에게 돈을 돌려 표를 매수했다는 이유로 FIFA 윤리위원회에서 축구계로부터 영구 제명이라는, 축구인으로서는 사형 선고와 같은 판결을 받았다. 함맘은 1998년에 블래터가 주앙 아벨란제 회장에 이어 FIFA 회장이 될 때, 그의 회장 당선에 많은 도움을 준 인물이다. 카타르에서 석유와 가스 사업을 하는 함맘은 사재를 털어 블래터의 선거를 도운 것으로 알려졌다

블래터는 함맘을 의식해서 "나는 FIFA 회장을 두 번만 하고 그 후에는 내가 회장이 되도록 도운 사람을 지원하겠다"고 말했는데, 지난 6월에 그는 네 번째로 FIFA 회장에 당선됐다.

FIFA 회장은 국가 정상급으로, 어느 나라에 가나 정상을 쉽게 만날 수 있고, 명예 박사학위를 받기도 한다. FIFA는 돈도 많고 전 세계에서

제일 유명한 기구라고 볼 수 있지만, 스포츠 NGO로서의 투명성과 도덕성이 부족하다는 지적을 받기도 했다.

미국의 마스터 카드사가 FIFA를 상대로 소송을 벌인 사건은 FIFA의 신뢰도를 크게 추락시켰다.

2006 독일 월드컵 이후의 새로운 스폰서 계약을 체결하는 과정에서, FIFA가 마스터 카드사에게 의도적으로 계속 거짓말한 이 사건은 뉴욕 법원에서 재판을 담당했다. 이 사건 판결문에서 로레타 프레스카라는 여성 판사는 "FIFA는 거짓말을 했다(FIFA lied)"를 13번이나 언급하며, "페어플레이를 슬로건으로 하는 FIFA는 더 이상 페어플레이를 말할 자격이 없다"고 FIFA에 대해 할 수 있는 최대한의 경멸을 표했다.

법원 판결문에 따르면, FIFA는 새로운 스폰서 계약 협상을 할 때 마스터 카드사에게 우선적으로 협상할 권리가 있는데도 이를 무시하고 경쟁사인 비자 카드사와 협상에 들어갔다. 그러면서 마스터 카드사에게는 "우선적으로 협상할 테니 안심하라"고 거짓말을 했다.

FIFA는 비자 카드사에게 마스터 카드사와의 협상 내용을 상세히 알려주면서 막상 마스터 카드사에게는 비자 카드사와의 협상 내용을 철저히 은폐했다.

최종적으로 마스터 카드사가 1억 8000만 달러, 비자 카드사가 1억 5000만 달러의 스폰서 비용을 제시하자, FIFA는 비자 카드사에 정보를 주었다. 그리고 비자 카드사로 하여금 마스터 카드사보다 많은 1억 9500만 달러를 제시토록 했고, FIFA는 2006년 3월 비자 카드사와의 계약을 승인했다.

FIFA는 이 사실을 숨겼다가 비자 카드사의 이사회 승인이 난 것을 확인한 후에, 비자 카드사와 계약을 체결할 것임을 마스터 카드사에게 통고했다.

마스터 카드사는 4월 4일 FIFA에게 비자 카드사와 계약하면 소송하겠다고 경고했다. FIFA는 경고를 받은 뒤인 4월 6일 비자 카드사와 계약을 체결했다. 그러고는 마스터 카드사가 항의하기 전에 계약했다는 것을 나타내기 위해 계약서 서명 날짜를 4월 3일로 고친 다음, 고친 계약서에 자신들이 비자 카드사 사장의 서명을 위조해서 써넣었다. 그래서 같은 내용의 계약서인데도 비자 카드사가 가지고 있는 계약서 서명 날짜는 4월 6일로 되어 있고, FIFA가 가지고 있는 계약서는 4월 3일로 되어 있다.

FIFA의 거짓말로 시작된 이 사건에 대해 뉴욕 법원은 FIFA에게 패소 판결을 내렸고, FIFA는 2007년 6월 마스터 카드사에게 1억 달러 가까이 지불하고 사건을 마무리했다.

블래터는 협상 과정 중 자기와 마케팅 위원회에 거짓으로 보고했다며 제롬 발케(Jerome Valcke) 마케팅 국장과 직원 3명을 파면시킴으로써 모든 책임을 그들에게 전가시키려 했다. 그런데 이후 6개월 뒤에는 발케 국장을 FIFA 사무총장으로 승진시켜 임명함으로써 발케의 배후에 블래터 회장 자신이 있었음을 짐작하게 만들었다.

문제가 되어 쫓겨난 인물이 오히려 승진해서 들어온 것은 있을 수 없는 일이다. 나도 내 자리를 걸고 그 일을 막지 못한 것이 지금도 아쉽다. FIFA는 집행위원들에게 이 사건을 설명해주지 않아 나는 신문 보도를 통해 대충 짐작하는 정도였는데, 뉴욕 법원의 재판 판결문을 읽어보고는 충격을 받았다.

앞에서도 언급했지만 "페어플레이를 슬로건으로 하는 FIFA는 더 이상 페어플레이를 말할 자격이 없다"는 능멸을 받고 가만히 있을 수는 없었다. FIFA의 명예를 위해서 무언가 조치를 취해야 했다.

2007년 6월 27일 FIFA 집행위원회가 열렸다.

회의 하루 전날의 저녁 모임에서, 내가 동료 집행위원들에게 이 문제를 어떻게 생각하느냐고 물었으나, 그들은 이런 이야기를 하는 자체를 부담스러워하며 슬그머니 자리를 피했다. 어떤 집행위원은 내가 이런 이야기를 하고 다닌다면서 블래터에게 고자질하기도 했다.

이튿날 회의에서 한 사람도 이 문제를 거론하지 않았다. 중요한 사안인데도 회의 끝 무렵 블래터 회장은 마스터 카드 사건을 간단히 언급하고, 원만하게 잘 끝났다며 넘어가려고 했다.

블래터 입장에서 보면, FIFA가 1억 달러에 이르는 손해를 보았건 말건, 뉴욕 법정으로부터 능멸을 당했건 말건, 자기 친구가 회장인 비자 카드사에 스폰서를 주었고, 측근인 발케를 사무총장으로 승진시켰으니 문자 그대로 원만하게 처리된 것이긴 하겠지만, 양식 있는 축구팬들의 입장에서는 있을 수 없는 일이었다.

회의 당일, 내가 손을 들자 회의실이 갑자기 얼어붙는 듯한 분위기가 되었다.

나는 이 사건은 단순히 돈 문제만은 아니라고 서두를 뗀 다음, FIFA가 큰 재정적 손실을 입은 것도 문제이지만, 그보다는 페어플레이를 슬로건으로 하는 FIFA의 도덕성과 명성에 큰 상처를 입혀, FIFA의 신뢰도가 추락한 것이 더 큰 문제라고 지적했다. 그러고는 떨어진 신뢰를 회복할 수 있는 조치를 취해야 한다고 말했다.

올해 FIFA 회장 선거가 있기 전인 4월 독일의 신문 〈디 벨트(Die Welt)〉는 독일 팬들에게 "FIFA 회장으로서 블래터는 물러나야 합니까"라는 앙케트를 했는데 89퍼센트가 "그렇다"고 대답했다.

독일의 스포츠 전문지 〈스포츠빌드(Sport-Bild)〉가 실시한 "당신은 FIFA 회장 블래터를 어떻게 여기십니까"라는 질문에는 95퍼센트가 "그 사람은 축구계를 망쳐놓고 있다(Der Mann macht den Fußball kaputt)"고 응답했다.

영국의 〈가디언(Guardian)〉지도 일반인을 대상으로 "당신이 투표권이 있다면 누구를 찍겠느냐"고 물었는데 9.6퍼센트만이 블래터를 선택했다.

2011년 5월 FIFA 회장 선거를 앞두고 중동 카타르의 함맘 후보에 대한 고발이 있었다. 미국의 척 블레이저 집행위원이 FIFA 사무국에 제보한 바에 따르면, 함맘 후보가 카리브연맹을 방문하여 회원국들에게 돈 봉투를 돌렸다는 것이다. 블래터는 윤리위원회(Ethics Committee)에 철저한 조사를 지시했고, 윤리위는 1993년부터 2001년까지 미국 FBI 국장으로 재직했던 루이스 프리(Louis J. Freeh)에게 조사를 맡겼다. FBI의 세계적인 명성은 잘 알려져 있지만, FIFA가 얼마나 부패했으면 FBI 전 국장을 동원했을까, 하는 말이 돌면서 화제가 되었다.

함맘의 후보 사퇴로 인해 단독 후보가 된 블래터는 2011년 6월 FIFA 총회에서 회장 4선 연임에 성공했다. 블래터는 당선되자마자 FIFA 내의 비리를 척결한다면서 키신저 전 미국 국무장관을 비롯하여 축구선수 출신인 요한 쿠르이프, 성악가 플라시도 도밍고 등 축구를 좋아하는 사람들로 FIFA 해결위원회(Solution Committee)를 만들겠다고 했다. 어떤 사안이든 이들이 문제를 제기하면 곧바로 조사에 들어가겠다는 것이다.

이들의 지혜를 빌리는 것은 좋다. 그러나 과연 이런 방법이 FIFA의 미래를 위해 좋은 것인지는 생각해보아야 할 문제다.

1998년 블래터는 처음 FIFA 회장이 된 직후에도 전략위원회(Strategic Studies Committee)라는 것을 만들었다. FIFA의 최고의사결정기구인 집행위원회(Executive Committee) 자체가 장기적인 전략을 수립하는 기구인데 별도의 전략위원회를 만들어서 결국 집행위원회를 배제하고 약화시키는 결과를 낳았다. 블래터는 이 전략위원회에 북중미연맹 회장인 잭 워너, 아시아연맹 회장인 함맘과 같이 자신과 가까운 인물들을 배치했다. 이번에 구성하겠다는 해결위원회라는 것도 그런 결과를 낳게 되지 않을까 우려된다. 위원회의 구성만 보아도 FIFA를 희화화(戲畵化)하고 있다. 가령 플라시도 도밍고의 경우 축구선수도 아니고 행정가도 아닌 유명 성악가일 뿐이다. 나도 플라시도 도밍고를 좋아하지만, 그에게 FIFA의 문제 해결을 맡긴다는 것은, 결론은 정해놓고 유명 인사들의 이름만 빌리려 한다는 우려를 갖게 한다.

FIFA 집행위원회가 어떤 기구인지, 블래터 신임 회장과는 어떤 관계였는지는, 다음의 몇 가지 사례를 살펴보면 쉽게 알 수 있다.

블래터는 24년간 FIFA의 수장(首長)이던 브라질 출신 아벨란제 회장 밑에서 사무총장으로 일한 인물이다. 1998년 아벨란제 회장 후임으로 새로운 인물이 요구될 때, 당초 기대되던 인물은 스웨덴 출신의 요한슨 유럽연맹 회장이었다. 그러나 요한슨 유럽연맹 회장은 FIFA 회장 선거 전날 저녁에야 부인과 함께 파리의 FIFA 호텔에 도착할 정도로 선거운동에 있어서 너무 소극적인 모습으로 일관했다.

선거 수개월 전에 나는 요한슨 회장을 만나서, "FIFA 회장 선거는 현실 세계의 선거이지 로마 교황청 선거가 아니다. 최소한 203개 회원국 협회장들과 악수도 하고 인사도 하는 등 더 열심히 뛰어야 하는 것 아니냐"고 권유했었다. 그러나 요한슨 회장은 "내가 아벨란제 회장의 부패(corrupt)를 비판하며 FIFA 개혁을 주장해왔는데, 그들과 똑같이 해서야 되겠느냐"라고 말하는 등 지나치게 순진한 태도를 보였다.

그에 반해 블래터는 당시 아벨란제 FIFA 회장을 비롯해 잭 워너 북중미연맹 회장, 함맘 아시아연맹 회장, 그리고 남미의 집행위원들과 FIFA의 사무국 직원들까지 가능한 모든 사람들을 동원해 선거운동에 나섰다. 그리고 그 결과 블래터가 신임 회장에 선출됐다.

FIFA 회장으로 블래터가 선출된 날 오후 호텔에 돌아와보니, 유럽 집행위원들이 모여 요한슨 유럽연맹 회장의 낙선 위로 모임을 갖고 있었다. 요한슨 회장을 위로하려고 그의 뒤로 가서 두 손으로 어깨를 감싸 안았더니, 요한슨 회장이 눈물을 흘리고 있었다.

같은 날 블래터는 파리 센 강의 유람선에 총회 참석자 모두를 초청하여 당선 축하연을 벌였다. 내가 지정된 배에 오르자, 블래터를 위해 선거운동을 했던 잭 워너 북중미연맹 회장이 나에게 "MJ, 당신이 공공장소에서 울지 않은 유일한 사람이오(You are the only one who did not cry in public place)"라며 약을 올렸다. 배 뒤편으로 갔더니 슈미트 독일축구협회 사무총장도 씁쓸한 표정으로 서 있었다.

회장이 된 1998년 가을, 블래터는 집행위원회 회의에서 자신의 첫 번째 아이디어를 집행위원들에게 제시했다. FIFA 회장은 국제경기연맹 회장 자격으로 국제올림픽위원회(IOC)의 당연직 위원이 되는데, 블래터는 회장 취임 후 사마란치 IOC 위원장을 만나 와일드카드 확대에 관해 논의했다. IOC는 그동안 줄기차게 올림픽 대표팀의 23세 연령 제한을 폐지해달라고 FIFA에 요청해왔는데, 폐지할 경우 사실상 월드컵 대회를 2년에 한 번씩 치르는 것이나 마찬가지이기 때문에 FIFA로서는 받아들일 수 없었다. 블래터 회장의 제안은 올림픽 축구대표팀

1999년 코리아컵(Korea Cup)을 참관하기 위해 방문한 FIFA 아벨란제 명예회장(오른쪽), 블래터 회장(중앙). FIFA의 정치는 중동 정치보다 복잡하다. 나는 FIFA 부회장으로 일하면서 무소불위의 권력을 휘두르던 아벨란제 회장의 철옹성에 도전했다. 현 회장인 블래터는 5개 국어에 능통하고 말도 잘할 뿐 아니라 머리도 좋지만, 아무리 보아도 국제 신사는 아닌 것 같고 악동처럼 느껴진다.

의 와일드카드 인원을 기존 3명에서 5명으로 늘리자는 것이었다. 연령 제한을 받지 않는 와일드카드 선수의 숫자도 FIFA로서는 같은 맥락에서 중요하게 생각하는 문제였다. 이 아이디어는 모든 집행위원들의 강력한 반대로 폐기되었다.

블래터는 자신의 체면이 손상되었다고 생각했는지, 그다음에는 월드컵을 2년에 한 번 열겠다고 일종의 폭탄선언을 했고, 이 때문에 전 세계 스포츠계가 발칵 뒤집혔다. IOC는 올림픽과 겹친다면서 반대를 했다. 그러자 블래터는 월드컵을 홀수 연도에 열겠다고 했는데, 이번에는 세계육상선수권대회와 겹쳐서 육상계가 반대를 했다. 점입가경이었다. 월드컵이 2년에 한 번 열리면 FIFA 내부적으로도 유럽 등 각 대륙의 선수권대회와 겹치는 문제가 발생하게 된다. 처음부터 될 수 없는 일이어서 결국 이 아이디어도 폐기되었다.

그다음 회의에서 블래터는 더 기발한 아이디어를 소개했다. 축구가 재미있으려면 골이 많이 나야 한다면서 골대의 높이와 좌우 폭을 각각 축구공 하나 크기만큼씩 늘려 골문을 넓히는 방안이었다. 하지만 이 아이디어도 전 세계의 국가대표팀 골대는 물론이고 동네 축구 골대도 바꿔야 하기 때문에, 수십억 달러가 들어가야 하는 현실적 문제로 흐지부지되었다.

블래터가 제안할 때마다 집행위원회가 논의를 했고, 그 결과 블래터의 아이디어는 폐기되었다. 블래터는 회장의 권위를 과시하려는 듯 기발한 아이디어라며 여러 제안을 내놓았지만, 그 내용이란 것들이 오랫동안 FIFA에서 일한 사람의 생각이라고는 볼 수 없는 어처구니없는 것들이어서 불필요한 마찰과 혼란만 낳았을 뿐이었다. 집행위원회가 소방관으로 나서 사전에 진정시키는 역할을 하지 않았더라면, 전 세계 체육계와 축구계는 지금 큰 혼란에 빠져 있을 것이다.

2011년 6월, 그는 FIFA 총회에서 4선에 성공하자 연설을 통해 월드컵 개최지 결정을 총회에서 하겠다고 제안했고, 그의 제안은 만장일치 박수로 통과되었다. 이는 집행위원회의 권한을 빼앗아 총회로 넘겨준다는 것인데, 208개 회원국 입장에서는 반대할 이유가 하나도 없었던 것이다. 사실은 1982년 스페인 월드컵까지는 총회에서 월드컵 개최지가 결정되었는데, 그 후 월드컵부터는 집행위원회의 결정으로 바뀌었다. 그리고 그동안 집행위원회에서 결정해도 아무 문제가 없었다.

2002년 월드컵의 유치를 위해서, 1995년 초 멕시코를 방문했을 때의 일이 기억난다. 멕시코의 텔레비사(Televisa) 방송사 사장이며 FIFA의 수석부회장이던 카네도는 내게 자신의 경험을 충고삼아 들려주었다. 1964년 도쿄 FIFA 총회에서 결정되었던, 1970년 멕시코 월드컵을 유치하기 위해서 자신은 수십 개국을 여러 번 방문해야 했다는 것이다. 그런데 지금은 집행위원들의 나라들만 방문해도 되니 훨씬 수월하지 않느냐고 말했다. 개최지 결정을 총회에서 집행위원회로 바꾼 것이 잘된 것이라는 뜻으로 생각했다.

그런데 블래터 회장은 2022년 월드컵 개최지 선정을 언급하면서, 앞으로는 월드컵 개최지 결정을 총회에서 하도록 바꾸겠다고 한 것이다. 6월 총회 이후에 그는 2022년 월드컵 개최지 선정 문제가 해결위원회의 조사 대상이 될 수 있다고도 했다.

블래터 회장의 이런 행동들이, 만약 2022년 월드컵 개최지로 카타르가 선정된 것이 잘못되었다는 것을 암시하려는 것이라면, 자기 자신의 잘못을 집행위원회의 책임으로 전가하겠다는 의도에서 비롯된 것이 아닌지 우려된다.

사실 2010년에 2018년과 2022년 월드컵 개최지를 동시에 결정한 것은 상식과 관례에 맞지 않다. IOC의 경우, 올림픽 개최지의 결정은 7년 전에 이루어지고 있었고, FIFA의 월드컵 개최지 결정은 6년 전에 이루어져왔다. 즉, 관례대로 한다면 2018년 월드컵 개최지 결정은 2012년에 이루어져야 하고, 2022년 월드컵 개최지 결정은 2016년에 이루어져야 한다. 따라서 2010년에 두 개의 월드컵을 동시에 결정한 것은, 차기와 차차기 회장이 할 일을 미리 당겨서 해버린 셈이 되는 것이다. 관례에 맞지 않는 것이므로 집행위원회에서 이 제안을 반대했어야 했는데, 그대로 진행시켰던 것이 큰 실수였다. 매번 사사건건 반대한다는 인상을 줄까 봐 적극적으로 반대하지 못한 것이 후회된다.

만약 2022년 월드컵 개최지 결정에 문제가 있었다면, 이는 블래터 회장의 제안에 따라 두 개의 월드컵을 미리 앞당겨서 동시에 결정하게 되면서 발생한 것이다. 그런데도 블래터는 이를 마치 집행위원회가 잘못된 결정을 했던 것처럼 호도하고 있다.

두 개의 월드컵 개최지를 동시에 결정하기로 하면서, 2018년 월드컵 유치 후보 국가들과 2022년 월드컵 유치 후보국들 사이에는 공모(collusion) 움직임이 나타나기도 했다. 대표적인 예가 2018년 월드컵 유치에 나선 스페인과 2022년 월드컵 유치에 나선 카타르 사이의 공모설이었다. 카타르는 2018년 월드컵에서 스페인을 지지하고, 스페인은 2022년 월드컵에서 카타르를 지지한다는 것이다. 이러한 공모에 대해 FIFA는 관련 규정 위반이라며 윤리위원회에서 조사한다고 하는 등 여러 가지로 혼란이 야기되었다.

집행위원회는 회장의 독선을 막기 위해 '견제와 균형'의 역할을 하는 독립된 기구인데, 블래터는 집행위원회의 권한을 빼앗아 자신에 대한 견제를 무력화하려는 시도를 하고 있는 셈이다. 인류 역사상 많은 독재자들이 쓴 수법과 비슷하다. 깊이 생각해볼 문제다.

2022년 월드컵 개최지 선정 문제는 블래터가 제안한 해결위원회의 검토 대상으로도 거론되고 있는데, 잘못이 있다면 블래터 자신부터 조사를 받아야 한다. 2022년 월드컵 유치전에 뛰어든 호주 축구협회는 수백만 달러를 사용한 것으로 알려졌지만, 1차 투표에서 한 표만 받고 탈락했다. 개최지가 선정된 날, 호주 축구협회의 프랭크 로위 회장은 자신이 투표에서 졌다기보다는 처형당했다는 느낌이 들었다(I felt I was excuted)는 말로 기분을 표현했다. 더 실망스러운 것은 표는 한 표인데, 자신들이 호주를 지지했다며 위로 전화를 해온 사람이 둘이었다는 것이다. 두 사람 중에 한 명이 블래터 회장이 아니었을까 하는 의심이 들었다.

블래터 회장은 2002년 한일 월드컵 당시 서울에서 열린 집행위원회 회의에서 자신은 아침에 출근해서 저녁에 퇴근할 때까지 일하니까 월급을 받는다고 했다. 내가 월급이 얼마냐고 묻자, 한 집행위원이 그건 왜 묻느냐며 나를 공격했고, 나는 그 집행위원에게 당신은 언제부터 블래터 회장의 대변인이 됐느냐고 응수했다.

세계 축구를 위해 24시간 일한다니 월급을 받는 것은 좋으나 액수는 공개해야 한다. 월급뿐만이 아니라 회장으로서 자의적으로 쓸 수 있는 예산도 공개해야만 한다. 블래터가 각 대륙연맹의 선거에 관여한다는 소문도 있었는데, 대륙연맹의 선거에 관여하라고 FIFA에서 월급과 활동비를 주는 것은 아니다.

블래터 회장은 5개 국어에 능통하고 말도 잘할 뿐 아니라 머리도 좋지만, 아무리 보아도 국제 신사는 아닌 것 같고 악동처럼 보인다. 자신은 가족도 없어서 오로지 축구를 위해서만 살아가고 있다고 하는데, 앞으로 축구인들의 화합을 위해서 할 일을 찾았으면 하는 바람이다.

나는 현재 FIFA의 명예 부회장이다. FIFA가 투명하고 공정하게 운영되지 못해 실망하는 부분이 많다. 17년 동안 FIFA 부회장으로 일했는데, 내 역할을 제대로 했는지 뒤돌아본다.

한국 vs 일본, 피할 수 없는 숙명

⚜

나는 1993년 1월에 대한축구협회장을 맡아 네 번 연임했다. 42세에 취임하여 16년 동안 일했으니 내 삶의 중요한 시기를 한국 축구와 함께했다는 생각이 든다. 처음 맡을 때만 해도 내가 이렇게 오래 축구와 인연을 맺을지는 몰랐다.

처음부터 대한축구협회에 마음을 두고 있었던 것은 아니었다. 전임 김우중 회장이 갑자기 사퇴하자 당시 최돈포 강원도 축구협회장이 내게 제의를 해왔다. 워낙 스포츠를 좋아하는 나는 즐거운 마음으로 선뜻 받아들였다.

내가 회장이 되었을 때 협회 사무실은 초라하기 짝이 없었다. 종로 조계사 옆 골목에 위치한 견지동의 협회 사무실을 처음 찾아갔을 때 실내는 어두컴컴했고, 회장실은 따로 없이 사무실과 부회장실만 있었다. 부회장실에 들어갔더니 낡은 책상 두 개와 소파가 하나 있었다. 책상 하나는 부회장 것이었고 나머지 하나는 전무용이었다. 응접 세트의 소파는 다리 한쪽이 부러져, 거기 기우뚱하게 앉아 업무 보고를 받았던 기억이 있다.

외국 언론은 한국 대표팀 감독의 자리를 두고 '독배(毒杯)'니 '무덤'이니 하는 표현을 쓰는데, 축구협회장도 그에 못지않게 어려운 자리다.

월드컵이나 올림픽, 아시안컵, 아시안 게임 등 크고 작은 경기에서 성적이 부진하거나 탈락하면 회장에게 물러나라고 한다. 심지어 아마추어팀에서 사고가 나거나 팀이 해체되어도 사퇴하라고 한다.

1964년 도쿄 올림픽 때 한국은 아랍공화국에게 10대 0, 체코에게 6대 1, 브라질에게 6대 0으로 패하는 수모를 당하자, 축구협회 회장을 비롯하여 협회 임원진이 즉각 퇴진한 기록이 있다.

내가 취임한 후 1993년 10월, 카타르 도하에서 열린 미국 월드컵 최종 예선전에서 우리 팀이 일본에게 1대 0으로 지자, 한 언론은 이날을 '국치일(國恥日)'이라고까지 표현했다. 결국 마지막 경기에서 우리가 북한을 3대 0으로 이기고, 일본이 인저리 타임에 한 골을 허용하여 이라크와 2대 2로 비기는 바람에 우리가 미국 월드컵 본선에 나가고 일본은 탈락하게 되었다.

일본의 한 신문은 성급하게 '일본은 본선 진출, 한국은 탈락'이라는 오보를 했고, 우리나라가 탈락한 것으로 잘못 안 국내의 한 주요 일간지는 취임한 지 6개월밖에 안 된 나에게 미국 월드컵 본선 진출에 실패했으니 "축구협회장은 사퇴하라"고 했다.

1993년 1월 축구협회장에 취임한 후, 업무 파악을 하면서 2002년 월드컵 유치안이 책상 속에 묻혀 있다는 사실을 알게 되었다.

나는 실상을 좀 더 알아보았다. 그랬더니 뜻밖에도 당시 일본이 이미 6~7년 전부터 유치를 위해 치밀한 물밑작업을 해오고 있었다. 나중에 이탈리아 축구협회장에게 들은 얘기지만, 일본은 1990년도에 이미 월드컵 준비 조사단이라는 것을 구성해서 당시 이탈리아 월드컵 준비 사항을 조사해갔다는 것이다.

FIFA 아벨란제 회장도 일본 개최를 지지하는 쪽으로 기울어졌다는 소문이 파다했다. 아벨란제 회장은 2002년 월드컵은 아시아에서 개최할 것이라고 했는데 그것은 일본을 염두에 두고 한 말이라는 것이다.

당시 우리나라의 축구계는 침체에 빠져 있었다. 아시아의 축구 강국으로 자부하던 한국이 일본에게 추월당할지도 모른다는 위기감이 고개를 들고 있었다. "일본은 이렇게 하는데 우리는 무엇들 하고 있느냐"는 우려의 소리가 자주 들렸다.

만약 우리가 신청하지 않는다면 일본은 단독 신청이 되어 월드컵 개최국으로서 2002년 월드컵에 자동으로 진출하게 된다. 반면 우리나라는 2002년 월드컵 본선 진출을 장담할 수도 없다. 1996년에 일본이 개최국으로 결정되면 2002년 개최할 때까지 6년간 아시아와 국제 사회에서 많은 홍보를 할 것이므로, 우리는 그동안은 물론 월드컵이 끝난 후에도 오랫동안 엄청난 스트레스를 받을 수밖에 없다.

이처럼 모든 것이 일본과 비교되는 상황이었는데, 한국이 2002년 월드컵 유치 경쟁에 뛰어들어보지도 못하고 일본의 독주를 허용할 경우, 한국 축구는 회복하기 어려울 정도로 후퇴할 것이 뻔했다. 이런 사태를 그대로 보고만 있는 것은 협회 회장으로서의 역할과 책임을 다하지 못하는 것이라고 생각했다.

축구협회장으로 취임한 이상, 유치 활동을 열심히 해보는 것이 나의 의무가 아니겠는가. '어렵겠지만 하는 데까지는 해보아야 한다'는 것이 당시 나의 심경이었다.

그러나 국내 분위기는 무관심하다 못해 냉담했다. 각 언론사의 체육
부장들과 식사하는 자리에서 나의 결심을 밝혔더니, 어떤 부장은 "되
지도 않을 이야기를 끄집어내는데, 저의가 무어냐"면서 신경질을 내기
도 했다.

체육계의 반응도 냉담했다.

대한체육회는 월드컵에 대한 정확한 수지 명세서와 사업 승인 신청
서를 제출해야 사업 승인 여부를 검토하겠다고 했다. 정확한 수지 명
세서는 경기장 건설비 등 가변적인 사항이 많아 지금도 뽑기 어려운
문제인데 하물며 당시에는 더욱 어려운 일이었다.

그 당시 어떤 정부 당국자는 우리 실무진에게 "월드컵이 그렇게 이
익이 많이 난다니 축구협회 혼자서 하면 이익이 모두 축구협회로 돌아
갈 것이니 협회 차원에서 해보시오, 정부에서는 지원해줄 돈이 없지만
융자를 알선해줄 수는 있소"라고 빈정댔다.

1992년 대선에서 아버지가 낙선하자 어떤 의원은 나도 국회의원직
을 사퇴해야 한다고 주장했다. 그런 상황에서 내가 대한축구협회장이
되어 2002년 월드컵 유치를 거론하자, 정치적 곤경을 모면하기 위해
서라는 억측도 있었다. 당시 이민섭 문체부 장관은 김영삼 대통령이
내가 축구협회장을 맡은 것을 못마땅하게 생각한다면서, 나보고 생각
해보라고 했다. 나는 대통령만 문민 대통령이냐, 나도 문민 회장이라
고 응수했다.

대선 당시 나는 통일국민당의 부산 책임자였는데, 부산 복집 사건
외에 여러 가지 선거법 위반에 저촉된 혐의가 있다고 9시 뉴스에 보도
되는 등, 여차하면 나를 구속시킬 판이었다. 만약 이때 구속됐거나 축구
협회장을 사퇴했더라면, 2002년 월드컵 유치 활동은 보나마나 못했을

것이다.

1993년 10월, 카타르의 수도 도하에서 94년 미국 월드컵 아시아 지역 최종 예선전이 열리게 되었다.

나는 이 시합을 무척 중요하게 생각했다. 우리가 최종 예선전을 통과하여 미국 본선에 진출하면 2002년 월드컵 유치에 힘이 실려 희망이 있었다. 하지만 만약 우리가 탈락하고 일본이 나간다면 월드컵 유치를 추진하기 힘든 분위기가 되는 것은 물론이고, 일본은 이미 가동 중인 월드컵 유치 위원회조차 우리는 설립하기 어려울 것이라는 생각이 들었다.

최종 예선전에 오른 나라는 한국을 비롯해 일본, 사우디, 이란, 이라크, 북한 등 6개국이었다. 당시 본선 진출 티켓은 2장으로 누구도 승리를 장담하기 어려웠다.

카타르로 가기 전 국제 정보에 밝다는 한 인사는 고개를 가로저으며 "한국은 이미 아시아 지역 예선에서 탈락하게 되어 있고 일본이 진출하도록 짜여 있다"고 했다. 기분이 언짢았지만 내색하지 않았다. 자칫 소문이 선수들의 귀에 들어가면 사기가 떨어질까 걱정되었기 때문이다.

어쨌거나 카타르에서 한국팀은 지옥과 천당을 오갔다. 우리가 일본에게 0대 1로 졌을 때는 앞이 캄캄했다. 서울의 협회 건물에는 붉은색 스프레이로 "자폭하라"고 쓰였고 심지어 돌이 날아들기도 했다.

운명의 10월 28일. 혹시라도 있을지 모르는 승부 조작을 막기 위해 한국과 북한, 일본과 이라크 경기가 같은 시간에 열리게 되었다. 우리나라가 본선에 진출하기 위해서는 무조건 북한에 두 골차 이상으로 이기고 이라크가 일본에 최소한 지지 않는 두 가지 조건을 동시에 충족

시켜야만 했다.

그런데 전반이 끝났을 때 한국은 여전히 북한과 0대 0이었고, 일본은 이라크를 1대 0으로 앞서가고 있었다. 절망적인 상태였다.

후반전이 시작되고 한국팀은 있는 힘을 다해 결국 북한을 3대 0으로 이겼으나, 일본이 이라크를 이기면 아무 의미도 없는 것이었다. 선수들은 어깨를 늘어뜨리고 운동장을 빠져 나오고 있었다.

시합이 거의 끝날 때까지 일본 선수들은 이라크를 2대 1로 이기고 있었으나 시합 종료 수초 전 코너킥을 허용했다. 코너킥한 공이 이라크 선수의 뒷머리를 맞고 들어가 일본은 통한의 동점을 허용하게 되었다. 일본 선수들은 모두 운동장에 주저앉아버렸고, 어깨를 늘어뜨리고 나오던 우리 선수들은 이 소식을 듣고 펄쩍펄쩍 뛰었다. 이때의 감격이란! 우리는 누구나 할 것 없이 얼싸안고 기뻐했다.

우리에게 '카타르의 기적'이던 그 순간은 일본에게는 '도하의 비극'으로 길이 기록되게 되었다. 일본이 동점을 허용한 순간, 일본 NHK의 해설자는 30초 동안이나 말을 잇지 못했다고 한다. 나는 이때 처음으로 월드컵 유치의 가능성을 느끼게 되었다.

다음 날 홍명보 선수의 얼굴 전체에 피딱지가 더덕더덕 붙어 있는 것을 보고 어떻게 된 것인지 물었더니, 경기 중간 하프타임에 김호 감독에게 구둣발로 걷어차여 그렇게 되었다고 대답했다. 김호 감독이 하프타임 때 작전 지시를 내리는데 선수들이 딴청을 부리고 있다는 생각에 화가 나 발길질을 한 것이 홍명보 선수의 얼굴에 맞았다는 것이다. 홍명보 선수가 후반전에 들어가자, 북한의 공격수가 왜 피가 났냐고 해서 부딪혀서 그랬다고 했더니 감독에게 한 대 맞았구먼, 하더란다.

당시 홍명보 선수는 고려대를 졸업하고 포항팀에서 뛰던 프로선수였다. 그가 성격이 좋아서 참았기에 망정이지, 선수와 감독의 충돌로 분위기가 엉망이 되었으면 미국 월드컵 티켓이 날아가는 것은 말할 것도 없고, 상상하기도 두려운, 한국 축구 사상 최악의 사태가 벌어졌을 것이다.

나 또한 축구협회장 취임 6개월 만에 자리에서 쫓겨나, 국내에 들어오지 못하고 중동에 주저앉아 콧수염 기르고 건설회사나 해야 했을지도 모르는 일이었다. 그때 홍명보 선수가 참고 잘 뛰어준 덕분에 우리 팀은 후반전에만 세 골을 넣어 북한을 3대 0으로 이겼다.

김호 감독은 카타르 대회를 앞두고 일본을 방문했으며, 일본과의 경기 때는 우리의 주전 공격수였던 고정운 선수를 수비수로 내리는 전술을 썼다가 패전하기도 했다.

월드컵 유치 활동에 불을 댕기기 위해서는, 우선 범국민적인 유치 기구가 조직되는 것이 급선무였다.

처음에는 축구협회장이 유치위원회의 책임자가 되면 그만 아니냐는 무책임한 의견도 없지는 않았으나, 정부에서도 점차 범국민적인 기구의 필요성을 인정하게 되었다.

'카타르의 기적'으로부터 두 달 후인 1993년 12월 19일 미국 라스베이거스에서 미국 월드컵 본선 조 추첨식이 열렸다. 나는 월드컵유치위원장으로 추대하려던 이홍구 평화통일자문회의(평통) 수석부의장과 함께 분위기를 파악할 겸 조 추첨식에 참석하기로 했다.

조 추첨식은 그 자체가 전 세계에 생중계되는 거대한 행사였다. 이 위원장은 이때만 해도 아직 정식으로 위원장에 선출된 것이 아니었는데도 우선 명함만 인쇄해서 흔쾌히 나섰다. 나와 이 부의장이 현지에 도착해보니, 호텔 예약부터 힘든 상태였다. 겨우 호텔 방을 구했지만 아직 청소가 안 되었으니 기다리라고 했다. 카지노를 겸한 로비는 컴 컴했고, 커피라도 마시며 기다릴 자리를 찾았으나 마땅한 곳이 없었 다. 내가 무척 미안해하자, 이 부의장은 이것도 재미라며 구석 소파에 누워 태연하게 잠을 청했다.

미국의 유명 배우 페이 더너웨이가 사회를 보는 등 거창하게 치러진 조 추첨식이 끝나고 1000여 명이 참석하는 대규모 만찬이 열렸다. 우 리 두 사람은 겨우 문간에 자리를 잡았다. 음식을 나르는 웨이터들이 드나들 때마다 찬바람이 들어오는 '문지방' 근처였다.

반면에 일본 축구협회의 무라타 부회장은 FIFA 월드컵 조직위원의 자격으로, 기모노를 입은 부인과 함께 아벨란제 회장, 블래터 사무총 장 등과 더불어 메인테이블에 앉아 있었다. 이것을 보고 이홍구 부의 장은 FIFA에서는 2002년 월드컵이 일본에서 열리는 것을 기정사실화 한 것 아니냐고 나에게 물었는데, 나는 그렇다고 대답하기도 그렇고, 그렇지 않다고 하기도 그래서 가슴이 몹시 답답했다. 이때 나는 어떻 게 해서라도 FIFA의 조직을 뚫고 들어가야겠다는 생각을 하게 되었다.

FIFA의 심장부로 들어가다

✤

　1993년 12월, 미국의 라스베이거스에서 개최된 '94 미국 월드컵 본
선 조 추첨 행사에 참석하여 FIFA의 위세를 실감하고 돌아온 나는, 5개
월 후로 예정되어 있던 아시아 지역을 대표하는 FIFA 부회장 선거에
출마하는 문제를 신중하게 생각하게 되었다. FIFA 부회장은 말레이시
아의 쿠알라룸푸르에서 열리는 AFC 총회에서 회원국마다 한 표씩 투
표하여 선출하게 되어 있었다.

　FIFA는 회장을 포함한 21명의 집행위원이 중요한 결정을 내리도록
되어 있으며, 월드컵 개최국 결정도 집행위원회의 소관 사항이었다.
만약 내가 FIFA 부회장 자격으로 집행위원이 되면 한 표가 확보되는 것
이고, 2002년 월드컵 개최지 결정 예정일인 1996년 6월까지 앞으로 2년
여의 기간이 남았으니까, 그동안 어떻게 해서든 20명의 절반인 10명만
우리 편으로 확보하면 되지 않겠느냐는 단순한 생각을 갖고 있었다.

　일본은 벌써부터 무라타가 입후보하기로 하고 득표 활동에 들어가
있었고 중동에서도 후보가 나온다는 정보가 있었다.

나는 FIFA 부회장 선거에 앞서 축구협회의 오완건 부회장에게 의견을 물어보았다. 오완건 부회장은 AFC 집행위원 선거에 두 번 입후보해본 경험이 있었다. 그중 한 번은 한 표 차이로 낙선되기도 했으며, AFC 내의 사정에 대해서는 국내에서 유일하게 경험이 풍부한 분이었다. 그는 한마디로 승산이 없는 일이라고 만류했다. 공연히 망신당하지 말고 포기하라는 충고였다.

나는 오 부회장에게 다시 물었다.

"월드컵 유치와 FIFA 부회장 당선 중 어느 것이 더 쉽습니까?"

"그야 부회장 선거지요."

"쉬운 것도 못 하면서 그보다 더 어려운 것을 하자는 것은 국민을 기만하는 것밖에 더 되겠습니까? 쉬운 것부터 합시다. 쉬운 것도 성공 못 하면 그때 가서 정부에 건의해서 월드컵 유치도 그만둡시다."

사실 그의 말이 틀린 것만은 아니었다. 당시까지 한국의 축구 외교는 빈약하기 짝이 없었다.

최종적으로 FIFA 부회장에 출마 등록을 마친 사람은 쿠웨이트의 쉐이크 아마드, 카타르의 함맘 축구협회장, 일본의 무라타 AFC 부회장 등 나를 포함해 4명이었다. 특히 쿠웨이트의 쉐이크 아마드의 집념은 대단했다. 그는 전임 FIFA 부회장이었던 쉐이크 파하드의 아들이다. 그의 부친 파하드는 IOC 위원, 아시아올림픽위원회(OCA) 의장, FIFA 부회장을 맡았던 아시아 스포츠계의 최고위 인사였으나 1990년 8월 걸프전이 발발하자 왕궁을 지키다 전사했다. 아마드는 아버지가 맡았던 IOC 위원과 OCA 의장을 이미 물려받았고, 마지막으로 FIFA 부회장도 차지하여 부친의 유업을 잇겠다고 출마했던 것이다.

나는 쉐이크 아마드를 만났다.

"당신은 이미 아시아올림픽위원회 의장 등을 맡아서 아시아 체육계의 최고위 인사가 되지 않았습니까? 그러니 FIFA 부회장 선거에는 나오지 말고 나를 지지해주시오."

그러나 쉐이크 아마드는 다른 직책을 다 내놓는 한이 있더라도 이 자리는 꼭 차지해야겠다며 강한 집념을 보였다. 그는 아랍권의 강력한 지지를 받고 있기도 했다.

쉐이크 아마드의 부친 파하드는 1990년 사담 후세인 대통령이 일으킨 걸프전에서 싸우다가 죽은 유일한 왕족이다. 쿠웨이트를 방문했을 때, 그가 몸을 숨기고 총을 쏘던 링컨 컨티넨탈 승용차에 무쇠 주먹이 불끈 솟아 있는 것을 보기도 했다. 파하드를 추모하기 위한 조각이었다.

쉐이크 아마드는 나중에 석유장관이 되어 석유수출기구(OPEC)의 의장을 맡았고, 자기네 나라 문체부 장관과 정보통신부 장관, 국가안보위원회 의장도 역임했다. 세계 중요 경제 잡지의 표지 사진으로도 자주 등장한 그는 아랍권의 거물이다.

카타르의 함맘 역시 국왕의 측근으로서 정부 차원의 지원을 받았다.

당시 중동은 1990년에 발발한 걸프전의 후유증으로 사우디·쿠웨이트 진영과 이라크 진영의 두 세력권으로 나뉘어 있었는데, 카타르는 양 진영에 거리를 두는 독자적인 외교 노선을 모색하고 있었다.

카타르는 자체 인구가 수십만인 국가로 천연가스를 많이 생산하는데 우리와 일본이 주로 이 가스를 수입하고 있다. 카타르는 국제 스포츠 기구뿐 아니라 유엔에서도 적극 활동하며, 최근에는 국력을 기울여 2022년 월드컵을 유치했다. 카타르 왕실은 국제 외교를 국가의 번영과 직결시키고 있기 때문에 적극적으로 함맘을 지원했다.

일본의 무라타는 일본 정부와 협회가 진작부터 2002년 월드컵을 염두에 두고 있었기 때문에 총력을 기울여 그를 지원하고 있었다. 이처럼 다른 후보들은 해당 국가의 적극적인 후원을 받고 있는 데 비해 나는 혈혈단신으로 선거전에 뛰어들었다.

나는 1994년 정초부터 AFC 회원국을 순방하기 시작했다. 아시아를 대표하는 FIFA 부회장이 되려면 우선 AFC 회원국의 사정을 잘 알아야 하고 또 각 나라를 직접 찾아 설득하면 효과가 있으리라는 판단이었다.

1월과 2월에 걸쳐 대만을 시작으로 홍콩, 마카오, 중국, 파키스탄, 몰디브 등 13개국을 돌았고, 선거 전까지 32개 회원국 가운데 일본과 북한을 빼고 모든 나라를 순방했다. 짧은 기간에 여러 나라를 찾느라 고생도 많았지만 공부도 많이 되고, 좋은 친구도 여럿 사귈 수 있었다.

문제는 중국의 동향이었다. 1994년 1월, 중국 사정을 알아보기 위해 북경에 들어가 황병태 대사를 만났다. 황 대사가 여기에 왜 왔냐고 묻기에 "FIFA 부회장 선거가 있어서 중국 표를 받아볼까 해서 왔다"고 대답했다. 그러자 황 대사는 '몽둥이찜질' 당하기 전에 빨리 돌아가는 게 좋겠다는 것이었다. 황 대사의 설명에 의하면 중국 베이징이 2000년 올림픽 개최를 신청했는데, 한국 IOC 위원이 베이징을 반대하고 호주의 시드니 편을 들어주는 바람에 실패했다며, 중국의 최고위층이 한국을 괘씸하게 생각하고 있다는 것이었다. 중국은 북한, 홍콩, 마카오, 몽고 등에 영향력이 커서 중국을 포함한 다섯 나라의 협조를 얻기가 어려울 것 같았다.

1994년 5월 13일, 드디어 말레이시아에서 AFC 총회가 열렸다.

이윽고 투표가 시작되고 개표가 있었다. 그 결과 나와 쿠웨이트의 쉐이크 아마드가 같은 10표를 얻은 것으로 발표되었고, 카타르의 함맘이 8표, 일본의 무라타는 2표였다. 나와 쉐이크 아마드의 득표가 동수

1994년 FIFA 부회장 선거에서 당선되었을 때. 2002 월드컵 유치를 위한 첫 출발점이 바로 이 순간이었다. 선거를 위해 아시아축구연맹 회원국 32개국 중 북한과 일본만 빼고 30개국을 4개월 동안 모두 방문했다. 사진 중앙의 쉐이크 아마드 쿠웨이트 IOC 위원이 10표, 내가 11표를 받아 불과 한 표 차이로 당선되었는데, 이때 2002 월드컵 유치에 대한 희망의 빛을 볼 수 있었다.

(同數)로 발표되자 곳곳에서 가벼운 탄성이 터져 나왔고, 회의장의 긴장은 더욱 높아졌다. '나는 여기까지 힘들게 왔는데……' 하는 생각이 들었다. 나와 쉐이크 아마드를 놓고 재투표에 들어가면 결과를 예측하기 어렵다는 생각이 들었다.

이때 소동이 일어났다. 한 검표 위원이 이의를 제기했고, 또 다른 검표 위원도 계표가 잘못되었으며 내 표가 한 표 더 있다고 말했다. 이에 대해 쿠웨이트 측이 항의하는 등 장내가 소란해지자 투표 결과를 발표했던 사우디아라비아의 검표 위원은 "나는 신이 아니다. 그러므로 실수할 수도 있다"며 검표의 잘못을 깨끗이 인정했다.

즉시 벨라판 사무총장이 "착오가 생긴 한 표는 닥터 정의 것"이라며 내가 11표로 당선됐다고 발표했다. 그러자 회원국 대표자들이 몰려와 축하 악수를 해주어 당선을 실감할 수 있었다. '이제 21명의 FIFA 집행위원 중, 나를 빼고 10명의 마음만 사로잡으면 월드컵을 유치할 수 있겠구나' 하는 생각을 떠올리며 당선의 기쁨을 누렸다.

아벨란제 회장의 철옹성에 도전하다

✤

'2002 월드컵' 유치 활동을 본격적으로 하려면 우선 유치위원회부터 설립해야 했다. 1993년말부터 유치위원회 구성을 추진하기 시작했지만, 월드컵 유치에 대한 국내의 회의적 분위기 때문에 설립 과정도 쉽지 않았다. 일본 유치위원회는 왕족이 명예위원장을 맡는 등 거국적인 인사들로 구성되어 있었다. 우리도 이와 비슷한 비중을 가진 인물로 구성된 범국민적인 유치 기구가 필요하다는 생각을 했다.

여러 사람이 하마평에 올랐지만 서울대학교 정치학과 교수로 오래 재직하고, 두 차례에 걸쳐 통일원 부총리를 역임했으며, 영국 주재 대사를 지내는 등 국제 감각이 탁월한 이홍구 평통 수석부의장이 적임자라는 평을 받았다.

이 부의장은 미국 예일 대학 박사로, 대학 시절 배구선수로 뛴 스포츠맨이다. 그는 평통 수석부의장의 신분이었으므로 평통 의장을 겸하고 있는 김영삼 대통령의 허가를 받는 게 예의였다. 그래서 이 부의장은 주돈식 정무수석을 두 번이나 만났는데, 그때마다 주 수석은 김 대통령이 하지 말라고 한다고 했다.

어느 하루, 나는 대한축구협회 출입기자들을 롯데 호텔로 초청해서 '이홍구 박사, 월드컵 유치위원장 추대'라는 대형 현수막을 걸어놓고 이홍구 부의장을 유치위원장에 추대한다고 했다. 이것은 법적 구속력이 없는 행사였으나 기자들이 호의를 가지고 크게 보도해주었다.

어느 날 이 부의장이 차량으로 강변도로를 지나고 있는데 김 대통령이 전화를 걸어와 "유치위원장 취임을 축하한다"고 했다. 그 후 이 부의장이 청와대에 들어갔을 때 김 대통령이 다시 한 번 "축하한다"고 하여 유치위원회 설립의 장애가 해소됨으로써 2002년 월드컵 유치를 위한 첫 관문을 넘어선 것이다.

그 당시 문체부의 한 책임자는 기자들에게 월드컵 유치 활동에 정부가 지원해줄 수 없다고 잘라 말했다. 그 이유는 첫째, 2002년 월드컵이 유치될지 말지 알 수 없으며, 둘째, 정몽준 회장이 부자라니까 그 돈을 쓰면 된다고 했다는 것이다.

이홍구 위원장은 이 말을 전해 듣고 매우 언짢아하면서 "유치가 어렵다는 것은 맞는 말이다. 그러나 처음부터 정부 돈이 어디 있느냐. 국민이 낸 세금은 국민이 주인인데 국민들에게 유치 활동을 할 것인지 말 것인지 국민투표로 물어보자"며, "그리고 정 회장이 부자라서 지원 못 하겠다면 정 회장이 유치위원장을 맡지 내가 왜 하느냐"고 했다.

그런 가운데서도 1994년 1월 18일 유치위가 정식으로 출범했다. 사회 전 분야의 인사를 발기인으로 위촉하여 거국적 단체가 되도록 했다. 이때까지만 해도 국내에서는 월드컵 유치에 회의적인 인사들이 적지 않았다.

당시 주한 영국 대사가 국내 한 체육계 고위 인사를 만난 자리에서

"월드컵 준비는 잘되어가느냐"고 묻자, 그는 "웃음거리입니다(It's a joke)"라고 대답했다고 한다. 영국 대사는 화가 나서 어떻게 한국의 스포츠를 책임지는 사람이 저런 태도를 보일 수 있냐며 내게 그 일을 전해주었다. 어떤 영국 기자는 우리나라에 와 있는 친구에게 편지를 보내 "내부에 있는 적을 조심하시오(Watch your back at home)"라고 조언했다.

우리의 유치위 활동이 1년쯤 지난 1995년 5월경에 느닷없이 '개최지 조기 결정론'이 부상했다. 원래 2002년 월드컵 개최지는 1996년 6월에 결정하기로 못 박혀 있는데 아벨란제 회장은 이것을 1년 앞당겨 조기에 결정하려고 한 것이다. 표면적인 이유는 "한일 간의 유치 경쟁이 과열되었기 때문"이라는 것이었지만, 사실은 한국의 일본 추격에 위협을 느꼈기 때문이었다.

'개최지 조기 결정'은 1995년 5월 취리히에서 열린 집행위원회에서 정식으로 처음 언급되었다. 출국하기 전에 받아 본 안건 속에 이 내용이 들어 있었다.

취리히에 도착하자마자 블래터 사무총장에게 물어보니 그는 조기 결정안에 대해 한국은 어떻게 생각하느냐고 물었다. 나는 모든 일은 규칙에 의해 정해진 대로 하는 게 옳다고 했다. 그러자 그는 일본도 반대하는 것 같으니 안건에서 빼겠다고 했다. 그러나 이튿날 오후 회의에서 아벨란제 회장이 안건으로 상정했다.

나는 "세상의 모든 일에는 양면이 있다. 한일 간의 유치 경쟁에도 부정적인 면이 있는 반면, 긍정적인 면도 있다. 정당한 경쟁을 통해 월드컵을 제대로 치를 자격이 있는 나라를 선택하는 자체가 뉴스도 되고,

축구 붐을 조성하는 데 도움이 된다"고 주장했다.

그리고 조기 결정은, 예를 들자면 축구 시합을 하는데 전반전을 보니까 어느 한 팀이 일방적으로 우세하다고 후반전은 그만두자는 것과 같다고 하며 반대했다.

7월말쯤 카리브 해에 있는 케이만 군도에서 북중미카리브축구연맹 주최 쉘(Shell) 컵 대회가 열렸다. 내 숙소로 FIFA 사무국으로부터 온 팩스가 전달되었다.

팩스는 5월말 취리히에서 열린 회의의 회의록이었는데, 그 회의록에는 개최지 조기 결정에 대해 참석자들이 "찬성했다(agree)"고 조작되어 있었다. 그러고는 회의록에 이의가 있으면 3일 안에 통고하라고 되어 있었다.

나는 즉각 FIFA 본부에 편지를 썼다.

"조기 결정에 대해서 찬성 결의된 바 없다. 그리고 당신들은 2개월 만에 회의록을 보내주고 이의가 있으면 3일 안에 연락하라니 이런 불공평한 일이 어디 있느냐."

그러자 취리히에서 바로 회신을 보내왔는데 "대체적 합의(general consensus)"라고 고치겠다는 것이었다. 나는 곧장 "나를 포함해 서너 명만이 발언했는데, 이것이 어떻게 대체적 합의냐"고 다시 항의문을 보냈다.

우리는 다시 FIFA U-17 세계청소년축구대회가 열리는 에콰도르로 이동했다.

아벨란제 회장이 하루는 나를 오후 5시까지 자기 방으로 오라고 했다. 나는 좋은 기회라고 생각하고 함께 출장 중이던 이복형 유치위원에게 통역을 부탁했다. 이 위원은 아르헨티나, 멕시코 대사 등 중남미 대사를 역임하여 스페인어에 능통했다.

이 위원과 함께 방에 들어가보니 그 자리에는 젠 루피넨 사무차장도 있었다. 당시 22년째 FIFA 회장직을 맡고 있던 아벨란제 회장은 FIFA 직원도 아닌 이 위원에게 통역을 똑바로 하라고 호통부터 쳤다. 회장은 언성을 높여 나에게 훈계를 하기 시작했다.

한 시간쯤 언성을 높인 회장은 기분이 조금 풀렸는지 말을 멈추었다. 그는 조기 결정이 싫으냐고 물었다. 내가 모든 것은 규칙대로 하는 것이 좋겠다고 말하자 그는 간단하게 말했다.

"알았소. 그러면 조기 결정을 안 하면 될 것 아니오. 대신 앞으로는 내 말을 잘 들으시오."

이렇게 해서 조기 결정 문제는 넘어갔다.

당시 FIFA 분위기도 알 필요가 있다. 1995년 5월 취리히에서 집행위원회가 열리기에 앞서 요한슨 유럽연맹 회장과 하야투 아프리카연맹 회장은 아벨란제 회장에게 FIFA의 개혁을 요구하는 공개 서한을 보냈다. 회의가 끝날 무렵, 아벨란제 회장은 서한을 공개하고, 30여 분간이나 화를 버럭버럭 냈다. 무(無)에서 유(有)를 창조한 공을 잊었냐는 것이었다.

나는 1995년 10월 24일 서울에서 열린 국제스포츠기자연맹(AIPS) 심포지엄에서 FIFA의 투명성을 요구하는 내용의 연설을 했다.

"FIFA는 더 많은 투명성이 필요하다. 마케팅과 텔레비전 중계권 계약에 관한 결정 절차가 막후에서(behind the door) 소수에 의해 이루어져왔다. 나는 이런 일이 시정되어야 한다고 믿는다"고 말했다.

같은 해 12월에 파리에서 FIFA 집행위원회가 열렸다.

회의가 끝나갈 무렵 갑자기 아벨란제 회장은 주먹으로 책상을 치며 "정 회장이 무슨 연설을 했는지 이 자리에서 해명하시오"라고 요구했다.

갑자기 공격당한 나는 "이럴 줄 알았으면 연설문 사본을 가져올 걸 그랬다"고 능청을 떨면서 "FIFA는 투명성과 중지(衆智)를 모으는 일이 필요하다"고 말했다. 아벨란제 회장은 계속 고성을 지르며 화를 냈다.

FIFA 공식 언어는 영어, 스페인어, 프랑스어, 독어 등 4개 국어이고, FIFA 총회 공식 언어는 여기에 러시아어, 아랍어, 포르투갈어를 더하여 7개 국어다. 아벨란제 회장이 눈을 부릅뜨고 프랑스어로 마구 소리를 질러대는 통에 동시 통역사가 통역도 못 할 정도였다. 나는 보나마나 욕하는 것일 테니 통역이 없는 것이 오히려 다행이라고 생각했다.

그날 밤 파리의 유명한 '물랭루주'를 전세 내어 FIFA 가족을 위한 만찬이 베풀어졌다. 이날은 마침 파리의 지하철 노조 파업이 있어 시내 교통이 엉망이었는데, 두세 시간이 걸려 도착한 그곳 주차장에서 아벨란제 회장과 마주쳤다. 나는 시치미를 떼고 "회장님, 안녕하십니까(How are you, Mr. President)"라고 인사했다. 아벨란제 회장은 "좋아요, 좋아(Fine, fine)"라고 대답하고 만찬장으로 들어갔다.

"내 시체를 넘기 전에는 공동개최를 할 수 없소!"

❧

일본과 월드컵 유치 경쟁을 벌이던 초창기에 나는 일본이 2002년 월드컵 개최를 한국에 양보하는 것이 바람직하다고 생각했다. 한국은 1954년 스위스 월드컵을 비롯하여 86년 멕시코 월드컵, 90년 이탈리아 월드컵, 94년 미국 월드컵 등 월드컵 본선에 모두 4회 진출한 아시아의 축구 강국이지만, 일본은 한 번도 월드컵 본선에 나가본 일이 없기 때문에 월드컵은 당연히 한국에서 개최되어야 한다고 생각했다. 개최국은 자동 진출되기 때문에 월드컵의 수준을 유지하기 위해서도 축구 강국이 우선되어야 한다는 생각이었다.

1994년 5월 이홍구 위원장이 통일부총리로 영전되어가고 구평회 무역협회장이 새로 유치위원장이 되었다. 구 위원장은 9월 기자회견을 통해, 일본은 월드컵을 한국에 양보하는 것이 좋겠다고 말했는데, 마침 새로 부임한 일본 야마시타 신타로 주한 대사는 구 위원장을 찾아 "양국 국민의 감정을 상하지 않고 모두 만족할 수 있는 방안을 찾아보자"고 제안했다.

1994년말 한승주 외무장관과 일본의 고노 요헤이 외상이 도쿄에서 만나 만찬을 같이하는 자리에서 고노 외상은 한일 공동개최론을 제기했다. 고노 외상의 제안은 한일 간의 유치 경쟁이 격렬해지면 양국 국민 모두에게 상처를 줄 수 있다는 순수한 뜻에서 나온 것으로 짐작되었다.

그러나 얼마 있지 않아 일본은 태도를 바꾸어 공동개최 발언을 모두 취소했다. 야마시타 대사가 무역협회의 구 위원장 사무실로 찾아와, 공동개최를 반대한다는 뜻이 담긴 한 장의 공문을 들고 와서 읽어주고는 "이것이 일본의 움직일 수 없는(unswerving) 공식적인 입장"이라는 말을 남기고 가버렸다.

우리 측에서 관심을 둔 공동개최론의 의도를 나도 모르는 바는 아니었다. 우리로서는 단독개최가 최선의 목표이고 공동개최가 차선의 방법이기는 하지만, 우선 일본을 앞서는 지지 세력을 FIFA 내에서 확보하지 않고서는 아무것도 바라볼 수 없다는 생각이었다.

단독개최든 공동개최든 우선 확실한 지지 세력을 확보한다는 것이 모든 것에 앞서는 '총론'이다. 그리고 다음 단계인 '각론' 중의 하나로 공동개최도 고려해볼 수 있다는 것이 나의 주장이었다. 만일 국내 인사들이 중구난방으로 외부 인사와 접촉하고, 공동개최를 부탁한다면 우리의 약세를 노출할 뿐이었다.

그런데 그 당시의 일부 공동개최론자들은 '한국 열세'라는 비관론에서 출발했던 것 같다.

어떤 유치위원은 "정 회장이 열심히 뛰어다니지만 몇 표나 확보했는지 의심스럽다"면서 "미국 등 우방의 도움을 빌려서라도 일본을 설득해 공동개최로 가지 않는 한 나라 망신이 될 것"이라고 주장했다.

1996년 4월에 국회의원 총선거가 있는데, 그 직전에 조기 결정으로 한국이 일본에게 2002년 월드컵 경쟁에서 질 경우, 그 충격으로 여당이 선거에서 큰 피해를 입을 것이라는 우려가 대두되고 있었다.

1995년 7월 10일 여당의 한 고위 간부가 일본에 가서 일본 정계 인사들에게 공동개최를 제안했다는 보도가 나왔다. 당시 여당 간부가 이런 제안을 한 데는 나름대로 이유가 있었다. 정부에서는 한일 간의 유치 경쟁 현황에 관해 해외 공관으로부터 각종 보고를 받았는데 대부분 부정적이었다고 한다. 이 고위 간부는 한국 단독 유치가 성공하기 어렵다고 보고, 자신이 나서면 일본 정계를 설득하는 것쯤은 그다지 어려운 일이 아닐 거라고 생각한 듯하다.

그러나 일본 정계의 반응은 차가웠다. 그는 월드컵 유치를 에워싼 스포츠 외교의 중요성을 미처 헤아리지 못했던 것 같고, 사전에 우리 측과 일절 상의 없이 떠나 배경 설명도 듣지 못했던 것이다.

이런 보도가 나오자 왜 우리가 일본에게 고개 숙이고 공동개최를 주장하느냐는 반대 여론이 쏟아져 나왔다. 격렬한 전화 항의가 빗발치고, 방송국에서는 즉각 심야 토론을 벌일 정도였다. 결국 초기의 공동개최론은 수그러들고, 뼈를 깎는 듯한 표 대결만이 남게 되었다. '열 길 물속은 알아도 한 길 사람의 속은 모른다'는 말도 있듯이 집행위원 20명의 마음을 읽는 일이 유치 활동 중 가장 어려웠다.

유치 활동을 하면서 나는 참으로 많은 나라를 다녔다. 비행기를 탄 거리가 모두 150만여 킬로미터로 대략 지구를 38바퀴 돈 셈이었다. 지구에서 달까지 두 번 왕복한 거리에 해당된다고 한다.

여행 중 호텔에서 잠이 깨면 여기가 도대체 어느 나라인가 한참 생각하다가 다시 잠이 드는 경우도 있었다. 월드컵 유치 활동을 하던 2년 5개월 동안 391일을 해외에서 보냈다.

한일 양국이 유치 활동을 활발하게 펼치고 있을 때인 1995년 10월, 두 나라의 월드컵 개최 능력을 알아보기 위해, 독일 축구협회의 슈미트 사무총장을 단장으로 한 FIFA 조사단이 방한했다. 그들은 한국의 축구 현황을 조사하고, 김영삼 대통령의 초청으로 청와대에서 만찬을 갖기도 했다.

우리는 조사단의 방한에 맞추어 국제 축구 시합을 열기로 했다. 한국의 높은 축구 열기를 조사단에게 보여주는 게 좋다는 생각이었다. 마침 사우디아라비아 국가대표팀이 일본을 방문한다는 소식을 들은 나는 미국 LA에서 사우디의 알다발 FIFA 집행위원을 만나 사우디아라비아 대표팀의 방한을 요청했다. 그러나 그는 냉담한 반응을 보였다.

그래서 나는 사우디아라비아 축구협회 회장인 술탄 왕자에게 직접 편지를 썼다. 1990년의 걸프전 때 사우디아라비아에 군대를 보낸 것은 일본이 아닌 한국이었다는 사실을 상기시켰다. 그리고 한국과 사우디아라비아의 우호를 위해 국가대표팀을 한국에 보내줄 것을 요청했다. 술탄 왕자는 닷새 만에 답장을 보내 양국의 우호 관계를 재확인하면서 쾌히 승낙했다.

10월 31일 FIFA 조사단도 참석한 가운데 한·사우디전이 열린 잠실 경기장은 그날따라 경기 직전까지 비가 왔는데도 불구하고 거의 빈자리가 없을 정도로 가득 찼다. 월드컵 유치의 성공 여부가 달렸다는 생각에서인지 많은 시민들이 비를 무릅쓰고 참석해준 것이다. 시합은 1대 1로 비겼으나 관중의 뜨거운 열기는 FIFA 조사단원들에게 깊은 감명을 주었다.

일본도 방문한 조사단은 "한국과 일본은 똑같은 개최 능력을 갖고 있다"는 요지의 보고서를 내부적으로 작성했다. 그러나 FIFA 본부는 내용을 고쳐 "일본이 더 낫다"고 수정하라는 압력을 가했다는 유럽 언론의 보도가 나왔다. 나는 즉시 블래터 사무총장에게 "보고서를 수정하라는 압력이 있었다는데 그게 사실이냐"고 항의 편지를 보냈다. 나중에 독일의 베켄바우어를 만났을 때, 그도 이와 비슷한 말을 들었다고 나에게 전해주었다.

유치가 결정될 때까지 많은 어려움이 있었지만, 특히 개최지를 결정하기 위한 선거의 관리위원장격인 아벨란제 회장이 공공연히 일본 편향적 태도를 보여 우리에게 큰 부담이 되었다.

아벨란제 회장은 1996년 4월 멕시코에서 개최된 북중미연맹 총회에 참석해서는 "한국에 도시라고 할 만한 것은 서울과 부산밖에 없다"고 하는 등 일본 편향적인 발언들을 많이 했다.

FIFA는 아벨란제 회장의 명의로, 규정에 위배된다는 이유를 들어 공동개최 불가 방침을 재천명하였다.

개최지 결정 투표일인 1996년 6월 1일을 한 달 정도 앞두고 국내에서는 갑자기 비관론이 들끓기 시작했다. 많은 국민이 난데없이 판세가 불리하다는 소문을 듣고 안타까워하는 것을 느낄 수 있었다. 나중에 안 일이지만 이때 일본은 13대 8로 자신들이 우세하다는 표 계산을 하고 있었던 것 같다.

일본은 당시만 해도 유럽축구연맹이 내놓은 공동개최안을 일축하고 단독개최 주장을 굽히지 않았다. 일본의 하시모토 류타로 총리는 투표예정일 2~3일 전에 기자들이 공동개최에 관해 질문하자, "스포츠에서는 룰에 없는 일을 억지로 해서는 안 된다. 유럽축구연맹이 얘기한다고 해서 그것이 곧 룰이 되겠느냐"고 반문했다.

4월 11일 국회의원 선거를 마친 나는 개표 결과를 지켜볼 겨를도 없이 그날 저녁 다시 비행기에 몸을 실었다. 멕시코의 과달라하라를 거쳐 유럽 각국을 순방하면서 마지막 표 점검을 해보았다. 그 결과 나는 오히려 한국이 13대 8로 우세하다는 결론에 도달했다. 유럽 순방을 같이한 이홍구 명예위원장도 이 같은 표 계산에 동의했다. 결과적으로 일본 측의 계산에는 상당한 착각이 있었던 것으로 보인다. 그렇지만 그때는 나 자신도 "혹시 우리의 계산이 잘못된 것은 아닐까" 하는 걱정으로 밤잠을 설친 일이 한두 번이 아니었다.

당시 국내의 비관론은 다분히 일본 측의 근거 없는 낙관론이 흘러들어와 조장된 것으로 보이기는 했지만, 다소 도가 지나쳐 그대로 방치해두었다가는 막바지 유치 활동에도 지장이 생길 우려가 있다고 판단했다. 그래서 나는 5월초에 해외 순방 한 달 만에 귀국하면서 김포공항에서 기자회견을 갖고 "우리의 우세를 확신한다. 확실한 일본 표는 3~4표밖에 안 되고 나머지 집행위원들은 심정적으로는 모두 한국에 호의를 갖고 있다"고 밝혔다. 그래도 국내 분위기는 반신반의하는 데 그쳤던 것 같다.

결단의 순간이 눈앞에 다가오면서 상황은 다른 각도로 급선회하고 있었다.

5월초 유럽축구연맹은 제네바에서 집행위원회를 열고 "한국과 일본은 2002년 월드컵을 공동으로 개최하는 것이 바람직하다"는 결의안을 채택했다. 그리고 이례적으로 유럽축구연맹 소속의 FIFA 집행위원 8명 전원이 한 페이지 가득 큼직한 글씨로 사인하는 것으로 그들의 굳은 결의를 표시했다.

우리로서는 진작부터 유럽연맹과 뜻을 같이하여 FIFA가 변화해야 한다는 입장이었다. 그래서 공동개최안에 대해서도 "그것이 다수의 의견이라면 대화에 응할 수도 있다"는 입장을 밝혔다. 우리를 지지하는 일부 집행위원 중에는 일본처럼 단독개최를 끝까지 주장해야 한다는 의견도 있었으나, 우리의 유연한 자세를 자신감 표명으로 평가해준 집행위원들이 더 많았다.

유럽연맹이 주도한 이 공동개최안도 아벨란제 회장의 단독개최 의지를 꺾지는 못했다. 그래서 우리는 끝내 표 대결에 들어갈 것에 대비, 만반의 준비를 다하고 있었고, 우리를 지지하는 집행위원들도 그런 내용의 충고를 해주었다. 이들은 만약 공동개최안이 관철되지 않을 경우 한국 쪽으로 표를 몰아주겠다고 약속했다.

아벨란제 회장과 블래터 사무총장은 5월 2일 FIFA 전 회원국에게 "공동개최는 FIFA 정관에 위반된다"는 내용의 서신을 회람시켰다.

이 당시 아벨란제 회장은 집행위원들에게 "내 시체를 밟고 넘어가기 (over my dead body) 전에는 공동개최가 안 된다"고 말했다고 AFP 통신은 보도했다.

아벨란제 회장은 트리드나드 토바고에 모인 집행위원의 호텔 방으로 찾아가 "이번에 나를 도와주면, 당신이 나중에 FIFA 회장 선거에 나오면 도와주겠다"고 눈물로 호소했으나 거절당하기도 했다.

투표일을 이틀 앞둔 5월 30일, 사태가 심상치 않다고 느낀 아벨란제 회장과 블래터 사무총장은 일본 대표단을 불러 공동개최안을 수용하라고 종용했다. 당시 일본 유치단 단장은 미야자와 전 수상이었다. 일본 대표단은 당황하는 기색을 감추지 못한 채 회의를 소집했다. 하지만 대세는 이미 기울고 있었다. 그들은 오랜 격론 끝에 FIFA가 제안한 공동개최를 받아들이기로 최종 결정을 했다. 아벨란제 회장과 일본 측의 공동개최 수락은 실로 극적인 180도 전환(volte-face)이었다.

"내 시체를 밟고 넘어가기 전에는 공동개최가 안 된다"고 했던 아벨란제 회장은 투표 당일 무거운 표정으로 그 자신이 먼저 공동개최를 제안했고, 모든 집행위원이 박수로 회장의 제안을 받아들임으로써 공동개최가 확정되었다.

2년 후인 1998년 프랑스 월드컵 기간 중 시라크 대통령은 관저로 아벨란제 명예회장과 FIFA 집행위원들을 초청해 오찬을 가졌다. 시라크 대통령은 나를 보더니, 2002년 월드컵이 한국과 일본의 공동개최로 결정된 것은 FIFA가 한 결정 중에서 가장 현명한 것이었다고 말했다. 그때 같은 자리에 있던 아벨란제와 블래터의 얼굴이 붉어졌다.

월드컵 공동개최란 FIFA 사상 처음 있는 일이었다. 공동개최를 한다고는 했지만 실무적인 절차를 밟는 동안 여러 어려움이 있었다. 공동개최가 결정된 지 6개월 만인 1996년 11월에 FIFA에서 2002 월드컵 실무기획단(Joint Planning Group) 회의가 열렸다. 그때 월드컵의 중요 행사를 한일 양국에 배분하는 문제로 오랜 시간 격론이 벌어졌다. 일본 측은 결승전을 자국에서 열기를 희망하고 사전 작업을 많이 한 것으로 알려졌고, FIFA 사무국 간부들 중에서도 이를 지지하는 사람들이 있었다.

FIFA의 실무기획단 회의가 열리기 직전에 나는 한 FIFA 집행위원으로부터 일본이 1996년 9월에 주요 FIFA 집행위원들에게 대외비(confidential) 문서라고 하면서 일본의 결승전 유치 지원 요청 문건을 전달했다는 말을 들었다.

나는 11월 FIFA 회의 하루 전날, 일본의 나가누마 축구협회장, 오카노 부회장 등을 한 호텔에 초대하여 함께 오찬을 했다. 이 자리에서 일

1998년 프랑스 월드컵 때, 시라크 대통령과 함께. 시라크 대통령은
나를 보더니, 2002 월드컵이 한국과 일본의 공동개최로 결정된 것
은 FIFA가 한 일 중에서 가장 현명했다고 말했다. 그때 같은 자리
에 있던 아벨란제 명예회장과 블래터 회장의 얼굴이 붉어졌다.

본이 공동개최의 정신을 어기고 FIFA 집행위원들을 방문하여 비밀 문건을 전달하고, 2002 월드컵 대회의 결승전을 일본이 유치하도록 도움을 요청한 것은 정당하지 못하다고 지적했다. 이에 대해 인품이 온화하고 신사다운 나가누마 일본 축구협회장은 정중히 사과했다.

2002 월드컵의 정식 명칭에 관해서도 FIFA 사무국은 미리 '2002 FIFA World Cup Japan-Korea'라고 일본을 앞세운 이름을 미리 정해 놓고 있었다.

회의가 시작되었을 때 내가 이의를 제기하자, 블래터 사무총장은 "FIFA의 제1공용어는 영어이므로 알파벳 순서대로 하면 Japan의 J가 Korea의 K보다 앞서지 않느냐"고 대답했다. 나는 "영어가 제1공용어라는 말은 처음 들어봤다. FIFA(Fédération Internationale de Football Association)라는 명칭이 프랑스어가 아니냐? 프랑스어로 한국은 Corée이고 이럴 경우 Corée의 C가 Japon의 J보다 앞선다"고 주장하여 결국 정식 명칭은 '2002 FIFA World Cup Korea-Japan'으로 확정되었다.

그날 회의에서는 국제방송센터(IBC)를 한국과 일본 양국에 설치하기로 합의했다. 그러나 이것도 일본에만 설치하기를 바라는 FIFA 수뇌부의 움직임이 있었다. IBC 설치에는 적어도 200~300명의 인원과 비용이 들기는 하지만 IBC를 일본에만 설치하고 한국에는 설치하지 않는다면, 실무적인 여러 문제는 물론이고 우리 체면이 크게 깎이는 일이었다. 그래서 공동개최를 안 하면 안 했지 그냥 넘어갈 수 없는 일이었다.

그런데 그로부터 2년 후인 1998년 9월, FIFA 사무국이 제출한 최종 보고서에는 IBC는 일본에만 설치한다고 명기되어 있었다. 나는 FIFA

집행위원회에서 이 잘못을 지적했고, 이에 대해 블래터 회장은 잘못을 솔직히 인정하고 IBC를 한일 양국에 설치한다는 사실을 확인했다.

그러나 3개월 후인 1999년 1월 12일, FIFA의 홍보국장 케이스 쿠퍼가 서신을 통해 FIFA 조사단이 한국을 방문한다는 사실을 알리면서 "일본에 설치될 IBC 문제를 협의코자 한다"고 통고해왔다. FIFA 내부에는 고래 심줄보다 질긴 '일본 우선'의 흐름이 있는 것 같았으나, 나의 끈질긴 항의로 결국 IBC는 양국에 설치한다는 것을 최종적으로 확인했다.

국내에서 겪은 어려움도 많았다. 지금이야 모두 옛말이 돼버렸지만 정계, 언론계, 기업 등 이해관계가 맞물리고 이질적인 성향이 강한 각계각층으로부터 지지와 참여, 일치된 의견이나 도움을 이끌어내는 일이 모두 쉽지 않았다. 정권 교체기에 김영삼, 김대중 두 대통령의 측근들한테서 일관된 지지를 받아내는 데도 노력이 필요했고 행운이 따라주어야 했다.

IMF 사태 직후에 취임한 김대중 대통령은 월드컵 경기장 건설에 부정적이었다. 청와대 집무실 옆 작은방에서 만났을 때 김대중 대통령이 "정 회장, 서울 경기장은 안 짓기로 했으니 이해해달라"고 통고하듯 말하고 일어서려 했다. 그 순간, 나는 김대중 대통령의 손목을 잡으면서 왜 경기장을 지어야 하는지 차근차근 설명했다. 경기장 건설은 큰 공사이기 때문에 실업자 구제에도 도움이 될 뿐만 아니라, 5년 뒤 대통령의 임기말인 2002년에 월드컵을 잘 치르면 IMF 사태를 극복한 것을 전 세계에 널리 알리는 기회가 된다. 그야말로 호박이 넝쿨째 굴러들어오는 것인데 왜 발로 차려 하시느냐고 하자, 그제야 김 대통령은 내 말에 귀를 기울이기 시작했다. 짧게 예정되었던 면담 시간이 1시간

30분으로 늘어났다.

　김대중 대통령을 면담하기 전, 한 식당에서 축구계 원로들과 식사하면서 서울 경기장 건설이 어렵다는 상황을 설명하자, 원로들이 눈물을 글썽거려 나도 눈시울이 뜨거워졌다. 이날 만약 김 대통령이 월드컵 경기장을 짓지 않겠다고 결정내리고 바쁘다며 그냥 방을 나갔으면, 나도 축구협회장과 FIFA 부회장을 다 그만두려고 작정했는데, 좋은 결과로 끝나게 되어서 정말 다행스럽게 생각한다. 서울 상암 경기장은 김 대통령 덕분에 건설될 수 있었다. 김 대통령에게 감사드린다.

　당시 우리는 IMF 사태를 맞고 있어서 김 대통령의 참모들은 상암 경기장을 짓는 데 반대했다. 현재 민주당의 신낙균 의원이 당시 문체부 장관이었는데, 내가 수차례 장관실로 찾아가서 설득하자 신 장관은 어느 날 밤 참모들 몰래 청와대의 대통령 사저로 들어가 대통령에게 상암 경기장을 짓는 것이 좋다고 건의했다. 비용도 중앙정부가 다 대는 것도 아니고, 지방정부에서도 투자하는 것이므로 큰 부담이 없다고 설명했다. 어려운 역할을 해준 신 장관에게 감사드린다.

의리의 사나이 김주성, 부동의 중앙 수비수 홍명보

❧

2000년 5월 국세청은 느닷없이 축구협회에 대해 세무조사를 한다고 통보해왔다. 그때까지 대한체육회 가맹 단체 가운데 세무조사를 받은 곳은 하나도 없었을뿐더러 경기 단체 중 수익을 내는 곳이 없어 탈세 가능성은 전혀 없었다. 더구나 당시 축구협회는 2002 월드컵 준비로 전 직원이 정신없이 바쁠 때여서 언론은 나 개인을 겨냥한 세무조사라고 했다.

국세청 직원들이 축구협회 사무실에 죽 앉아 있는 장면을 협회 출입 기자들이 TV 카메라로 찍자, 국세청 직원들이 카메라를 피해 화장실로 도망가는 촌극이 벌어지기도 했다. 이를 보고 언론에서 해외 토픽감이라고 하자 국세청 직원들은 철수했다.

세무조사는 종로 세무서에서 나왔다. 종로 세무서장은 당시 DJ 정권의 정치 실세라는 사람의 심복으로 알려져 있었는데, 우리나라의 정치 수준이 이 정도인가 싶어 답답했다.

2005년 9월에는 문화관광위원회의 열린우리당 이미경 위원장을 비롯하여 이광철, 안민석 의원 등이 대한축구협회에 대해서 국정감사를 하겠다고 하며 나를 비롯해 축구협회 간부들에 대해 증인 신청서를 냈다. 사실 축구협회는 직접적인 피감 기관이 아닌데도 대한체육회를 국정감사 할 때 축구협회에 관한 자료와 증인을 잔뜩 신청해 결국은 축구협회 국정감사가 되었다. 요청 자료는 경리 관계뿐 아니라 독일 월드컵을 앞두고 본프레레 감독을 경질하고 아드보카드 감독을 선임한 이유까지 포함하고 있었다. 당시까지 특정 체육 단체 임원들을 무더기로 국감장으로 불러낸 사례가 없었고, 국감의 범주에 국가대표 감독 선임과 성적 부진까지 포함시키는 것은 누가 봐도 지나친 일이었다.

FIFA 정관 3조에는 "축구가 〔……〕 정치적 차이에 따른 부당한 간섭을 받지 않도록 한다"는 보호 조항이 있다. 축구협회가 이를 상기시켰는데도 불구하고 의원들은 막무가내였다. 당시 조중연 부회장은 나를 대신하여 책 두 권 분량의 자료를 들고 나갔으나 의원들은 일방적으로 매도하는 질문을 하고는 답변할 시간을 주지 않았다.

국정감사가 있던 날 MBC 〈PD 수첩〉은 시작부터 축구협회를 비방하고 나섰다. 처음에는 일본과 비교하여 우리의 축구 시설이 빈약하다고 하더니 곧이어 나를 비방하기 시작했다. 〈PD 수첩〉은 얼굴을 모자이크 처리한 사람을 출연시켜 내가 위압적으로 협회를 운영한다면서 나를 천하의 나쁜 사람으로 묘사했다. 그리고 협회의 주요 보직은 현대에서 파견한 직원이 다 차지했다는 비난도 했는데, 이 말을 듣고 보니 이건희 전 레슬링협회장의 말이 생각났다.

1993년경 이 회장은 나를 이태원에 있는 삼성의 승지원으로 초청해서 점심식사를 했는데, 나는 삼성이 프로 축구팀을 만들면 좋겠다고 했고, 이 회장은 자신이 레슬링협회장을 맡았을 때의 이야기를 해주었다. 회사 하나를 차려도 될 만큼 삼성에서 제일 유능한 임원과 직원을 보내주고 재정 지원도 했는데, 사람들이 틈만 나면 시비를 걸어서 협회장을 그만두었다는 이야기였다.

2002 월드컵이 끝난 후 한 축구 원로는 "조선 말기에 우리나라에 축구가 들어온 이후 100년 동안보다 최근 10년이 더 많이 발전했다"는 고마운 말씀을 했다.

축구 수준이나 열기, 시설 등 월드컵을 유치하기에 어림도 없는 처지에서 월드컵을 훌륭하게 치른 축구인들을 칭찬하지는 못할망정 공익을 앞세워야 할 방송이 나서서 한국 축구를 폄하하는 것은 이해하기 어려운 일이다. 내 주변에 있던 사람들은 "정 회장이 무소속이 아니고 정당에 들어가 5선의 중진의원으로 활동한다면 협회가 정치권으로부터 시달리는 일이 덜했을 것"이라는 이야기를 했다.

1993년 대한축구협회 회장이 된 뒤 1994년 FIFA 부회장 당선, 그리고 1996년에 2002 월드컵 공동개최 발표 등 정신없이 달려가다 보니 어느덧 다시 축구협회장을 뽑는 시기가 돌아왔다.

1997년 1월, 축구협회장을 뽑는 대의원 총회를 앞두고 전임 김우중 회장 시절 부회장을 지냈던 허승표 씨가 출마를 선언했다. 허승표 씨는 구씨와 허씨로 이루어진 LG그룹 집안의 일원으로 재산이 꽤 있다고들 했다.

1997년 1월 선거 전날 저녁, 차를 타고 가는 도중에 현대건설 이내흔 사장이 걸어온 전화를 받았다. 이 사장은 나에게, LG 구본무 회장이 자신에게 전화를 걸어와 당장 그날 저녁에 나와 허 씨가 만나는 자리를 주선하고 싶다는 뜻을 전했다. '이 사람들이 별수를 다 쓰는구나' 하는 생각이 들었다.

허승표 후보는 "국내 축구는 놔두고 월드컵만 유치하면 뭐 하냐"며 나를 비난했다. 이것은 유치하다 못해 대답할 가치도 없는 한심한 말이다. 1994년 FIFA 부회장 선거를 앞두고 말레이시아 쿠알라룸푸르에 있을 때, 국내의 어느 기자는, '정 회장은 국내 축구는 놔두고 외국만 다니는데, 선거에서 떨어지면 협회장을 사퇴해야 한다'고 기사를 쓰기도 했다.

당시 국내 축구는 실력이나 시설, 열기 등 모든 면에서 월드컵을 하기에 어림없었지만, 나는 오히려 월드컵을 유치하면 전국에 축구 전용 경기장이 생기는 등 모든 문제를 한꺼번에 해결할 수 있다고 생각했다.

축구는 경제와 같아서 축구가 잘되려면 해외 시장으로 진출해야 한다. 내가 FIFA 부회장이 되려는 것은 결국 국내 축구 발전을 위한 것인데, 이런 사실을 아는지 모르는지 허 씨와 그 추종자들은 말도 안 되는 소리를 하고 다녔다.

당시 서너 개의 스포츠 신문에는 협회장 선거 1주일 전부터 매일 나와 허 씨의 예상 득표수가 보도됐는데 대부분 허 씨가 이기는 것으로 나왔다. 내심 "축구장도 건설해야 하고 2002 월드컵을 위해 여러 준비를 시작해야 하는데 이제 협회장을 그만두게 되나 보다"라고 생각했다. 그러나 막상 뚜껑을 열어보니 허 씨는 전체 25표 중 겨우 3표를 얻었을 뿐이었다.

나의 전임자인 최순영, 김우중 회장도 기억에 남는다. 최순영 회장은 1983년에 아시아 최초로 5개 팀이 참가하는 프로 리그를 출범시켰다. 할렐루야, 유공의 2팀은 프로이고 대우, 포항제철, 국민은행의 3팀은 아마추어인 빈약한 체제였지만, 그래도 1986년 멕시코 월드컵 본선을 통과하는 데 발판이 되었다.

2007년까지 30여 년간 아시아축구연맹 사무총장을 지낸 피터 벨라판은 업무차 한국에 왔을 때 당시 축구협회장인 김우중 회장을 한 번도 만난 적이 없다고 했다. 그는 북한의 초청을 받아 평양에서 김일성 주석을 만나러 접견실로 가다가 마침 김 주석을 만나고 나오는 김 회장을 복도에서 보았다며, "서울에서 못 본 사람을 평양에서 만났다"면서 껄껄 웃었다.

최순영 회장은 '88 서울 올림픽을 1년 앞두고 물러나야 했다. 몇몇 축구인들이 축구장에서 "최순영 회장은 사퇴하라!"는 현수막을 내걸고 최 회장에게 수모를 주어서 그를 물러나도록 했던 것이다. 자신의 의사와는 무관하게 회장직을 그만두면서, 최 회장은 "축구협회에 정이 떨어졌다"고 했다. 그 후 김우중 회장이 취임했다.

최 회장과 김 회장은 같은 고교 동문인데도 사이가 원만하지 못했다. 내가 회장을 맡고 나서 전임 회장들을 초청하여 좋은 의견을 듣고 싶어도 그럴 분위기가 전혀 아니었다.

최 회장은 재임 중 성남시에 있는 육군 상무대에 대표팀이 이용할 수 있는 선수 숙소를 지었다. 그는 퇴임 6년 후, 그러니까 전임 김우중 회장을 거쳐 내가 회장에 취임한 직후 숙소 공사비 5억여 원을 내놓으라고 협회를 상대로 소송을 걸었다. 그 돈은 회사 돈인데 내부 절차를 밟지 않았기 때문에 회수해야 한다는 것이었다. 어처구니없었지만 재판을 하지 않고 돈을 내주었다.

1993년 축구협회장이 되고 나서 취임 인사를 하려고 장덕진 전 회장을 찾아뵈었고, 최순영 회장에게도 사전에 약속하고 찾아갔다. 최 회장의 사무실이 있는 여의도 63빌딩에 도착하여 차에서 내리려는데 비서로부터 "최 회장이 방금 나갔으니 올라올 필요 없다"는 전화를 받고 되돌아선 적이 있다. 무례한 일이 아닐 수 없다. 그 후 63빌딩 지하 헬스클럽에서 최 회장과 가끔 조우했는데, 그는 사과할 생각조차 하지 않는 것 같았다. 축구에 정이 떨어져, 나한테도 의도적으로 무례하게 그러는 것이 아닌가 생각되었다.

우리나라에서 축구는 단순한 스포츠 이상의 의미를 갖는다.

일제 강점기 때, 축구는 애국심과 민족 정체성을 고취시키는 역할을 했다. 1960~70년대 경제적으로 가난했던 시절에는 축구로 기쁨을 맛보았기에 축구에는 민족혼이 스며들어 있다고 해도 과언이 아니다.

1954년 스위스 월드컵을 앞두고 우리나라는 1953년 일본과 최종 예선전을 치르게 되어 있었다. 규정상 홈 앤드 어웨이(home & away)로 경기가 진행되어야 했으나 두 게임 모두 일본에서 치르게 되었다. 53년 종전된 한국전쟁으로 나라가 온통 파괴되어 경기장이 마땅치 않은 데다가 일본을 싫어하던 이승만 대통령이 일본 선수의 입국을 허락하지 않은 탓이었다. 할 수 없이 우리 선수들은 일본으로 건너가 경기를 치를 수밖에 없었다. 워낙 가난했던 터라 대표팀의 달러 사용도 대통령에게 직접 허락받을 정도였는데, 이 대통령은 결재를 하면서 "경기에서 지면 돌아올 생각을 말고 현해탄에 빠져 죽으라"고 했다. 결국 우리 팀은 첫 경기에서 5대 1로 이기고, 두 번째 경기는 2대 2로 비겨 스위스 월드컵 본선에 진출했다.

스위스 월드컵 때도 경비를 아낀다고 뒤늦게 출발해, 3일 동안 프로펠러 비행기를 타고, 헝가리와의 첫 경기 10시간 전에 겨우 현지에 도착했다. 오랜 시간 비행기를 탄 데다 피로도 풀지 못한 우리 선수들은 발에 쥐가 나는 바람에 제대로 뛰지도 못하고 헝가리에게 9대 0으로 지고 말았다. 이때 세계적인 공격수 푸쉬카스 선수는 두 골을 기록했다.

축구는 우리 국민과 함께 슬픔과 즐거움을 함께해왔고, 축구협회장은 인품과 능력을 갖춘 인물들이 맡아왔다. 독립운동가이면서 국제 감각이 뛰어나며 야구협회장도 역임한 여운형 선생, 하버드대 1호 박사에 서울신문 사장을 지낸 하경덕 박사, 윤보선 전 대통령, 장택상 전 총리 등이 역대 협회장이었다.

앞으로 대한축구협회장은 축구인 출신이든 아니든 최소한 국민적 여망을 반영할 수 있는 인물이 맡았으면 좋겠다.

김주성 축구협회 국제국장은 '삼손'이라는 별명으로 불리며 아시아 축구를 호령한 인물이다. 아시아축구연맹이 매년 선정하는 MVP를 1989~91년 연속 3회 수상한 것은 아직까지 누구도 깨지 못한 기록이다.

김주성 국장은 중앙고를 졸업하고 서울에 있는 실력 좋은 대학팀에 들어갈 수 있었지만, 3명의 동료 선수들을 받아준다는 조건 때문에 상대적으로 전력이 약한 광주의 조선대로 진학했을 정도로 의리의 사나이다.

1985년 대통령배 국제 대회에서의 활약으로 일약 스타가 된 그는 박종환 감독에 의해 '88 대표팀 선수로 선발되었고 '86 멕시코, '90 이탈리아, '94 미국 월드컵에 참가했다.

김주성은 프로구단의 지도자로 나가면 돈을 벌 수도 있었지만 박봉인 행정가의 길을 택했다. 그리고 부인과 두 아이를 국내에 두고 혼자 미국 LA로 가서 하숙하며 어학연수를 했고, 2년에 걸쳐 FIFA에서 주관하는 축구 MBA 과정(CIES)도 마쳤다. 부인은 이런 남편을 보고 "정신 나간 사람"이라고 했다.

홍명보 올림픽 대표팀 감독은 2002 월드컵에서 우리 팀을 4강으로 이끈 '맏형'이었다.

동북고와 고려대를 거치면서 조금씩 알려지기 시작하다가 4학년 때 이회택 감독이 이끄는 국가대표팀에 중앙 수비수로 발탁되었다. 1990년 이탈리아 월드컵에서 우리 팀의 성적은 좋지 않았지만 홍명보는 발군의 실력을 발휘하여 주목을 받았다.

1994년 카타르 도하에서 북한과 월드컵 최종 예선전을 가질 때, 김호 감독에게 발길질당했으면서도 잘 참고 끝까지 경기를 했다. 만약 이때 그가 반발해서 후반전 경기를 치르지 못했다면 미국 월드컵 본선 진출은커녕 국제 망신을 톡톡히 당했을 것이다.

홍 감독은 미국 월드컵에서 수비수이면서도 두 골을 넣어서 국제적 스타로 부상했고, 2002 월드컵을 끝으로 은퇴하기까지 13년간 국가대표팀의 붙박이 중앙 수비수로서 맹활약했다. 그 역시 프로팀에서 오라는 제의를 마다하고 현재 올림픽팀 감독을 맡아 어린 후배들을 잘 지도하고 있다.

나는 앞으로 이런 인물들이 장래의 대한축구협회장이 되었으면 좋겠다.

평발을 극복한 박지성과 미래의 한국 축구

✤

나는 요즘 트위터를 즐겨한다. 얼마 전 박지성 선수를 한국에서 만난 후 그를 격려하기 위해 "지성아—" 하고 문자를 쓴다는 것이 오타가 나서 "지렁아—"로 보내져 다시 미안하다는 문자를 보낸 적이 있다.

박지성 선수는 작은 체격과 평발 때문에 중·고등학교 시절에는 주목을 받지 못했다. 그러다가 1999년 허정무 감독에 의해 2000 시드니 올림픽팀에 발탁되었는데, 허 감독은 '평발'을 뽑았다고 하여 구설수에 오르기도 했다.

박 선수는 평발이라는 약점을 극복하고 2002 월드컵을 거치면서 세계적인 스타로 떠올랐다. 유럽에서는 일반인들도 그의 이름을 기억할 정도로, 어느 왕이나 대통령보다도 유명한 아시아인이 바로 박지성이다. 그는 우리의 큰 자랑이고 아시아 축구의 희망이다.

박지성은 항상 차분하고 겸손하며 머리가 명석하다. 맨체스터 유나이티드의 퍼거슨 감독과 함께 선수들을 대표하여 기자 인터뷰를 할 때도 영어로 차분하게 핵심을 짚어 말하곤 한다.

박지성 선수는 2005년, 아시아축구연맹이 시상하는 '올해의 선수상' 후보로 떠올랐다. 이 상은 김주성 선수가 1989~91년 3년 연속 수상한 이후 한국 선수는 아무도 받지 못한 상이다.

　AFC는 느닷없이 2005년 AFC 시상식에 참가하지 않는 선수는 수상자에서 제외한다고 했다. 이것은 곧 박지성을 제외하겠다는 뜻이었다. 박 선수는 유럽의 리그 일정 때문에 시상식에 참석할 수 없는 형편이었다. 그런데 불참한다고 상을 주지 않겠다는 것은 선수의 공적까지 인정하지 않겠다는 뜻이며, 선수에 대한 배려가 전혀 고려되지 않은 어리석은 결정이다. 베스트 플레이어가 상을 받는 것은 당연하며, 박지성 선수의 경우 구단의 일정으로 참석하지 못하는 점을 고려해주어야 했다.

　나는 AFC에 편지를 보내 "예외가 오히려 원칙을 강화시킨다(Exceptio confirmat regulam)"는 라틴어 격언을 예로 들며 융통성 있게 운영해줄 것을 제의했다. 별것도 아닌 문제 때문에 함맘 회장이 고집을 부려서 많이 싸웠다. 이처럼 너무 경직된 아시아축구연맹이 걱정스럽다.

　우리나라 축구가 이만큼 발전하기까지는 배고픔을 참고 뛰어준 선배 선수들의 노고가 숨어 있다. 지금보다 훨씬 앞선 세대는 오늘날과는 비교하기 어려운 환경에서 훈련을 했다.

　온 국민이 힘들었던 일제 강점기에는 배고픔을 이기기 위해 막걸리를 마시고 경기에 나서기도 했는데, 어떤 선수는 배가 출렁거려 혼났다고 했다는 말을 듣기도 했다.

　국가대표가 되어도 허술한 여관에서 합숙훈련을 했고, 합숙소에는 빨래를 걸어놓아 눅눅한 냄새가 진동했다. 그리고 해외 경기를 하고 돌아올 때면 외제품을 조금 가져와 용돈에 보태 쓰는 것을 큰 혜택으로 알 정도였다. 간식으로 먹던 빵과 칠성 사이다는 대표팀만이 누릴 수 있는 호사였다. 시즌이라고 해봐야 한두 경기만 하면 그만이어서, 쉬는 동안에 선수들이 술을 마시는 등 제대로 몸을 관리하기 어려웠다.

선수 생활을 오래해도 돈을 벌지 못했다. 이회택 감독의 경우는 음식점을 운영하여 생활비를 벌기도 했다고 한다. 차범근 감독도 어느 인터뷰에서 대학 시절까지 배가 고팠다며 고생한 이야기를 많이 했고, 이런 인터뷰 내용들이 감동을 주기도 했다. 이른바 김정남-이회택-차범근으로 이어지는 세대는 '배고픈 축구 세대'라고 하겠다.

그 후 세대인 홍명보-황선홍-서정원 선수에 이르러서는 배고프다는 말을 하지 않는다. 홍명보 선수는 2002 월드컵 이후 격려금과 광고 모델 수입으로 즉시 재단을 설립, 축구선수들에게 장학금을 지원하고 있으며, 매년 크리스마스 때는 올스타팀 자선경기를 열어 소아암에 걸린 어린이들을 돕고 있다.

그다음 세대라고 할 수 있는 박지성 선수는 130억 원을 들여 수원 축구센터를 설립, 어린이들이 즐기는 축구를 할 수 있도록 도와주고 있다.

이와 같이 새로운 세대는 그 세대에 걸맞은 역할을 하고 있다. 한국의 '간판선수'들이 계속 등장하고 진화함으로써 우리 축구는 희망이 있는 것이다.

1970년대에 한국이 아시아에서 축구로 두각을 나타내자 아시아축구연맹은 그 이유를 알아보기 위해 우리나라에 조사단을 파견한 적이 있다. 이들은 돌아가서 "한국에는 축구가 잘될 조건보다는 축구를 잘하기 어려운 조건들이 세 가지가 있다. 그것은 겨울철이 길다는 것과 잔디 구장이 없어 맨땅에서 축구하며, 한창 뛰어야 할 나이에 군대 가는 것"이라고 했다.

병역 문제는 우수한 선수들의 해외 진출을 가로막는 가장 큰 장벽 중 하나였다. 월드컵 16강을 앞두고 선수들의 병역 혜택을 위해 국회의원 서명 확보 작업에 돌입했다. 여론이 비교적 호의적이었지만 타 종목과의 형평성 때문에 쉬운 문제는 아니었다. 전체 국회의원 273명 가운데 과반수인 143명의 서명을 어렵게 받고 나니 이번에는 국방부라는 벽에 부딪혔다. 선수들의 사기 진작을 위해 병역 혜택을 주어야 한다고 아무리 설명해도 다른 종목과의 형평성을 들며 한 발도 물러서지 않았다.

그때 총리실의 국무조정실에서 국회의원의 과반수가 찬성했고, 국민적 관심사인 만큼 대통령이 직접 결심해야 할 사안이라고 결론을 내렸다. 조중연 전무가 국회의원 서명 명부를 들고 청와대 비서실로 찾아가 담당자와 상의했다. 비서실에서는 16강 진출 시 대통령을 모시고 라커룸으로 내려갈 테니 그때 주장이 직접 건의하는 것이 좋겠다는 의견을 제시했다.

포르투갈전이 끝나고 16강 진출의 기쁨에 들떠 있을 때 라커룸을 찾은 대통령 앞으로 주장인 홍명보 선수가 한발 나섰다. 그 자신은 이미 병역을 마쳤지만 후배 선수들을 위해 건의했다.

"한국 축구의 발전을 위해 선수들의 병역 문제를 대통령께서 도와주시면 고맙겠습니다."

대통령은 긍정적으로 검토하겠다고 답변했다.

이 혜택을 받아 박지성을 비롯하여 이영표, 설기현, 차두리, 이천수

선수 등이 해외 무대로 진출했다. 그 뒤를 이어 지금은 박주영, 기성용, 구자철, 손흥민, 지동원 등 많은 선수들이 해외로 나가고 있는데, 이들이 병역 혜택을 받지 못해 군 입대 때문에 돌아온다면 박지성만 한 성취를 이루기는 어려울 것이다. 기량이 한창 올라야 할 나이에 군대에 가는 것이 선수들에게 부담이 되는 것은 분명하다.

우리나라가 1960~70년대에 아시아권에서 축구를 제법 했다고 하지만, 이때 귀에 익은 대회는 메르데카배나 킹스컵이었고, 당시 우리 상대는 버마(미얀마), 말레이시아, 태국, 베트남 등이었다. 연세가 든 분들은 라디오에서 목소리 높여 경기를 중계하던 이광재 아나운서를 지금도 생생히 기억할 것이다.

그러나 그 당시의 우리 축구가 아시아에서 좋은 성적을 거두었다 해도 세계 축구에서 보면 한참 변두리였다. 지금 박지성이나 차범근은 유럽 사람들에게 잘 알려져 있다. 이들은 외교관 100명 이상의 역할을 하고 있다고 해도 과언이 아니다.

국제 대회에서 좋은 성적을 올린 선수들에게 주는 병역 혜택은 계속되어야 한다. 현재 올림픽은 동메달 이상, 아시안 게임은 금메달을 획득한 선수에게 병역 혜택을 주고 있다. 내년 열리는 런던 올림픽의 경우, 금메달만 302개이고 동메달까지 합하면 거의 1000개에 달한다. 월드컵 16강도 올림픽 메달과 비교하면 조금도 손색이 없다. 국내에서 열린 2002 월드컵에서 16강 진출 선수들에게 병역 혜택을 주었는데, 해외에서 열린 월드컵에서의 16강 진출은 훨씬 더 어려우므로 당연히 혜택을 주어야 한다.

물론 국방의 의무가 신성한 것이고 대한민국 남자라면 누구나 병역 의무를 다해야 하지만, 국위를 선양한 선수들에게 해외의 명문 구단에서 뛸 수 있는 기회를 주는 것도 나라를 위해 좋은 일이다. 국위를 선양한 젊은 선수들에게 은퇴 후 공익 봉사를 하는 제도를 만들어 병역 혜택을 주는 것도 한 방법이겠다.

우리나라는 월드컵과 올림픽 본선에 7회 연속 진출했는데 이것은 이탈리아나 프랑스도 이루지 못한 업적이다. 그런 대회에서 16강 이상의 성적을 올린 선수들에게 병역 혜택을 준다면, 선수들의 해외 진출이 더 활발해지고 우리 국민들에게 더 큰 기쁨을 선사하게 될 것이다.

지난해 유치가 무산된 2022년 월드컵은 아쉬움이 많다.

한국은 두 개의 꿈을 안고 선전했다. 첫째는 2002년의 4강 신화를 20년 만에 단독으로 재현하겠다는 것이고, 둘째는 2022 한국 월드컵을 통일의 관문으로 삼겠다는 것이었다.

앞으로 대회가 열리는 2022년까지의 10년은 남북 관계에 실질적인 변화가 있을 중요한 시기이기에 2022년 월드컵은 중요한 역할을 할 수 있을 것이다.

한국이 2022년 월드컵 개최국으로 결정되었다면 2018년에 월드컵을 여는 러시아와의 철도 연결 등 상호협조 여건이 형성될 것이고, 이것은 통일의 문을 여는 계기가 될 수 있는 것이다.

그러나 개최국 결정 투표 직전에 터진 연평도 사태는 악재였다. 이명박 대통령도 최종 프레젠테이션에 참석할 계획을 심각하게 고려하고 있었으나 연평도 사태 때문에 국내를 비워두고 스위스 취리히로 날아올 수 없었다.

2022년 월드컵 개최에 도전한 나라는 우리를 비롯하여 일본, 카타르, 호주, 미국 등 5개국이었다.

투표일 전에 취리히에 도착해 있던 우리 정부의 김황식 총리와 일본의 정부 대표단은 먼저 탈락하는 국가가 상대 국가를 지지하기로 약속했고, 나는 일본의 오구라 FIFA 집행위원과 그렇게 하기로 수차례 확인했다. 2002년에 우리와 일본은 이미 공동개최를 했으므로 일본과 또다시 공동개최를 한다는 것은 명분이 없어서 일단은 각자 유치 활동을 하되 최종 단계에서 서로 돕기로 한 것이다.

22명이 투표에 참가하여 1차 투표 결과 호주가 1표를 얻음으로써 제일 먼저 탈락했다. 2차 투표에서는 한국과 미국이 나란히 5표, 일본이 2표를 얻음으로써 일본이 탈락했다. 이제 일본은 약속대로 우리를 지지해주어야 했는데도 3차 투표에서 일본이 배신하여 우리는 고배를 마시고 말았다. 일본이 당초 우리와 한 약속을 지켰다면 결과는 많이 달라졌을 것이다.

유럽축구연맹은 챔피언스 리그 등 매년 1800개의 경기를 통해 국가 간의 교류를 활발히 함으로써 유럽 통합의 주춧돌을 놓았다. 나는 아시아 대륙에서도 축구가 아시아 통합의 역할을 할 수 있다고 보았다. 그래서 동북아의 평화 분위기 조성을 위해 동아시아축구연맹(EAFF)을 결성하자고 오랜 기간 주장하여 2002년에는 그 결실을 맺었다.

1997년 도쿄에서, 내가 당시 나가누마 일본축구협회장에게 EAFF의 창설을 제안했다. 그러자 IOC 위원이기도 한 일본의 오카노 부회장은 북한이 일본인을 납치해 가서 북한을 개인적으로 싫어한다며 동아시아축구연맹이라는 기구의 창설 자체를 반대했다. 나는 그럴수록 북한과 교류해야 하므로 국제 기구가 필요하다고 계속 설득하여 2002년에 그를 초대 회장에 앉혔다.

동아시아축구연맹은 무슨 사안이 있을 때 한중일 세 나라를 중심으로 동북아의 국가들이 단합하여 서로 돕자는 취지로 출발했다. 그런데 정작 도움이 필요한 순간, 연맹의 회장을 맡고 있던 일본의 오구라가 배신했다. 오구라도 그렇게 했던 이유가 있었겠지만, 나도 그와 신뢰를 쌓지 못한 데 대한 자책감이 들었다.

옆에서 관찰한 히딩크 마법의 비밀

2000년 10월 레바논에서 열린 아시안컵 대회에서 우리 팀의 성적이 부진하자, 국내 출신 감독으로는 한계가 있으니 유능한 외국인 감독을 영입해야 한다는 여론이 비등했다. 나는 축구협회 기술위원회로 하여금 이 문제를 신중히 검토하도록 했다. 기술위원회에서는 외국인 감독 영입 결정과 함께 우선 협상 대상 2명을 추천했다. 1998년 프랑스 월드컵 우승팀인 프랑스 감독 에메 자케와 4위를 했던 네덜란드팀 감독 거스 히딩크였다. 히딩크 감독은 프랑스 월드컵에서 우리나라를 5대 0으로 대파하여 차범근 감독을 대회 기간 중 사임하게 한 인물이어서 관심을 많이 가졌다.

2000년 11월 중순, 협회 국제부장을 유럽에 파견하여 우선 협상 대상 2명을 접촉하도록 했다. 에메 자케 감독은 프랑스축구협회 기술이사로서의 업무에 전념하기 위하여 더 이상 감독직을 맡지 않겠다는 입장을 표시했고, 스페인 클럽 감독직을 그만두고 쉬고 있던 히딩크 감독은 조건이 맞으면 고려해보겠다는 입장을 전해왔다.

히딩크 감독이 요구한 조건은, 첫째 대표팀이 상당 기간 해외 전지훈련을 포함하여 자신이 원하는 시간 만큼 충분히 훈련할 수 있도록 클럽 측의 협조를 보장하고, 둘째 세계적인 강팀들과의 평가전을 많이 갖도록 주선해주며, 마지막으로 코치진과 트레이너, 의무진, 기술분석가, 언론 담당관 및 통역 등 자신의 보좌진 구성을 포함하여 대표팀에 대한 지원 체계를 선진국 수준으로 해줄 것을 약속하라는 것이었다.

히딩크가 요구한 조건은 상식적으로 들어주기가 어려운 내용이었다. 하지만 나는 협회 집행부 회의를 통하여 모든 조건을 수락하기로 결정하였고, 결국 히딩크 감독이 우리 대표팀을 맡게 되었다.

히딩크는 나중에, 당초 한국 감독을 맡을 생각이 별로 없어 한국 측이 받아들이기 어려운 조건을 요구하였는데 모두 수락하여 놀랐다는 얘기를 하면서, 우리의 진지한 협상 자세가 맘에 들어 한국에 오기로 결심했다고 말하였다.

실제로 히딩크 감독이 요구한 조건들을 우리는 모두 실행했다. 보통 3월에 시작하는 프로 리그 일정을 월드컵대회 이후로 늦춘 것은 커다란 배려였으며 크로아티아, 미국, 잉글랜드 및 프랑스 등 강팀들을 초청하여 평가전을 갖도록 해 우리 팀의 경기력 향상에 크게 기여하였다.

히딩크 감독은 2000년 12월 중순 입국하여 다음 날 나와 점심을 같이했다. 히딩크는 나와 대면하자마자 첫마디로 사과한다고 했다.

'98 프랑스 월드컵 때 히딩크가 이끄는 네덜란드팀과 우리 팀은 프랑스 남부의 항구도시인 마르세유에서 경기를 가졌다. FIFA 규정상 경기 하루 전날에는 각 팀이 1시간씩 경기장에서 연습하는 시간을 주는데, 네덜란드가 먼저 경기장을 사용했다. 우리 팀이 시간에 맞춰 도착했는데도 히딩크는 경기장을 비워주지 않고, 우리 선수들이 보는 가운데 무려 15분간이나 의도적으로 시간을 끌며 자기 선수들에게 골대를 향해 꽝꽝 소리가 나도록 슈팅 연습을 시켰다. 우리 협회의 직원들이 FIFA 관계자들을 통해 빨리 경기장을 비우라고 해도 막무가내였다.

경기장 라인 밖에 우두커니 서서 이 광경을 보던 우리 선수들은, 히딩크가 의도했던 대로 네덜란드팀이 힘껏 내지르는 공의 위력에 그만 기가 꺾이고 말아, 이튿날 경기에서 힘없이 5대 0으로 무너졌다.

FIFA 규정을 교묘히 이용한 일종의 심리전에 우리가 당한 것인데, 히딩크는 그것에 대해 정중히 사과한다는 것이었다. 당시 축구 평론가들은 한국이 순진한 축구를 한다고 말하곤 했는데, 나는 히딩크의 사과를 들으면서, 히딩크의 지혜가 우리 팀을 탈바꿈시킬 것이라는 생각에 오히려 기분이 좋았다.

히딩크는 그 자리에서 자신의 경험과 기술을 바탕으로 2002 월드컵에서 좋은 성적을 낼 자신이 있다고 했다. 또한 한국의 유능한 젊은 선수들을 외국으로 많이 진출시켜 선진 축구를 습득시키는 것이 중요하다는 말도 했다. 첫 만남이었지만, 히딩크의 포부와 한국 축구에 대한 정확한 진단을 느끼는 좋은 계기가 되었다.

2000년 12월 도쿄에서 열린 한일 국가대표 친선경기 관람으로 한국 대표팀과 처음 대면한 히딩크 감독은 2001년 1월 입국하여 공식적인 업무를 시작하였다. 다음 날 나는 그와 오찬을 하는 자리에 이회택 월드컵 지원단장 및 축구협회 집행부 사람들을 불러 함께 어울리게 함으로써 그가 우리 쪽 분위기에 적응하도록 했다. 이때부터 그는 한국의 식탁 문화가 서로 즐겁게 얘기하고 떠드는 라틴 문화와 닮은 부분이 많은 걸 느꼈다고 자신의 자서전《마이웨이》에서 술회하였다.

히딩크 감독은 원래 술을 좋아하지 않아 와인 한두 잔만 하는 사람이었는데, 나중에는 소주에 폭탄주까지 먹을 정도가 되었다. 자기주장이 강한 사람인데 한국적인 정서를 이해하고 한국의 팀 문화에 적응하려 했다는 점을 높이 사고 싶다.

이후에도 나는 히딩크를 자주 만나 그의 얘기를 들었고, 필요한 것이 무엇인지 물어보고 그가 원하는 것을 최대한 들어주려고 노력했다. 그와 친해지면서 나는 히딩크가 뭘 하든 이겨야 되고, 완벽하게 해야 직성이 풀리는 성격이라는 것을 알게 되었다. 골프도 정복해야겠다고 결심한 뒤 온종일 골프만 치며 54홀을 도는 날을 수없이 보냈고, 그래서 배운 지 6개월 만에 80타를 쳤다고 한다.

그는 어학에도 재능이 뛰어나 모국어인 네덜란드어 외에 영어, 독일어, 프랑스어, 스페인어 등 5개 국어를 구사했다. 특히 스페인에서 감독직을 맡게 되면서 5주 동안 독학으로 스페인어만 파고들어 회화를 할 수 있게 되었다고 했다. 능력도 있지만 독한 면이 있다는 생각이 들었는데, 이러한 점들이 그를 세계적인 감독으로 만든 원동력이 아닌가 생각한다.

히딩크의 한국 생활은 처음에는 순탄하지 않았다. 한국에 오자마자 무릎이 안 좋아 네덜란드에 돌아가서 수술해야 한다고 하자, 국내에서는 말이 많았다. 여자 친구인 엘리자베스가 한국에 왔을 때 국내 일부 언론이 사생활 문제를 가십거리로 삼자, 히딩크는 민감하게 반응하면서 불쾌하게 여겼다. 이때 우리 부부는 히딩크와 엘리자베스를 만나 그들의 고충을 들어주고 마음을 편히 가질 수 있도록 격려했다.

무엇보다도 히딩크를 힘들게 한 것은 한국 대표팀의 거듭된 성적 부진과 국내 축구계 및 여론의 불신이었다. 2001년 5월 대구경기장에서 열린 FIFA 컨페더레이션컵 대회 첫 경기에서 프랑스에 5대 0으로 대패하고, 8월에 체코와의 원정 평가전에서 또다시 5대 0으로 지자, 국내 언론이 그를 '오대영'으로 비꼬는 등 감독 해임론까지 대두되는 상황이었다. 2001년 컨페더레이션컵 대회에서 대표팀이 프랑스에게 계속 몰려 전반전에만 세 골을 허용하자, 대구까지 내려와 참관하던 김대중 대통령이 자리를 뜨기도 했다.

이후에도 히딩크와 국내 언론 간의 마찰은 계속되었다. 2002년초 북중미골드컵 대회에 참가한 우리 대표팀의 성적 부진을 계기로 언론의 감독 흔들기는 절정에 달했다. 이때 나는 방송과 신문 인터뷰를 통하여 "우리 대표팀의 성적이 현재는 만족스러워 보이지 않지만 히딩크 감독이 우리 선수들의 장단점을 잘 분석하고 있고, 적응하고자 열심히 노력하기 때문에 크게 걱정하지 않는다"는 말로 그에 대한 전폭적인 지지를 분명히 밝혔다.

세간에서는 2002 월드컵을 계기로 한국 축구가 세계 축구의 변방에서 중심으로 옮겨가기 시작했다고 평가한다. 이러한 변화는 히딩크 감독의 결정적인 역할 없이는 불가능했을 것으로 생각된다.

2002 월드컵이 끝난 후 한국을 떠난 히딩크는 러시아로 갔다. 세계 여러 곳에서 러브 콜을 보냈지만 그는 새로운 도전을 위해 유럽 지역에서 비교적 축구가 뒤떨어지고 젊은 선수들로 새로 구성된 러시아 국가대표팀을 맡았다. 히딩크는 이들을 조련시켜 2008년 7월 '유럽의 월드컵'이라고 하는, EURO 2008 대회에 출전했다. 이 대회에서는 잉글랜드가 히딩크가 이끄는 러시아팀에게 지는 바람에 예선 탈락하는 등 이변이 속출했다. 히딩크는 고국인 네덜란드 등 강팀들을 차례로 꺾고 러시아를 4강에 진출시킴으로써, 2002 월드컵에 이어 또 한 번 히딩크

매직을 연출했다.

히딩크는 네덜란드 아인트호벤 감독 시절에는 2006년 독일 월드컵 본선에 진출한 호주 대표팀 감독을 겸했고, 러시아 대표팀 감독 시절에는 영국 프리미어 리그의 첼시 감독을 겸임하기도 했다. 이런 사실을 알고 있던 나는 히딩크가 이끄는 러시아 대표팀이 2010 남아공 월드컵에 진출하지 못한 것을 보고, 남아공 월드컵에 진출한 북한팀 감독을 겸임해서 지도해주면 어떻겠냐고 물었다. 히딩크는 그렇게 해 보겠다고 의욕을 보였으나 러시아협회 책임자로부터 허락받지 못해 뜻을 이루지 못했다.

축구에서는 팀워크와 스타플레이어 둘 다 중요하다. 우리의 경우, 스타플레이어가 없기 때문에 팀워크에 의존할 수밖에 없다.

히딩크 감독이 LA에서 훈련하고 있을 때 격려차 찾아갔더니 선수들을 데리고 남미의 우루과이에 가서 훈련하겠다고 했다. 내가 그 먼 데까지 가지 말고 귀국하라고 했더니, 오히려 멀기 때문에 가야 한다고 했다. 오가는 도중에 함께 고생을 해야 팀워크가 생긴다는 설명이었다.

히딩크는 감독이 좋은 성적을 내는 비결은 마법이 아니라 책임감이라고 했다. 그의 최대 강점은, 재능 있는 선수를 알아보고 발탁하여, 체계적인 훈련 방식을 통하여 조련하고, 선수들의 사명감을 고취시켜서, 개개인의 능력을 최대한 이끌어내는 지도력이었다.

히딩크는 특별히 무슨 축구 기술이나 전략을 새롭게 가르쳤다기보다는, 상식과 기본에 충실하면서 소통, 즉 감독과 선수 그리고 선후배 선수끼리의 커뮤니케이션이 얼마나 중요한지를 알게 해주었다.

대표팀 선수들 사이에는 많게는 10년의 나이 차이가 있었는데, 나이에 따른 서열이 엄격했다. 그래서 후배 선수들은 경기 중에 "황선홍 선

2002 월드컵 4강 신화를 달성한 후 히딩크 감독과 함께. 히딩크
감독은 우리 선수들에게 세계 어느 팀을 상대하더라도 잘할 수 있
다는 자신감을 부여하였다. 영국의 축구 평론가 랍 휴즈는 "선수
들의 능력을 발견하고 때로는 선수들을 윽박지르듯 설득하여 끌
고 가, 그들이 평생 잊지 못할 기억을 남겨주는 게 히딩크의 능력"
이라고 하였다.

배님" 하고 부르기도 어려워 아예 선배들을 부르지 않았다. 그러나 히딩크는 후배들에게 "선홍" 하는 식으로 선배의 이름을 부르게 해서 소통하도록 훈련시켰다.

1997년 말레이시아 쿠칭에서 열린 FIFA U-20 청소년 대회에서 우리 팀이 브라질에게 10대 3으로 패했을 때, 나는 우리 대표팀들이 왜 소통이 안 되는지 목격할 수 있었다.

브라질과 우리 팀은 쿠칭의 한 호텔에 같이 묵었다. 아침에 식사하는 것을 보면, 브라질 감독과 코칭 스태프 서너 명은 함께 자리에 앉아 아침부터 시끌벅적하게 떠들었다. 늦게 식당에 들어오는 브라질 선수들이 감독과 코치들이 식사하는 곳에 다가가, 아버지나 큰형님뻘 되는 감독의 뺨을 뒤에서 어루만지면, 감독도 그들의 손등을 토닥이며 반갑게 대해주었다.

우리는 어떻게 하는지 살펴보았다. 당시 청소년팀은 박이천 감독이 이끌고 있었다. 삼국지의 장비 같은 풍모를 지닌 박 감독은 이회택의 대를 잇는 스트라이커로 명성을 날리던 선수 출신이다. 그런데 박이천 감독이 혼자 식사를 하고 있으면, 선수들이 하나 둘 식당에 들어오다가 박 감독을 보고는 깜짝 놀라는 표정을 지으며 가급적 멀리 떨어진 자리에 앉아 밥을 먹었다. 박 감독은 대회 내내 혼자서 아침식사를 하는 것 같았다.

히딩크 다음의 아드보카트 감독도 소통을 강조했다. 어느 날 훈련을 할 때 박주영 선수가 아드보카트 감독을 보고 빙 돌아가자, 아드보카트 감독이 박 선수를 불러서 "주영아, 너 왜 인사도 안 하고 빙 돌아가느냐"며 인사하라고 호통을 쳤다.

히딩크 감독의 리더십에는 몇 가지 탁월한 요소가 있었다. 우선 소신과 결단력이다. 그는 거듭되는 패배와 언론의 비난에도 불구하고 강팀, 특히 유럽팀들과의 평가전을 지속적으로 추진해 경기력을 강화해 나갔다. 팀워크를 강조한 것도 배울 점이다. 평소 자율적인 분위기를 존중하면서도, 선수들이 이동할 때 반드시 대표팀 유니폼을 입도록 했고, 단체 행동 때는 엄격한 규율을 강조함으로써 최상의 팀워크를 이끌어냈다. 팀에 대한 정확한 판단과 처방도 주효했다. 한국 선수들에게 부족한 것은 체력이라는 것을 간파한 뒤, 체력 강화를 위한 '파워 프로그램'을 철저히 실시했다. 또한 주먹구구식이 아닌 과학적 방법을 활용했다. 체력 측정 전문가, 비디오 분석관 등 전문가들을 해외에서 불러들여 활용함으로써 선수들의 경기력 향상을 극대화했다. 이 밖에도 선수들에게 늘 즐기고 생각하는 축구를 할 것을 강조하면서 다양한 포지션을 소화할 수 있는 멀티플레이어 개념을 소개한 것이나, 선수 개인의 성향과 심리를 정확히 파악하여 그들에 맞게 대우해주면서 선수들을 이끌었던 능력은 히딩크만의 장점이었다.

이러한 히딩크의 지도력과 함께 특히 우리에게 참고가 되는 것은 선수를 선발하는 객관적인 기준이다. 그는 한 발 더 뛰는 팀이 이긴다며 체력을 중요시했으며, 팀에 헌신적이고 사명감 있는 선수들을 우선적으로 발탁했다. 그런 기준에 따라 학연, 지연, 혈연과 같은 연고에서 벗어나 자유롭게 선수를 선발했다.

히딩크 감독은 우리 선수들에게 세계 어느 팀을 상대하더라도 잘할 수 있다는 자신감을 부여하였을 뿐만 아니라 박지성, 이영표같이 젊은 선수들의 재능을 알아보고, 유럽 무대 진출의 기회를 줌으로써 한국 축구를 대표하는 선수가 되도록 도와주었다. 축구 평론가인 영국의 랍 휴즈는 2008년 어느 기고문에서, "선수들의 능력을 발견하고 때로는 선수들을 윽박지르듯 설득하여 끌고 가, 그들이 평생 잊지 못할 기억을 남겨주는 게 히딩크의 능력"이라고 하였다.

2002 월드컵 이전에 히딩크가 한국 선수들에게 유럽 스타일의 축구를 강요하는 것을 보고 "불가능에 도전하는 것 아니냐"고 물었더니, 히딩크는 "당신이 잘못 판단하고 있다는 것을 증명하겠다"고 했는데, 결국 해냈다.

나를 포함하여 많은 사람들이 계속 감독직을 맡아달라고 요청했지만, 2002년 7월 7일 히딩크는 한국을 떠났다. 일부 사람들이 히딩크를 잔류시키기 위해서 파격적인 조건을 제시해야 했다고도 말하지만, 그는 2002 월드컵 대회가 끝나기 전에 이미 유럽으로 돌아가겠다는 생각을 굳히고 있었다. 많은 사람들이 추측하는 바와 같이, 그에게 한국은 더 이상 도전의 땅이 아니었기 때문이다.

히딩크는 고국에 돌아간 뒤에도, 한동안 한국 꿈을 꾸었을 정도로 한국에 대한 기억과 한국과의 인연을 소중하게 생각하고 있으며, 지금도 암스테르담에 있는 집 맨 위층 방을 한국에서 가져간 고가구와 기념품, 그림 등으로 장식해놓고 있다.

히딩크 감독은 한국민의 사랑에 보답하기 위해 2003년에 히딩크재단을 설립하여 여러 사업을 하고 있는데, 특히 매년 '히딩크 드림필드'라고 불리는 시각 장애인 축구장을 건설하여 기부하고 있다.

당초 10개 월드컵 개최 도시에 건설하려고 한 히딩크 드림필드는 수원, 전주, 울산 등 월드컵 개최 도시뿐만 아니라 포항, 충주에도 건설되어 현재 5곳에 있으며, 앞으로도 매년 한두 개씩 지속적으로 건설될 예정이다.

히딩크는 월드컵 직후 "기회가 있으면 북한에서 코칭 스쿨을 실시하고 싶다"고 하였고, 2007년 방한 때는 나와 대화하면서도 북한 대표팀 지도 의향을 밝히는 등 남북 분단의 비극과 통일에 대한 한국민들의 염원을 잘 이해하는 모습이었다.

박지성 선수의 성공을 이끌었듯이, 젊고 유능한 한국 선수들이 유럽으로 진출하는 데 도움을 주겠다고 제의하는 등 한국에 대한 변함없는 관심과 사랑을 보여주고 있다.

히딩크 감독은 한국을 떠난 뒤에도 매년 한국을 다시 찾아 지인들을 만나고 있는데, 금년 6월부터는 한국 국가대표팀의 명예감독직을 맡기로 했다.

정치인 **정몽준**
백만 번의 **도전**

4

노무현 후보 지지 철회의 고독했던 밤

✤

　1988년 국회에 입성하면서부터 2011년 지금까지 20여 년간의 정치 인생에서 나를 힘들게 한 때는 2002년 대통령 선거 마지막 순간 고(故) 노무현 전 대통령에 대한 지지를 철회하던 밤이다.

　나는 2002년 여름까지만 해도 대선에 출마할 계획이 전혀 없었다. 월드컵 직후 민주당의 현역 의원 한 분이 찾아와 노무현 후보로는 어려울 것 같으니 탈당해서 나를 돕겠다고 했다. 나는 출마 계획이 없다고 말하고 그의 탈당을 만류했다.

　그 후 추석 직전 한 방송사의 여론조사에서 내가 대통령 후보 1위에 올랐다는 보도가 나왔다. 그러자 여론조사 1위를 한 현역 4선의원으로서 대선에 대해 모른 척한다면 무책임한 것이라는 주변 사람들의 지적이 있었다. 일리 있는 말이었다.

　하지만 나는 대선에 대해 전혀 대비가 없었다. 그런 상황에 출마를 해야 하는가, 고민하지 않을 수 없었다. 언론에서는 계속 나를 주목하며 기사를 썼다. 주변에서도 월드컵이 국민 통합에 크게 기여한 데다가 국민들이 내게 새로운 역할을 기대하기 때문이라면서 적극적으로 출마를 권유했다.

나는 결국 그 권유를 받아들였다. 준비된 것은 없었지만 열심히 해보겠다고 결심했다. 그때까지도 나는 현역 의원들의 도움을 받아야 한다는 생각을 하지 못했다. 1997년 DJP 연합 때만 해도 김종필 자민련 총재 쪽의 현역 의원들이 50명 가까이 됐다. 노무현 후보와의 단일화 여론조사에서 패하고 났을 때에야 나를 돕겠다고 찾아왔던 민주당 의원을 돌려보낸 일이 후회스러웠다. 그때 나는 혈혈단신이었다. 단일화를 결정하는 여론조사 과정에도 다소 불만이 있었다. 그러나 깨끗이 결과에 승복했고 한 배를 타기로 약속한 만큼, 나는 마지막 순간까지 최선을 다해 뛰리라 마음먹었다.

노 후보를 처음 본 것은 1988년이었다. 그때 노 후보와 나는 똑같이 13대 국회의 초선의원이었다. 당시 노무현 의원은 등원 후 첫 대정부 질문에서 나를 공격했다. 나의 지역구인 울산 동구에서 부정선거가 있었다는 주장을 폈다. 여당인 민정당원들이 부정투표함을 발견했다고 주장하면서 마치 무소속이던 내가 부정선거를 한 것처럼 이상한 논리를 폈다. 당시 민정당에서는 통일주체국민회의 대의원이던 사람이 후보로 나왔고 노동계 쪽의 후보도 출마했다. 그때 강력하게 항의했어야 했는데 그냥 듣고만 있었던 것이 후회됐다. 당시 노 의원의 발언은 같은 의원으로서 있을 수 없는 일이었다.

어느 날 노 의원은 노사 분규가 한창이던 현대중공업을 찾아와 수천명의 근로자들을 상대로 연설을 했다. 노 의원은 "잘났다던 대학교수, 국회의원, 사장님 전부가 뱃놀이 갔다가 물에 빠져 죽으면 그때 남은 노동자들은 어떻게든 꾸려나갑니다. 그러나 어느 날 노동자가 모두 자

빠져버리면 우리 사회는 그날로 끝입니다"라고 말했다. 나는, 자기도 '잘났다는' 국회의원이면서 말을 재미있게 하는 사람이라고 생각했다.

노 후보와 본격적인 대화를 나눠본 것은 2002년 11월 22일 후보 단일화를 위한 TV 토론회장에서였다.

토론이 시작되자마자 노 후보는 "여론조사라는 방식으로 하려고 하니까 걱정스러운 일이 많다"고 주장했다. 마치 자신은 원하지 않았는데 양보한 것이라는 듯 묘한 뉘앙스를 풍기는 말이었다. 나는 "여론조사는 노 후보가 요구한 것이고, 노 후보의 제안을 저희가 수용한 것"이라고 분명하게 답했다. 노 후보는 계속해서 "여론조사라는 것은 조사하는 방법에 따라 달라진다"고 말하고는 곧바로 "여론조사를 믿지 않는다고 말하지 않았다"고 하는 등 앞뒤가 맞지 않는 말을 했다.

노 후보는 또 "한나라당이 지금 정몽준 후보에 대한 여러 가지 파일을 준비해놓고 있다. 그런데 어제 보니까 무슨 주간지에 한 건 폭로되었는데, 그중에는 정말로 이건 방어하기 어렵겠구나 하는 것도 있더라"는 말을 했다. 단일화를 하겠다는 사람이 내용도 없는 흑색선전에 편승하는 것이었다. 나는 어이없어서 "주간지 기사가 났을 때, 전화해서 사실이냐고 물어보았으면 말씀드렸을 것이다"라고 말하고 끝냈다. 실망스러웠다. 어렵게 단일화에 합의해 성사된 토론회였다. 노 후보와 나, 둘 중에 한 명이 후보가 되면 나라를 어떻게 이끌고 나갈 것인지, 국민을 어떻게 행복하게 만들 것인지와 같은 정책이나 비전이 아니라, 나에 대한 부정적 이미지만 남기려 애쓰는 것으로 보였다.

단일화 이전 우리 측과 노 후보 측은 여론조사 방법에 관해 협상했다. 이때는 서로 유리하게 하려고 방법론을 놓고 밀고 당기기를 많이 했다. 하지만 노 후보 쪽은 프로였고, 우리 쪽은 아마추어였다. 지역에 따라서는 평소 조사와는 딴판으로 나온 곳이 꽤 있었다. 노 후보 당선 후 노 후보 쪽의 한 핵심 인사가 "우리 지지자들을 여론조사 명부에 끼워 넣었다"는 무용담을 떠들고 다녔다는 얘기를 당시 가까운 지인으로부터 들었다. 여론조사 협상 과정에 대해서도 노 후보 쪽의 핵심 인사가 "세 가지 설문안 중에서 우리에게 가장 유리한 방안을 먼저 제시했는데 정몽준 후보 쪽에서 덥석 받더라"고 자랑스럽게 말했다는 얘기도 들었다. 여론조사 기관도 상위권 회사들이 거부하는 바람에 10위권 밖의 회사들에게 맡겼는데, 사실 나는 그때 왜 그렇게 됐는지 경위를 정확하게 몰랐다. 이런 것은 다 내가 부끄러워해야 할 얘기들이다. 그토록 아무 준비 없이 나서는 게 아니었다.

단일화는 했지만 나는 곧바로 공동 유세에 참여하지는 않았다. 아무리 단일화가 중요하다 해도 외교 안보에서의 차이점이 해소되지 않으면 함께할 수 없다는 게 내 입장이었다. 나는 "반미면 어떠냐"는 노 후보의 인식이 바뀌어야만 합류할 수 있다고 강하게 주장했다. 양쪽의 정책 책임자들이 10여 일간 협상을 벌인 끝에 한미 관계에 있어서만큼은 노 후보 쪽이 우리 입장을 따르기로 했다. 한미 관계는 혈맹이라는 사실을 인정하고 그 기반 위에서 남북 관계를 끌어가기로 합의했다. 양측은 한미 관계에 대한 합의문이 맨 앞에 들어간 정책 공조 합의문을 만들어 기자회견까지 했다. 노 후보 진영의 취약한 외교 안보 분야를 우리가 보완하는 것도 좋겠다는 생각이었다.

이후 노 후보 측에서 나를 '국정 동반자'라고 표현하기 시작했다. 선거 2주 전에 노 후보가 양산 유세에서 "정몽준 대표와 손잡고 임기 5년 동안 국정의 동반자로서 공동 책임을 지고 국정을 확실히 개혁하겠다"

고 스스로 제안했다.

드디어 운명의 2002년 12월 18일, 대통령 선거 유세 마지막 날이었다. 그날도 하루 종일 지원 유세를 다녔다. 나는 노무현 로고송에 맞추어 난생 처음으로 춤까지 추었다. 오전에 안산을 시작으로 부천, 영등포, 청량리를 돌아서 명동으로 갔다. 점심식사는 안산에서 천정배 의원 등과 함께 했고 저녁은 버스에서 샌드위치로 때웠다. 저녁때는 명동과 종로에서만 노 후보와 합동 유세를 하기로 했는데, 종로가 끝나면 왕십리를 비롯하여 두세 군데 더 하자고 오히려 내가 제의해 합의했다.

나는 먼저 명동 입구에 도착해 의정부에서 오는 노 후보를 기다렸다. 그때까지만 해도 모든 일이 순조로웠다. 나는 법정 선거운동 시간인 자정까지 예정대로 지원을 나가겠다고 이미 밝혀둔 상태였다. 그런데 명동 입구에 조금 늦게 도착한 노 후보가 공동 유세 단상에 올라가 연설하면서 모든 것이 뒤집어졌다. 노 후보 자신은 물론 노 후보 진영의 말과 행동이 하루 전과 판이하게 달라졌다. 단상에서 연설하고 있는 노 후보가 내가 알던 노 후보인가 의아할 정도였다. 그야말로 표변(豹變)이었다.

전날 우리는 일산과 신촌에서 공동 유세를 했다. 일산에서는 노 후보가 북쪽에 위치한 이 지역 주민들의 불안한 심리를 파고들었다. '당선이 되면 정몽준 의원을 북한에 특사로 보내서 핵 문제를 해결하겠다, 그러면 일산의 집값도 올라갈 것이다'라는 식이었다. 파트너로서 나의 존재를 충분히 인정하는 발언이었다.

무슨 이유에서인지 명동에 도착할 때부터 노 후보는 약간 흥분하고 들떠 있었다. 마치 대통령이 다 된 것 같은 분위기였다.

2002년 11월 고(故) 노무현 후보와의 단일화 합의 직후 열린 토론
회에서. 대통령 선거 마지막 순간 노무현 후보에 대한 지지를 철
회하던 날 밤, 나는 고독했다. 그날 나는 노무현 로고송에 맞춰 난
생 처음 춤까지 추었다. 그러나 노 후보는 우리나라에서 제일 중
요한 한미동맹을 부정하는 발언을 했고, 상호간의 신뢰는 무너졌
다. 진실을 안 이상 국민을 속일 수는 없었다. 결과가 어찌 되든 국
민 앞에 솔직한 것이 제일 좋은 정책이라고 생각했다.

"여러분, 내일이면 우리가 승리한다고 합니다."

이렇게 시작했던 것 같다. 이게 다 누구 덕이냐, 돼지저금통 덕이다, 이런 말도 이어졌다. 이어서 민주당 국회의원들의 이름을 일일이 거명했다. 하지만 단일화 효과나 공조에 대해선 단 한마디도 꺼내지 않았다. 옆에 서 있던 나는 민망함을 느꼈다. 연단 아래의 청중들도 이상하게 생각했을 것이다.

노 후보는 한미 관계를 언급하면서 그동안 우리 쪽과 합의한 기본 원칙을 완전히 뒤집었다. 그는 "북한과 미국이 싸우면 우리가 말리겠다"는 말을 했다. 얼핏 들으면 그럴듯해 보이지만 이것은 기존의 한미 관계를 부정하는 교묘한 표현이었다. 이 말은 북한을 우리와 동맹 관계인 미국과 동일하게 보는 시각으로, 우리와 협의한 한미 관계의 기본 틀을 깨는 것이었다.

아, 이 사람이 당선이 유력해지니까 달라지는구나, 하는 배신감이 들었지만 일단 참았다. 권력이란 본래 그런 것이란 생각도 들었다. 그때 언론사 여론조사에서는 노 후보가 8퍼센트 정도 앞서간다는 보고가 들어왔다. 숨어 있는 표를 감안하더라도 노 후보의 당선 가능성이 높았다.

버스를 타고 종로로 이동했다. 동승한 내 지지자들이 흥분하기 시작했다. 노 후보가 저럴 수가 있느냐, 원래 권력의 속성이 그런 거니까 이해해야 한다, 등등 의견이 분분했다. 말할 수 없이 착잡한 마음이었지만 묵묵히 다음 유세 원고를 검토했다.

종로 유세에 앞서 노 후보는 종로 2가 국세청 뒷골목에 차를 대고 도시락을 먹었다. 우리 일행은 노 후보가 올 때까지 버스에서 기다렸다. 나는 노 후보와 함께 유세 단상으로 걸어갔다. 공동 유세를 하는 지난 일주일 동안 양쪽의 불문율은 단상에 두 사람만 올라간다는 것이었다. 그런데 이번에는 청중 사이에 마련된 사진촬영용 미니 단상에 노 후보가 정동영 의원을 데리고 올라갔다. 좁은 단상에 세 사람이 서게 됐다. 단일화와 공동정부를 나타내는 나와 노 후보 두 사람의 협력 모습은 사라지고 노 후보를 양옆의 두 사람이 떠받드는 이상한 모양이 연출됐다. 유세 연단으로 자리를 옮길 때도 소란스러운 상황이 발생했다. 두 사람만 올라간다는 불문율을 또 깨고 노 후보 쪽 인사들이 우르르 연단으로 올라온 것이다.

저녁식사를 하기 위해 우리 일행은 우래옥으로 향했다. 이동하는 버스에서 고민에 빠졌다. 태양이 두 개일 수 없듯이 권력은 나눠 가질 수 없다는 것을 나도 잘 알고 있었다. 공조를 하기로 했을 때, 집권할 경우 안보는 내가 맡고 인권 변호사였던 노 후보는 복지와 같은 국내 문제를 맡으면 좋겠다고 막연히 생각했지만, 사실 외교 안보는 대통령의 몫이었다. 나도 그걸 모르지 않았다. 권력의 속성으로 보아 노 후보가 언젠가는 이렇게 나올 가능성도 생각하고 있었다. 그러나 그 정도일 줄은 몰랐다.

우래옥에서 식사하는데 아내가 뒤늦게 들어왔다. 노 후보의 부인 권양숙 여사와 부산에서 지원 유세를 하고 막 도착하는 길이었다. 나 때문에 저 고생을 하는구나 생각하니 애처로웠다. 식사를 하면서도 고민을 거듭했다. 노 후보는 어떤 사람인가, 나는 노 후보를 왜 지원했는가, 노 후보가 당선될 경우 정책 공조는 가능할 것인가 등 숱한 생각들이 꼬리를 물고 일어났다. 노 후보와는 단일화 과정에서 공식적으로만 만났을 뿐 인간적인 면모를 들여다볼 기회는 없었다. 변화를 지향한다는 점에서 공통점을 느꼈지만 그가 어떤 사람인지 정확히 알지는 못했다. 그것이 계속 마음에 걸렸다.

노 후보와 내가 국정 동반자가 되기 위해서는 둘 사이에 바위처럼 굳건한 신뢰가 있어야 했다. 그리고 정책 협상과 공동 유세 과정을 통해 어느 정도 신뢰가 쌓였다고 믿고 있었다. 그러나 이날 유세를 통해 우리나라에서 제일 중요한 외교 안보 정책에 대한 공감대와 이를 실천하는 데 필요한 상호간의 신뢰, 이 두 가지가 모두 무너졌다. 한미 동맹을 부정하는 발언이 나왔고, 신뢰를 배반하는 행동이 이어졌다. '아, 위험한 사람이구나' 하는 생각과 함께 이미 '국정 동반자'는 불가능하다는 판단이 들었다.

그렇다면 어떻게 할 것인가. 많은 유권자들은 노 후보의 불안한 안보관에도 불구하고 나를 보고 노 후보를 지지할 것이다. 노 후보가 당선되더라도 외교 안보에 있어서만큼은 '국정 동반자'로서의 취지를 살려갈 것이라는 믿음을 갖고 있을 것이다. 그러나 선거를 몇 시간 앞두고 나온 노 후보의 발언과 행동은 그동안의 제스처가 거짓이었다는 것을 공표한 선언이었다. 그렇다면 노 후보에 대한 나의 지지는 수많은 유권자들을 속이는 행위가 아닌가. 국민을 속일 것인가, 눈 딱 감고 하루만 버텨서 개인적인 무사안일을 택할 것인가. 나의 갈등은 깊어졌다.

나를 돕는 정치인들, 참모들과 즉석에서 회의를 했다. 모두들 침울했다. 노 후보의 표변에 분노하면서도 쉽게 결정을 내리지 못했다. 그 중에는 권력이 바로 눈앞인데, 하는 눈치들도 보였다. 하지만 진실을 안 이상 그럴 수는 없었다. 제아무리 눈앞의 권력이라도 나를 지지하는 유권자들을 속이며 나눠 가질 수는 없었다. 나는 결심을 굳히고 단호하게 말했다.

"국민을 속일 수는 없습니다."

대변인에게 지지 철회를 발표하라고 말하고 집으로 들어갔다. 외부와의 모든 접촉을 끊었다. 노 후보 측과도 어떤 접촉도 하지 않았다. 아쉽게 생각하는 것은 그때 우리 집에까지 찾아온 노 후보에게 문을 열어주지 않아 결과적으로 박대한 듯한 인상을 준 일이다. 하지만 지지 철회에 대해서는 지금도 어쩔 수 없는 일이었다고 생각한다. 결과가 어찌 되든 국민 앞에 솔직한 것이 제일 좋은 정책이라는 생각에는 변함이 없다.

지지 철회 후 노 후보는 당선됐고 나는 다음 해 2월초 현대전자 주가조작 사건으로 검찰 조사를 받았다. 이 사건은 당시로부터 4년 전인 1999년에도 참여연대의 고발로 회사 경영진뿐 아니라 아버지를 비롯해 우리 가족을 대상으로 검찰이 수사한 사건이다. 아버지와 형들, 그리고 나에 대해선 이미 무혐의 처분이 내려졌었다. 그러나 검찰은 선거 기간 중 제기된 이익치의 허위주장을 근거로 다시 문제를 삼았다. 결국 또다시 무혐의로 처리됐지만 씁쓸했다. 지지 철회의 후유증이라는 생각이 들었다.

취임식이 열리기 전인 2월 중순, 나는 미국 샌프란시스코로 떠나 스탠포드 대학에 적을 두었다. 그리고 내가 주주로 있는 현대중공업은 노 대통령 재임 중 4개월 이상 세무사찰을 받았다. 수십 명의 조사 요원이 와서 당초 예정 기간을 두 배로 연장해가며 샅샅이 뒤졌다고 한다. 특별한 문제점이 발견되지 않자 아버지가 세운 언론사와의 관계를 문제 삼아서 수백억 원을 추징했다. 세간에서는 내가 이 회사의 대주주이고, 회사가 내 지역구에 있으니 공사(公私) 구분 없이 회사 돈을 쓰지 않았겠는가 짐작하고 나의 발목을 잡기 위해 파헤쳤을 것이라는 얘기가 파다했다. 하지만 나는 2002년 회사의 고문마저 그만둔 후라 현대중공업 소유의 호텔에 묵을 때도 개인 비용으로 지불했기 때문에 그런 문제는 있을 수 없었다.

무소속 국회의원과 정치 개혁 사이의 건널 수 없는 강

✤

1988년 국회에 들어온 후 대부분을 무소속 의원으로 지냈다. 일부러 작정하고 그런 것은 아니다. 다만 국회에 처음 진출할 때 가진 생각이 정치보다는 공직을 하고 싶다는 것이었기 때문에 꼭 정당에 몸담아야 한다고 생각지는 않았다.

첫 번째 선거에서 무소속으로 당선된 뒤 1990년 3월 민자당에 입당했다. 1988년 국회에 처음 들어갈 때만 해도 무소속 의원이 9명이나되었다. 박찬종, 이철, 유한열, 이해구 등 쟁쟁한 의원들이었다. 그러나 1990년 3당 합당 전후에 대부분 정당을 찾아 들어갔다. 나 혼자 외톨이로 살 수는 없었다.

입당 후에는 국회 경제과학위원회의 간사로 활약하기도 했다. 하지만 계속 민자당에 남아 있기 어려운 사정이 생겼다. 아버지가 정치를시작하면서 창당을 하셨기 때문이다. 1년여 만에 탈당해 아버지가 만드신 통일국민당에 들어갔다. 그리고 아버지가 대선에서 낙선하고 정치를 그만두시면서 자연스럽게 통일국민당에서 나오게 되었다.

그 후로는 다시 정당에 들어가고 싶지 않았다. 정책은 뒷전인 채 정쟁에만 몰두하는 게 마땅치 않았고, 1993년 축구협회장을 맡은 뒤 월드컵 유치에 전력투구하면서 특정 정파에 속하는 것보다는 무소속으로 있는 것이 좋겠다는 생각을 했다. 월드컵은 국민 통합을 전제로 한 국가적인 축제이다. 특정 정당에 몸담게 되면 이러한 분위기를 끌어내기가 어려울 것이라는 판단이었다.

무소속으로 5선의원을 지내면서도 국회의원으로서 나름대로 열심히 일했다. 지역구 사업 때문에 밤잠을 설친 날이 하루 이틀이 아니었고, 밤새 고민했던 의문을 본회의에서 제기하기도 했다. 울산의 광역시 승격 운동에 참여했고, 울산 지역에 과도하게 집중되는 원전 건설에 반대하기도 했다. 전쟁 중이던 예멘을 비롯해 이라크의 바그다드 등 중동 국가에도 위험을 무릅쓰고 출장을 갔다. 지역을 위하고 나라를 위하는 일이라면 무슨 일이든 가리지 않았다.

그러나 정치는 역시 정당에 의해 이루어지는 것이었다. 비록 계파 중심으로 운영되고 선거에 맞춰 수시로 이합집산이 이루어지는 문제점이 있다 하더라도 정치를 하려면 정당에 들어가야 힘을 받을 수 있었다. 나는 공직으로 봉사하겠다, 다시 말해 권력욕을 버리고 공공에 봉사하겠다는 마음으로 정치를 시작했다. 그러나 우리나라의 낙후된 정치를 바꿔보겠다는 의지를 강하게 갖고 있던 나로서는 무소속 국회의원의 한계를 느낄 수밖에 없었다. 5선의원이 되었지만 혼자서는 정치를 바꿀 수 없었다. 더구나 참여정부의 잘못된 행적을 보면서도 아무런 역할을 할 수 없다는 데 좌절감을 느꼈다.

노무현 대통령은 "반미면 어떠냐", "북한과 미국이 싸우면 우리가 말리겠다"고 주장했다. "(대한민국은) 정의가 패배하고 기회주의가 득세

한 역사"라는 발언도 했다. 노 대통령의 말은 부분적으로 맞는지 모르지만 결국에는 우리 선열의 얼굴에 침을 뱉는 것이었다. 어떤 교수는 노 대통령에 대해 '대한민국이 어떤 나라인지 모르고 얼떨결에 대통령이 된 인물', '대한민국과의 화해에 실패한 대통령'이라고 평가하기도 했다. 참여정부는 우리나라 역사와 국정 운영의 큰 궤도에서 벗어나고 있었다.

당시 노무현 정부는 '자주국방'을 외쳤다. 내 생각에는 결국 주한 미군 철수를 의미하는 것으로 보였다. '자주국방' 슬로건 때문에, 노무현 정권의 속성과는 달리 복지 예산보다 국방 예산이 많이 늘어나는 역설적인 현상이 나타났다.

나는 1988년 13대 국회에 들어와 국방위에서 활동했다. 국정감사를 위해 국방부에 갔는데 건물 현관에 '자주국방'이라는 박정희 전 대통령의 휘호가 걸려 있었다. 나는 "지금은 집단안보 시대인데 '자주국방'은 군인의 정신 자세를 강조하는 것은 될지언정 군사 전략은 될 수 없다"면서 "국방부 현관에 붙여 놓을 것이 아니라 사단 본부에 붙여 놓으면 좋을 것"이라고 지적했다. 참여정부 시절 방한했던 럼스펠드 당시 미국 국방장관은 노무현 정부의 자주국방 슬로건에 대해 "자주국방은 미국도 못 하는 것"이라고 말했다. 국방을 국방력만으로 하겠다는 것은 어리석은 발상이다. 지금 시대의 국방은 외교로 하는 것이다. 나는 편협한 생각에 사로잡혀 있는 참여정부가 참으로 안타까웠다.

2007년 대선을 앞두고 고민이 깊어졌다. 만약 무소속에서 벗어나 정당에 들어간다면 나의 생각이나 이념에 가장 부합하는 정당은 한나라당이었다. 8월의 후보 경선 전에 이미 이명박·박근혜 후보 양 진영에서 입당 제의가 들어와 있었다. 그러나 한나라당에서는 친이와 친박

계파 간에 치열한 싸움이 벌어지고 있었고, 나는 그중 어느 한 계파로 분류되고 싶지 않았다. 당시는 노무현 정권의 국정 운영 방식에 대해 걱정을 많이 하던 터라, 한나라당이 승리해서 반드시 정권을 교체하는 것이 유일한 목표였다. 비록 정당에 들어가 실망하는 한이 있더라도 한나라당에 힘을 보태는 것이 옳다고 판단했다. 나는 후보 경선 후에 입당하기로 마음을 굳혔다.

때마침 이상득 전 국회부의장이 만나자는 제의를 해왔다. 그리고 5선인 박희태 국회부의장이 나서서 나의 입당 작업을 주선했다. 입당 전날 밤, 〈동아일보〉 기자로 일하던 큰아들이 늦게 들어왔다. "별일 없으시죠" 하는 인사말에 일부러 시큰둥하게 "그렇다"고만 대답했다.

2007년 12월 3일. 이명박 후보와 아침을 먹고 입당 기자회견을 했다. 한나라당 기자실의 회견장 책상 앞에 앉아 있는 큰아들의 모습이 보였다. 몇몇 조간신문에서 어떻게 알았는지 입당 예고 기사를 썼는데 큰아들이 일하는 신문만 낙종을 했다. 아들에게 미안하기는 했지만 어쩔 수 없었다. 한나라당의 당원으로서, 지금까지와는 또 다른 공인으로서의 생활이 시작되고 있었다.

친이도 친박도 되고 싶지 않다

✢

　18대 총선 공천이 막바지를 향해가던 2008년 3월초, 울산 동구는 공천이 확정되지 않은 채 1~2주일 정도 복수 후보 지역으로 남아 있었다. 왜 공천을 확정 짓지 않고 복수 후보 지역으로 남겨놓았는지 당 관계자에게 물어보았더니 고생을 많이 한 기존 위원장에 대한 배려 차원이라는 답변이 왔다. 그 위원장은 과거 민노당에 몸담았다가 한나라당으로 옮긴 사람이었다. 공천심사위가 그 위원장을 불러서 면접을 했는데, 나는 5선의원이라 예우 차원에서 면접 절차를 생략했다는 설명이었다. 그러나 나는 나를 면접에 부르지 않은 것은 잘못된 일이라고 쓴소리를 했다. 그리고 공천 기준이 한나라당과 나라의 미래를 위한 것이 아니라 과거의 고생을 보상하는 것이라면, 공천심사위의 이름을 차라리 고충처리위로 바꾸는 게 좋지 않겠느냐고 말했다.

　공천 발표가 늦어지자 기분이 안 좋았다. '나를 설마', 싶으면서도 은근히 걱정이 되었다. 공천에서 탈락하면 다시 무소속 출마를 해야 하나, 은퇴를 해야 하나, 혼자 고민을 거듭하고 있었다. 그러다 유럽으로 출장 가는 길에 비행기 안에서 이 대통령의 위성 전화를 받았다. 서울 출마 얘기가 오고 갔다. 당에서는 서울 서남부에서, 야당 바람을 차단하면서 한나라당 바람을 불러일으키겠다는 계획이었다. 내가 권유받은 지역구는 동작 '을', 상대는 정동영 후보였다.

후원회장인 이홍구 전 총리에게 자문을 구했다. 이 전 총리는 정동영 후보의 대항마로 나가는 것은 좋지 않다면서 반대했다. 다른 지인들도 서울 동작 을은 전통적으로 한나라당에게 어려운 지역인데 왜 모험을 하느냐며 만류했다.

하지만 어차피 정치를 새로 시작한다는 마음으로 입당한 터였다. 당이 필요해서 부르는데 피한다면 앞으로 한나라당에서 할 일은 없을 거라는 생각이 들었다. 2002년 후보 단일화의 기억에도 불구하고 나를 따뜻하게 받아준 한나라당 당원들에 대한 마음의 빚을 조금이라도 갚고, 내 나름대로 당에 기여해야겠다는 생각에서 서울 출마를 결심했다.

인사를 올리기 위해 지역구인 울산으로 내려갔다. 밤기차를 타고 가는 동안 여러 생각들이 교차하면서 떠올랐다. 울산은 오늘의 나를 키워준 정치적 고향이다. 울산 동구 주민들께서 내게 처음으로 국회의원 배지를 달아주셨다. 지금도 그날의 감격을 잊을 수 없다. 5선의원이 되는 동안 지역구민들과 함께 울고 함께 웃었다. 나는 한순간도 그 고마움을 잊은 적이 없었다.

이튿날, 내가 지역구를 옮긴다는 소식에 아침부터 수천 명의 주민들이 모였다. 나는 당의 사정을 설명하고 양해를 구했다. 주민들은 내가 지역구를 옮기는 것에 반대했다. 만일의 경우 서울에서 떨어질 수도 있는데 왜 그렇게 위험한 일을 맡기냐며 당을 원망하기도 했다. 주민들은 내 손을 잡고 진심으로 걱정해주었다. 그날 나는 그동안 울산 동구 주민들한테 얼마나 큰 사랑을 받았는지 새삼 깨달았다. 주민들에게 둘러싸이자 나도 모르게 눈물이 났다.

5선 국회의원이 지역구를 옮긴다는 것은 정치 생명을 건 모험이다. 그러나 당이 어려울 때 당을 돕는 것은 당원의 책무다. 나는 도전을 선택했다. 좀처럼 발걸음이 떨어지지 않는 울산을 떠나 서울로 왔다.

동작구는 국립현충원이 있는 곳이다. 우리나라를 위해 목숨을 바친 호국 영령들이 고이 잠들어 있는 대한민국의 성지(聖地)다. 현충원을 찾아 참배하는 것을 시작으로 선거운동에 나섰다. 선거는 쉽지 않았지만, 6선의원이 되어 제18대 국회에 등원했다.

내가 서울로 지역구를 옮기자 기자들이 두 가지 질문을 했다. 첫째는 평소 정동영 의원과 사이가 나빴느냐는 것이었다. 나는 '축구에서 맨체스터 유나이티드와 첼시가 팀 사이가 나빠서 시합하는 것이 아니다', '바둑의 맞수들이 상대편을 미워하는 것도 아니다'라는 말로 답을 대신했다. 두 번째 질문은, 당선되면 무슨 일을 하겠느냐는 것이었다. 당선되면 6선의원인데 원내대표나 상임위원장은 못 할 터이고 전당대회 출마든 무엇이든 할 일이 있으면 찾아서 하겠다고 대답했다.

한나라당의 총선 공천이 발표되고 나서 며칠 후 세종로를 지나는데 전광판에 한나라당 공천 소식이 떴다. 그날 확정된 명단과 함께 '친이 6명, 친박 4명' 식의 통계가 뒤따랐다. 저건 또 무언가. 한나라당 안에 또 당이 있나, 하며 혀를 찼다. 다음 날인가 열린 최고위원회의에서 얘기를 꺼냈다. "언론이 공천자 인원을 보도하면서 친이 몇 명, 친박 몇 명 하는 식으로 나누던데 이건 문제 아닌가? 나도 친이로 분류가 되던데, 나는 어느 계보에 들어온 게 아니고 한나라당에 입당한 것이다"라고 이야기했다.

이방호 당시 사무총장이 "언론이 흥미 차원에서 그렇게 분류한 것" 이라고 말하기에 "이 총장은 최고위원회의 구성원이 아니니 가만히 계시라"고 했다. 이어 안상수 당시 원내대표가 "나도 밤잠 안 자고 나라가 잘되도록 하기 위해 노력했는데 친이라고 한다. 내가 이명박의 똘마니냐"라며 큰 소리를 냈다. 안 원내대표가 아침부터 과민하게 반응하는 것 아닌가 하는 생각이 들었지만 계파에 대한 열띤 토론이 기대되기도 했다. 하지만 거기까지가 끝이었다.

이른바 친박에 속하는 최고위원들도 그 자리에 있었지만 아무도 입을 열지 않았다. 그들에게서 '나를 언론에서 친박이라고 하는데 내가 당과 나라를 위해 일하는 것이지 특정인을 위해 일하는 게 아니다'라는 말을 기대했지만, 친박 최고위원들은 바닥만 내려다보고 있었다. 현실 정치의 한계를 극복하기 위해 정당에 들어온 나로서는 힘이 빠지는 일이 아닐 수 없었다.

당대표 시절, 성남의 어느 중소기업을 방문한 적이 있었다. 사장실 앞에 붙어 있던 포스터가 눈에 띄었다. 한 사람이 자기 둘레에 둥그렇게 벽돌담을 쌓고 있는 그림이었다. 그 옆에는 이런 문구가 쓰여 있었다.

"남이 들어오지 못하면 나도 나갈 수 없습니다."

우리 한나라당의 상황을 그대로 표현해놓은 것 같아 포스터를 한 장 구해 당대표실 문 앞에 붙여놓았다. 오가면서 한번 생각해보자는 뜻이었지만 진지하게 들여다보는 사람은 많지 않았다.

계파의 문제는 한나라당 문제의 시작이자 끝이라는 게 입당 후 몇 년간 한나라당을 지켜본 나의 생각이다. 국민은 어느 의원이 친이인지 친박인지 알지도 못하고 관심도 없다. 선거에서 뽑아줄 때는 한나라당 후보라서 찍은 것인데, 실제 당 운영에서 친이와 친박으로 나뉜다면

2008년 동작동 국립현충원 행사장에서 만난 지역주민의 아이와 함께. 내가 18대 총선에 출마한 동작구는 국립현충원이 있는 곳이다. 조국을 위해 목숨을 바친 호국 영령들이 고이 잠들어 있는 대한민국의 성지(聖地)다. 나를 키워준 정치적 고향 울산을 떠나 이곳에 출마한다는 것은 정치 생명을 건 모험이었다. 그러나 서울 서남부에서 야당 바람을 차단하면서 한나라당 바람을 불러일으키겠다는 당의 뜻을 따르는 것이 나의 책무라고 생각했다. 결국 나는 상대인 정동영 후보를 이기고 18대 국회에 입성했다.

이것은 국민에 대한 기만이고 배신이다.

2007년 대선과 2008년 총선에서의 압도적 승리는 계파라는 치명적 위험에 대한 위기의식을 마비시켰다. 당내에서 주도권을 잡으면 국가 권력을 잡을 수도 있다는 오만에 빠졌다. 외부와의 소통보다는 내부의 다툼에 치중했고, 중요 정책에 대해서도 계파 간 첨예한 입장 차이 때문에 처음부터 차분하고 이성적인 대화가 불가능했다. 2007년 경선과 2008년 총선 공천 과정에서 비롯된 계파 갈등은 아직까지도 진행 중이다.

계파라는 배타적 정치 조직이 암세포처럼 우리나라 정치에 뿌리내리게 된 원인은 당원협의회(지구당)의 운영 방식과 하향식 공천제도에서 찾을 수 있다. 국회의원 선거구별로 조직된 당원협의회는 당초 국민과 당원들의 의견을 수렴하는 기초 조직이라는 취지로 탄생했다. 하지만 현실에서는 당원협의회 위원장이 시키는 대로 따라가는 일종의 사조직으로 변질되었다. 당원들이 실제 당의 주인인데 지금은 수동적 동원 대상으로 전락해버렸다. 당대표나 대통령 후보를 뽑는 전당대회에 참석하기 위해 타고 가는 버스 안에서, 위원장이 소속 당원들에게 특정인을 찍으라고 '오더'를 내리는 장면은 정치권에서는 이미 일상적인 일이다.

목포대 김영태 교수는 이러한 현상을 '당원협의회의 사당화(私黨化)'라고 지적한다. 당원협의회의 위원상만 장악하면 사당화된 당원협의회를 손쉽게 장악할 수 있는 것이다. 그러다 보니 전국 245개 당협의 위원장 중 100명 정도만 잡으면 당권과 대권을 잡을 수 있다는 인식이 널리 퍼졌다. 그래서 국회의원들은 국민을 상대로 하는 정치보다는 당내 파벌 정치에 관심을 쏟게 된다. 이러한 구조를 그대로 두고 중앙당 개혁을 논의하는 것은 사상누각이라고 김 교수는 말한다.

하향식 공천제도는 일본의 방식을 흉내 낸 것이다. 계파의 보스들이 밀실 협상을 통해 전리품을 나눠주듯 공천을 주고, 그 대가로 계보원들의 충성을 약속받을 수 있게 도와주는 제도이다. 미국 같은 정치 선진국에서는 현역 의원이나 출마 예정자들이 당원협의회의 위원장을 겸하지 못한다. 그래야만 당원협의회 구성원들이 자발적으로 모여 토론하고 참여하는 풀뿌리 민주 조직의 역할을 할 수 있기 때문이다. 또 하향식 공천이 아니라, 오픈 프라이머리(국민 경선)를 통해 당원이나 국민이 공직 후보를 선출하기 때문에 계파가 생겨날 여지가 없다. 우리도 당원협의회를 당원들의 손에 돌려주고 공직 후보도 국민이나 당원이 직접 뽑도록 제도화해야 한다.

당내에 소그룹이 존재하는 것은 자연스러운 일이다. 친소 관계는 어느 사회든 있고, 생각이 가까운 사람끼리 친하게 지내는 것은 인지상정이다. 문제는 과거의 인연이라든지, 이익이 걸린 거래 관계 때문에 파벌이 형성되는 데 있다. 파벌은 폐쇄적이고 과거 지향적이다. 국민들이 언제까지 파벌 정치를 용납할 것 같은가. 국민은 정치인들이 생각하는 것보다 훨씬 더 많이 알고 있고 정확히 판단하고 있다.

박근혜 전 대표와 얼굴을 붉힌 이유

⚜

　박근혜 전 대표와 나는 장충국민학교 동창이지만, 학교에 다닐 때는 서로 알지 못했다. 박 전 대표를 알게 된 것은 국회에 들어오기 전, 어느 테니스 모임에서였다. 그 후로 여러 번 운동을 함께 할 기회가 있었다. 테니스 모임 사람들과 여수 등지의 지방에 가기도 했고, 박 전 대표의 생일축하 자리에 초대받기도 했다.

　2009년 9월 한나라당 대표 취임 직후, 박근혜 전 대표와 국회 커피숍에서 50분간 만났다. 우리가 만난 후 조해진, 조윤선 당 대변인과 박전 대표 쪽의 유정복, 이정현 의원이 이날 회동에 대해 발표할 내용을 협의했다고 한다. 그런데 문제가 생겼다. 나의 대표직 수행에 대해 박전 대표가 "잘하고 있다"고 언급했다고 대변인이 발표한 모양이다. 곧이어 박 전 대표 쪽에서 대변인한테 '잘하고 있다'는 부분을 빼달라고 하면서 만일 취소하지 않으면 별도로 기자회견을 열겠다고 했다는 것이다. 조윤선 대변인이 수십 명의 기자들에게 일일이 전화를 걸어 '잘하고 있다'는 부분을 취소하느라 애먹었다는 얘기를 들었다.

이날 회동과 관련해서 나도 박 전 대표의 직접적인 항의를 들은 일이 있다. 대표 취임 이후 첫 회동을 끝내고 나오는데 기자들이 내게 물었다. 10월에 있을 재보선을 박 전 대표가 도울 것인지를 묻는 질문이었다. 나는 "박 전 대표도 마음속으로는 우리 후보들이 잘되기를 바라시지 않겠는가"라고 답했다. 몇 달 후 박 전 대표와 통화할 일이 있었다. 박 전 대표는 이 일에 대해 항의했다. 한나라당 후보가 잘되기를 바란다고 말한 적이 없다는 것이었다. 이해하기 어려웠다. 한나라당 당원이라면 누구든지 한나라당이 잘되기를 바라는 것 아닌가. 더구나 당대표까지 지낸 사람이라면 더 말해 무엇 하겠는가. 따옴표를 붙여 본인의 말을 인용한 것도 아니고 나의 생각을 덧붙인 것인데 왜 화를 내는지 도무지 이해할 수가 없었다. 화를 내는 박 전 대표의 전화 속 목소리가 하도 커서, 같은 방에 있던 의원들이 걱정스러운 얼굴로 나를 바라보는 바람에 아주 민망했다.

이 통화에서 박 전 대표는 또 한 가지를 문제 삼았다. 당시는 세종시 특위를 구성하는 문제가 당내 현안이 되었을 때였다. 그 며칠 전 특위 문제로 박 전 대표와 통화했는데, 이 대화 내용을 의원들과의 회의에서 간단히 소개한 적이 있었다. 그때 박 전 대표가 나의 특위 취지 설명에 대해 "알았다"고 하더라고 말했는데, 한 참석자가 이를 언론에 전하면서 박 전 대표가 긍정적으로 반응했다는 취지의 보도가 나왔다. 박 전 대표는 전후 사정을 따져보지도 않고 대뜸 "전화하기도 겁난다"면서 나를 거짓말쟁이로 몰았다. 오전 9시의 최고위원회의 직전인 데다 그만한 일로 싸울 수도 없고 해서 그냥 좋게 넘어갔다. 하지만 박 전 대표는 통화 직후 이런 얘기를 본인이 직접 기자들에게 공개해버렸다. 졸지에 나만 거짓말쟁이가 되고 말았다.

세종시 특위 문제로 박 전 대표와 통화했던 경위는 사실 이렇다. 세종시 문제가 당 내외의 쟁점이 되면서 자연스럽게 당 내에 특위를 만들자는 얘기가 나왔다. 박 전 대표 진영은 세종시 문제를 거론하는 것조차 꺼리는 분위기였다. 최고위원회의에서 특위 구성 문제를 꺼내자, 박 전 대표 쪽의 허태열 최고위원은 "특위를 구성하면 또 하나의 난장판을 만드는 것"이라며 반대했다. 나는 "그렇다면 벌써 난장판이 되었다는 얘기인데, 이렇게 박 전 대표와 정운찬 총리가 싸우는 것을 구경만 하고 있을 것인가"라며 특위 구성을 설득했다.

이런 과정 속에서 당대표 비서실장인 정양석 의원과 박 전 대표 쪽의 유정복 의원이 다리를 놓아 박 전 대표와 통화를 했다. 내가 특위의 필요성을 설명하자 박 전 대표는 갑자기 화난 사람처럼 "허태열 최고하고 상의하세요"라고 높은 톤으로 소리를 질렀다. 마치 '아랫사람들'끼리 알아서 하라는 투로 들렸다. 의원들과의 회의에서는 박 전 대표와 통화한 내용을 상세히 설명할 수도 없어서 간단하게 통화했다는 말만 했다.

박 전 대표와 나는 2002년에도 얼굴을 붉힌 적이 있었다. 그때는 둘 다 한나라당 소속이 아니었다. 박 전 대표는 이회창 총재 시절 한나라당의 '제왕적 총재' 체제에 실망해 탈당한 뒤 한국미래연합을 창당한 상황이었고, 나는 1993년 이래 계속 무소속으로 지내온 상태였다. 그해 5월 북한을 방문한 박 전 대표는, 북한 축구팀의 남한 방문을 제안해서 김정일 위원장으로부터 축구팀을 보내겠다는 약속을 받았다. 이어 축구협회에 연락해 북한 축구팀이 오게 되어 있으니 대표팀과 경기를 하게 해달라고 요청했다.

협회로서는 골치 아픈 요청을 받은 셈이었다. 국가대표급 프로축구

선수들의 수억대 연봉은 축구협회가 주는 게 아니라 프로구단에서 주는 것이다. 게다가 프로축구 경기 일정도 빡빡하기 때문에 협회가 마음대로 선수들을 불러낼 수 있는 것이 아니었다. 국가대표팀 경기를 위해 선수를 소집하려 해도 1년 전부터 프로축구 구단 측과 일정을 협의해야 한다. 북한 축구팀과의 경기는 FIFA가 정한 국가 대항전(A-match) 날짜와도 맞춰야 했다.

조중연 당시 축구협회 전무가 박 전 대표를 찾아가 이렇게 복잡한 사정을 설명했는데도 박 전 대표는 화를 펄펄 냈다고 했다. 그 이야기를 조 전무로부터 전해 듣고, 박 전 대표와 점심식사를 하면서 내가 직접 설명을 했다. 그러나 박 전 대표는 마찬가지 반응을 보였다. 할 수 없이 각 프로구단에 통사정해서 간신히 대표팀을 소집했다.

남북한 축구 경기가 열리던 2002년 9월초, 상암 경기장에 도착하니 분위기가 어수선했다. 태극기를 든 사람들과 한반도기를 든 사람들이 서로 실랑이를 벌이는 중이었다. 박 전 대표는 먼저 경기장에 와 있었다. 나를 보더니 화난 얼굴로 왜 약속을 지키지 않느냐고 했다. 무슨 소린가 했더니 관중들이 한반도기를 들기로 했는데 왜 태극기를 들었느냐는 것이었다. 나는 "관중들이 축구협회 직원들도 아니고, 자기 돈 내고 들어온 사람들한테 태극기를 들지 말라고 할 수는 없는 것 아니냐"고 답했다.

문제는 또 생겼다. 축구 경기 시작 전에 '붉은 악마'가 '대한민국'을 외쳤기 때문이다. 박 전 대표는 다시 내게 항의했다. 구호로 '통일조국'을 외치기로 했는데 왜 약속을 지키지 않느냐는 것이었다. 나는 "붉은 악마는 축구협회 직원들이 아니라 오히려 상전이다. 중요한 경기에서 패배하면 감독을 교체하라고 축구협회를 야단치는 형편인데, 협회에서 '대한민국'을 외치지 말란다고 그렇게 되는 게 아니다. '통일조국'을 구호로 해달라고 했다면, 협회에서 붉은 악마 쪽에 전달했을 테니 조금만 기다려보자"고 설명했다. 경기가 진행되면서 붉은악마는 '대한민국'과 '통일조국'을 번갈아가며 외쳤다.

훗날 박 전 대표는 김정일 위원장에 대해 "약속을 잘 지키려고 노력했다"고 후한 평가를 내렸다. 반면에 나는 약속을 잘 안 지키는 사람이 되고 말았다.

안상수 원내대표와의 갈등,
그리고 나를 격려해준 고마운 사람들

✤

2009년 10월, 한나라당 대표를 맡은 지 두 달도 안 된 때였다. 당시 한나라당은 국회의원 재보궐 선거를 앞두고 있었다. 당은 여전히 친이와 친박으로 갈라져 있었다. 친이의 간판선수라고 할 수 있는 안상수 원내대표는 입버릇처럼 "예산과 정책은 원내대표 소관"이라고 말했다. 원내대표가 의원들에 의해 선출되면서부터 당대표와 원내대표 사이에 갈등이 있었다고 들었다. 그러나 안 대표의 태도는 단순히 권한을 두고 벌어진 충돌 때문만은 아니었다. 그것은 일종의 텃세였다. 나를 대표로 인정하지 않겠다는 치기가 느껴졌다.

2009년 10월 하순, 정책 연대를 해왔던 한국노총과 한나라당의 관계가 복수 노조와 노조전임자 문제 때문에 껄끄러워졌다. 그러잖아도 정운찬 총리가 세종시 수정안을 들고 나와 선거가 힘들던 시점이었다. 당대표로서 처음 맞는 재보궐선거여서 은근히 긴장되기도 했다. 한국노총은 노사정회의가 결렬되자 노동부가 포함된 5자회담을 하자고 정부에 제의했다.

하루는 보궐선거가 예정된 충북 음성에서 최고위원회의가 열렸다. 안상수 원내대표는 참석하지 않았다. 회의에서 김성조 정책위의장은 자신도 노동부의 5자회담 참여에 공감한다고 말했다. 나도 그렇게 생각했기 때문에 특별한 논의는 없었다.

　이날 오후 2시 수원에서 박찬숙 후보의 공약 발표회가 예정되어 있었다. 그 직전 경기도당의 원유철 도당위원장실에 최고위원 전원과 박찬숙 후보, 수원의 남경필 의원 등이 모여 2시의 공약발표회를 기다리고 있었다. 그런데 오전의 음성 최고위원회의에는 참석하지 않았던 안상수 원내대표가 이야기를 하자면서 원탁의 가운데를 차지하고는, 한국노총이 제안한 5자회담에 정부의 노동부가 참여하는 것과 관련해 내게 도발적인 발언을 했다. "대표라는 사람이 선거에서 한두 석 더 얻기 위해 정부의 장기적인 정책을 흔들면 안 된다"는 얘기였다. 안 원내대표가 어딘가에서 전해 듣고 나를 망신 주기로 작정한 듯했다. 오전에 같은 의견을 표시했던 김성조 의장은 아무 일도 없었다는 듯이 나를 바라봤다. 화가 났지만 참았다.

　도당위원장실 위층 강당에서 공약발표회가 끝난 뒤 내가 다시 회의를 소집했다. 안상수 원내대표 등 참석자들은 웬일인가 하는 눈치였다. 내가 단호하게 한마디 했다.

　"당대표인 제가 선거에서 한두 석 더 얻는 데 급급하다고 안상수 원내대표가 말했는데 사실 맞는 말입니다. 저는 지금 급급합니다. 대표가 선거에 급급한 것이 뭐가 잘못입니까? 선거는 금년 한 번이 아니고 매년 치르는 것입니다. 선거 때마다 최선을 다하는 것은 당연한 일입니다."

　화가 많이 난 나는 계속해서 말했다.

"제가 울산에서 국회의원 5선 한 것을 쉽게 했다고 생각하시는 모양인데, 제 지역구의 조선소 근로자들은 전 세계에서 알아주는 노동자들입니다. 이들이 바로 유권자들인데, 저한테 노동 정책을 모른다고 하는 것이야말로 뭘 모르는 소립니다."

이어서 나는 참석자들에게 발언 기회를 주었다. 남경필 의원이 먼저 "조석래 전경련 회장이 걱정을 많이 하더라"고 말문을 열었다. 박찬숙 후보는 "정책 연대를 하는 단체에서 선거철에 대화를 하자고 하는데 안 한다고 하면 말이 되는가. 한나라당이 오만하다는 비판을 받게 된다"며 흥분했다. 나는 김성조 정책위의장의 의견을 물었다. 김 의장은 "임태희 노동부 장관과 윤진식 청와대 정책실장이 5자회담에 반대한다"고 했다.

회의가 끝난 뒤 박형준 청와대 정무수석에게 확인해보니 김 의장의 말은 사실과 달랐다. 박 수석에 의하면, 윤 실장은 처음부터 참여에 찬성했고 임 장관은 반대와 찬성 사이를 오갔다는 것이다.

선거를 일주일 앞두고 있었지만, 여기에서 밀리면 대표를 그만둬야 한다는 생각이 들었다. 참석자들의 발언이 끝난 뒤 나는 이명박 대통령과 통화한 내용을 공개했다.

그 전날인가, 강릉 선거 지원 유세를 위해 가던 중 고속도로 휴게소에서 이 대통령의 전화를 받았다. 충청도에도 선거가 있는 상황에서 정운찬 총리 내정자가 세종시 문제를 당과 상의하지도 않고 불쑥 언론에 흘리면 어떻게 하느냐는 얘기를 하려다 그만두었다. 아세안회의 참석차 출국 예정인 이 대통령에게 너무 부담을 주는 것 같았다. 사실 그즈음 박형준 청와대 정무수석에게는 이 문제에 대해 걱정스러운 마음을 전달해놓고 있었다.

재보궐선거 초반에는 여론조사 결과 수원, 안산, 강릉, 증평·진천·괴산·음성 4개 지역에서 한나라당 후보가 모두 우세하다는 전망이 나왔다. 세종시 문제가 처음 나왔을 때 박 수석에게 전화를 걸어 "보궐선거 분위기가 좋다고 해서 세종시 문제를 털어버리는 기회로 이번 선거를 이용하려는 것 아니냐, 여론조사는 틀릴 수도 있다"고 지적했다. 충청도에 보궐선거가 있는데 세종시 문제에 대해 총리 내정자가 언론에 흘리는 식으로 접근하는 것은, 정공법도 아니고 당에 지나친 부담을 주는 것이라고 판단했다.

이 대통령에게는 세종시 문제 대신 한국노총과의 관계 때문에 현장에서 걱정이 많다는 여론을 전했다. 이 대통령은 "임태희 장관이 너무 나가지 않도록 하겠다"고 말했다. 이 대통령의 말을 전하자, 안상수 원내대표는 화제를 돌렸다. 선거 당일, 유권자 동원 계획이나 논의하자는 식으로 내 말을 뭉쳐버린 것이다.

회의 후 박찬숙 후보와 함께 시장에서 유권자들에게 인사를 하는데 김성조 의장이 어색하게 옆에 서 있다가 다가왔다. 그러고는 "임태희 장관이 거짓말을 했다"고 둘러댔다. 결국 한국노총이 제안한 5자회담은 원래 논의했던 대로 노동부의 참여 속에 진행되었다.

재보궐선거가 끝난 뒤 국회 본청의 원내대표실로 안 대표를 찾아갔다. 정색하고 이 문제를 따졌다. "예산과 정책이 원내대표 소관이라면 당대표는 허수아비인가"라고 묻자, 안 원내대표는 "예산과 정책 얘기는 유세 때라서 그렇게 한 것"이라고 변명했다.

선거 직후인 11월초 국회 대표 연설이 예정되어 있었다. 당대표와 원내대표가 돌아가면서 연설하는 것이 관행이지만 정기국회 연설은 보통 당대표가 맡게 되어 있었다. 그런데도 안 대표는 자신이 하겠다는 계획을 세워놓고 밀어붙였다. 이를 기정사실로 만들기 위해 자신이 대표 연설을 한다는 말을 언론에 흘리기도 했다. 청와대의 박형준 정무수석이 중재했지만 별 소용이 없었다. 원내대표 휘하에는 부대표만 열댓 명이 있었다. 원내대표가 당대표를 소외시키는 것은 그다지 어려운 일이 아니었다. 그러던 중 의원총회에서 안상수 원내대표 쪽의 한 의원이 "이번 대표 연설은 원내대표가 하기로 했다"고 일방적으로 발표해버렸다. 마음 같아서는 당장 뛰어나가 "이 정도밖에 안 되느냐"고 호통을 치고 강력하게 대응하고 싶었다. 그러나 상황이 이상하게 돌아가는 걸 알아챈 동료 의원들이 "대표와 원내대표가 싸우면 한나라당이 정말 콩가루 집안이 된다"며 애써 말렸다. 당대표를 맡은 지 두 달 만에 속이 시커멓게 타들어갔다.

그러나 대표 시절에 힘든 일만 있었던 것은 아니다. 고마운 일도 많았다. 2010년 1월, 취업 후에 상환하는 학자금 대출(든든 장학금) 문제가 논란이 되고 있었다. 전년도 정기국회에서 관련법을 통과시킬 예정이었으나 여야 사이에 이견이 생겨 법이 처리되지 않았다. 그 때문에 2010년 1학기 때 대학생들이 학자금 대출을 받을 수 없게 됐다. 이를 두고 서로 책임 공방이 벌어졌다. 그러나 서로 책임을 떠넘기는 걸로 끝날 일이 아니었다. 나는 1월초 연두 기자회견에서 "형편이 어려운 대학생들이 학자금을 대출 받을 수 있도록 1월 중에 원포인트 국회를 열어 관련법을 처리하자"고 제안했다. 당시 국회 교육위원회의 간사인 임해규 의원은 해외 출장 계획을 취소하고 밤을 새워가면서 정부 및 야당과 조율을 했다. 덕분에 취업 후 상환 학자금 제도는 1월 중순 국회를 통과했다. 임해규 의원의 열정이 없었다면 그해 수많은 학생들이 학업을 포기해야만 했을 것이다.

2009년 9월, 한나라당 대표 취임 후 방문한 노량진 수산시장에서. 한나라당 대표가 되면서 민생 현장을 방문하는 기회를 자주 가졌다. 당대표 시절 박근혜 전 대표와 얼굴을 붉힌 일, 안상수 원내대표와의 갈등, 재보궐선거, 정기국회, 세종시 문제, 천안함 사건, 지방선거 등 많은 일이 있었지만, 나를 격려해준 고마운 국민들이 있었기에 어려운 시기를 헤쳐나갈 수 있었다.

2010년 3월 26일 천안함이 피격되던 날, 나는 한나라당 의원들과 중국을 방문 중이었다. 첫날 베이징 일정을 마치고 함께 간 기자들과의 저녁식사 자리가 끝날 무렵 첫 소식을 들었다. 다음 날 아침 상하이로 가게 되어 있던 일정을 취소하고 귀국을 결정했다. 당시만 해도 원인은 정확히 알 수 없었지만 군함이 침몰했다는 것만으로도 중대한 일이라고 생각했다.

27일 오후 귀국하자마자 당사로 와서 최고위원회의를 열고 국방부 장관을 지낸 김장수 의원을 천안함 사건 상황실장으로 임명했다. 김 의원은 흔쾌히 상황실장을 맡아서 한나라당이 천안함 사건을 파악하고 대처하는 데 큰 도움을 주었다. 당 지도부 중에는 장관 출신의 김 의원이 초선이라서 그런지 무례하게 대하는 사람도 있었지만, 김 의원은 불쾌하다는 내색도 하지 않고 묵묵히 임무를 수행했다. '꼿꼿장수'라는 별명처럼 늘 의연한 자세로 스스로를 낮추고 맡은 일에 충실한 김 의원에게 존경의 마음을 표한다. 이번에 호남 지역을 대표하는 최고위원이 되었는데, 앞으로 김 의원의 노력으로 한나라당이 호남에서 더 큰 사랑을 받을 수 있게 되기를 기대한다.

홍사덕 의원은 내가 대표를 맡은 지 얼마 안 돼 당내에서 공격받을 때 나를 격려해주었다. 대표 취임 직후 관훈클럽 토론회에 초청받았다. 북한 핵 문제에 대한 질문을 받고는 "북한의 핵 개발은 짧게 보아도 20년 전부터 시작된 것이므로 좌파 정권에게만 책임을 물을 수 없다"는 취지의 답변을 했다. 다음 날 중진회의에서 일부 의원들이 이 발언을 문제 삼았다. 마치 한나라당에도 책임이 있는 것처럼 말한 것은 잘못이라는 주장이었다. 이때 홍 의원이 발언권을 얻어 "내가 알기로 북한이 핵을 갖기 위해 노력한 시점은 30년 전부터인데, 정치인인 당

대표가 사실을 사실대로 얘기하는 것을 비판하면 안 된다"면서 "금도(襟度)가 있어야 한다"고 일침을 가했다. 항상 해병대의 열정을 갖고 있는 홍사덕 선배에게 감사의 말씀을 드리고 싶다.

길지 않은 대표 시절이었지만 많은 일들이 있었다. 재보궐선거, 정기국회, 세종시, 천안함 사건, 지방선거 등, 당직자들을 비롯해서 많은 분들의 도움이 없었다면 그 어려운 시간을 헤쳐나가지 못했을 것이다.

이건희 회장, 정몽구 회장… 기업인들 조기 사면

✤

　정권 후반기가 되어 레임덕 현상이 일어나면 여당에서조차 청와대에 대한 비판이 나오기 시작한다. 그러나 정권이 힘을 갖고 있을 때는 청와대를 비판하는 사람은 눈을 씻고 찾아봐도 보기 어렵다.

　2008년 5월부터 쇠고기 수입 재개와 관련한 촛불 집회가 서울 도심에서 시작되었다. 두세 달 동안 진행된 시위로 밤이면 서울 시내는 격렬한 전쟁을 치르듯 심한 몸살을 앓아야 했다. 이 사태에 대한 책임 차원에서 경질된 사람 중 한 명이 김중수 경제수석이다. 그런데 불과 두 달 후 그가 경제개발협력기구(OECD) 대사로 임명됐다.

　당시 최고위원으로 있던 나는 '이건 잘못된 것 아닌가'라고 생각했다. 8월 초 최고중진회의 비공개회의에서 문제를 제기했다. 이어 유명환 장관에게 전화를 걸어 "쇠고기 시위 사태가 장난이 아니지 않느냐", "경질된 사람을 대사로 보내다니 말이 되느냐"고 강하게 비판했다. 유 장관은 자신으로서는 어쩔 수 없는 일이라고 답했다. 일주일 후 최고중진회의에서 공개적으로 문제 제기를 했다. "문책성 경질 인사의 대상이던 사람들을 두 달 만에 해외 공관장으로 임명하는 것은 문제가 아닐 수 없다", "해외 공관장 자리가 국민의 세금을 수십억씩 써가면서 호사를 누리는 자리라면 왜 유지해야 하는지 생각해보아야 한다"고 지적했다.

이 발언 때문에 청와대에서 난리가 났다는 얘기를 전해 들었다. 당시 나는 베이징 올림픽에 참석하고 있었는데, 정정길 청와대 비서실장이 "이 대통령께서 진노했다"고 전해왔다. 귀국 후 정 실장에게 전화를 걸었다. "6선의원이 총리나 장관 인사도 아니고 차관급 정부 인사에 대해 한마디 지적도 못 하느냐"며, "그런 식으로 아무 말도 하지 말라는 것은 여당 의원이라고 너무 쉽게 보는 것"이라고 항의했다. 이후 청와대에서 열린 만찬 자리에서 이 대통령을 만날 기회가 있었다. "심려를 끼쳤습니다"라고 하자, 이 대통령은 "괜찮다"고 답했다.

2009년말, 한나라당 대표 시절이었다. 이건희 삼성 회장의 사면 문제가 언론으로부터 슬금슬금 새어나왔다. 그러더니 체육 단체와 경제 단체들이 이 회장 사면에 앞장을 섰다. 형이 확정된 지 4개월 만에 사면을 한다는 건, 내가 볼 때 너무 빨랐다. 일반인들에게는 엄격한 법 준수를 요구하는 정부가 대기업 총수에게는 전혀 다른 잣대를 적용한다는 생각이 들었다. 당 내에서도 이건희 회장의 사면에 장단을 맞추는 목소리가 흘러나왔다.

최고위원회의가 열린 날, 회의 직전 참석자들의 생각을 넌지시 물었다. 내가 먼저, 사면은 시기상조가 아니냐고 운을 뗐다. 회의에서 누군가가 문제 제기를 해주었으면 좋겠다는 뜻을 밝혔지만 선뜻 나서는 사람이 없었다. "우리 당과 무슨 상관이냐"는 반응도 있었고, "지역구에 삼성 공장이 있어서 어렵다"고 털어놓는 사람도 있었다. 하는 수 없이 회의에서 내가 직접 "이건희 회장 사면은 아직 이른 감이 있다"고 이야기했다. 집권 여당의 대표가 상당히 민감한 사안에 대해 언급했는데도 다음 날 신문에는 거의 실리지 않았다. 얼마 후 어느 언론사의 간부와 이 일에 대해 얘기를 나눌 기회가 있었다. 이 간부는 "대한민국에 언론 자유를 누리는 사람은 정 대표밖에 없다"고 했다. 언론도 이건희 회장 문제에서만큼은 자유롭지 못하다는 얘기였다.

사실 2008년 7월, 우리 형에 대해서도 비슷한 얘기를 했다. 최고위원 시절이던 당시, 형님인 정몽구 현대자동차 회장을 비롯해 한화 김승연 회장, SK 최태원 회장 등의 사면 문제가 논의되고 있었다. 최고위원회의에서 나는 "기업인들이 선거에 나갈 것도 아닌데 왜 이렇게 사면을 서두르느냐"고 한마디 했다. 이 때문에 나중에 형님이 무척 서운해했다는 얘기를 들었다.

돈이란 무엇인가. 돈은 사회가 건전할 때 위력을 발휘한다. 반대로 공동체가 혼란스러우면 돈의 가치도 덩달아 추락한다. 멸망한 국가의 돈은 휴지 조각에 불과하다. 전쟁이나 내란을 겪어도 마찬가지다. 그렇다면 돈이 많은 사람은 자신이 소속된 공동체를 건강하게 만들기 위해 노력해야 할 의무가 있다.

정치권에서는 그전부터 이 회장이 대법원 판결을 받고 2~3개월 후에는 사면될 거라는 얘기가 공공연히 나돌았다. 사면을 받는 쪽에서도 선처를 바라는 게 아니라, 사면되는 걸 당연시하는 것 같았다. 이를 입증이라도 하듯 해당 부처 장관도 사면에 찬성했는데, 대표인 나 혼자 너무 이른 감이 있다고 말했던 것이다.

사실 이건희 회장 사면 문제를 언급할 것인지에 대해 나는 상당히 고민했다. 평창 동계 올림픽 유치를 위해서 사면해야 한다는 주장도 일리가 있었다. 실제 이건희 회장은 사면 후 열심히 뛰어서 동계 올림픽 유치에 결정적인 역할을 했다. 또한 삼성의 영향력도 무시할 수 없는 일이었다. 사회적으로 존경받는 분을 찾아가서 의논했다. 그러자 대뜸 "만약 이 회장 사면이 한나라당의 당론이라면 당장 문을 닫는 게 낫다"고 했다. 이 말에 용기를 얻은 나는 혼자서라도 발언을 해야겠다고 결심했다.

이건희 회장의 특별사면은 소문대로 대법원 판결 4개월 만에 이루어 졌다. 기업인들의 조기 사면에 대해서 내가 비판적인 입장을 취하기는 했지만, 그것이 기업인에 대해 좋지 않은 감정을 갖고 있어서는 아니다. 나는 오히려 우리 기업인들이야말로 치열한 국제 경쟁을 이겨내기 위해 누구보다 열심히 일하고 있다고 생각한다. 지난 2009년 3/4분기 에는 삼성전자 한 곳이 소니, 도시바, 파나소닉을 포함한 일본 9대 전자회사가 합한 것보다 많은 영업 이익을 올리기도 했다.

2000년대 중반 산업자원부는 휴대전화, 제철, 반도체, 자동차, 조선, 가전 등 주요 산업 및 제품에서의 한국과 중국의 기술 경쟁력을 비교한 보고서를 발표한 적이 있다. 이 보고서에 따르면, 한중 간의 기술 격차는 대체로 3~4년 정도에 불과했다. 휴대전화의 경우에는 겨우 1.5년이었고, 가장 격차가 큰 조선산업이 5년이었다. 그렇지만 그때부터 몇 년이나 지난 지금도 중국은 우리 산업의 경쟁력을 따라잡지 못하고 있다. 우리 기업인들이 모두 열심히 일한 결과이다.

그런데 최근에는 청와대, 정부의 친서민 정책 분위기에 따라 대기업들에 비판의 화살이 몰리고 있다. 정치권도 경쟁적으로 '대기업 때리기'에 나서고 있다. 정권 초반이든 후반이든 기업은 기업의 길을 걷고 있을 뿐이다. 정권 초반이라고 해서 기업인에게 특혜를 주었다가, 정권 후반이라 해서 기업인을 몰아세우는 것은 누가 보아도 일관성이 없는 것이다. 시기에 상관없이 잘못을 저지른 기업인에게는 그에 상응하는 책임을 지게 하고, 열심히 일하는 기업인에게는 격려를 해주는 것이 옳다. 정치인들이 자기 편의대로 기업인을 들었다 놓았다 한다면, 이런 일들이 나라 발전에 무슨 도움이 되겠는가.

집 없는 서민의 서러움과 시장 원리를 모르는 관료들

✤

전월세 가격이 불안하기 짝이 없다. 지난해 하반기부터 전월세 가격이 폭등하면서 커다란 사회 문제가 되어, 정부가 수차례 대책을 내놓았지만 별다른 효과가 없었다.

급기야 정치권에서는 전월세 상승률을 법으로 제한하자는 '전월세 상한제'를 들고 나오는 지경에 이르렀다. 당장 폭등하는 전월세로 시름에 빠져 있는 서민들로서는 환영할 만하지만, 임대료 규제가 근본적인 해결책이 될 수는 없다. 공급이 수요에 미치지 못하는 상황에서 임대료를 규제하면 혜택을 받는 세입자들은 득을 볼 것이다. 하지만 결국 임대주택 공급이 늘어나는 데 장벽이 되어 아예 셋집을 못 얻는 사람들이 생겨날 것이 불 보듯 뻔하다.

모든 다양한 경제 현상은 궁극적으로 '수요와 공급'이라는 메커니즘으로 귀결된다. 우리는 물건값이 생산원가에 의해 결정되는 것이 마땅하다고 생각한다. 그러나 원가는 물건값을 결정하는 하나의 요인일 뿐, 그 자체가 가격을 결정하는 것은 절대 아니다. 원유나 금 같은 품

목들은 국제 정세의 변동 등이 가격에 큰 영향을 미치고 있다. 이것은 생산원가와는 전혀 상관없이 일어나는 일이다.

최근에 기름값이 이슈가 되자, 어느 장관은 "내가 회계사 출신이다. 기름값 원가를 직접 계산해보겠다"고 말한 적이 있다. 이것은 '수요와 공급' 메커니즘에 의해 가격이 결정되는 시장 원리에 맞지 않는다. 이런 말은 국민이 듣기에는 통쾌할지 모르지만, 경제 부처의 책임자가 하기에는 적합하지 않다.

전월세 대란은 주택 수요에 비해 공급이 부족해서 발생한 일이다. 1990년대와 2000년대 중반까지만 해도 매년 평균 50만 호 내외의 신규 주택이 공급되었다. 그러나 글로벌 금융 위기가 닥친 2008년부터 3년 연속 공급이 40만 호 아래로 떨어졌다. 민간 부문의 건설은 20만 호 남짓한 수준으로 줄었다. 여기에 집값이 더 이상 오르지 않을 것으로 생각하는 사람들이 주택 구입을 미루다 보니 전세 수요가 증가한 것이다.

그동안 시장에서는 전세 대란을 예고하는 여러 징후들이 나타났지만 정부는 이를 무시해왔다. 정부는 공약으로 제시한 보금자리주택 정책에 집중하면서 임대주택보다는 분양주택 공급에 치중하였다. 좋은 지리적 위치에, 주변 시세의 절반 가격에 공급되는 보금자리주택을 분양받는 것은 로또에 당첨되는 것이나 마찬가지가 되었고, 그에 대한 대기 수요는 전월세 폭등을 일으키는 또 다른 원인이 되었다.

해마다 결혼, 분가, 기존 주택의 소멸 등을 고려하면 적어도 40만 호 이상의 신규 수요가 생긴다. 그런데도 정부는 일부 지방의 미분양 사태에만 신경을 쓰고 별다른 대비책을 마련하지 않았다.

정부는 토지 수용을 통해 민간보다 낮은 원가로 택지를 조성해서 공급할 수 있는 막강한 능력을 갖고 있다. 그런 정부가 주택 공급에 직접 나서면 민간에 의한 공급은 위축되고, 결과적으로 전체 주택 공급 능력은 더 약해질 수밖에 없다. 주택 수요가 전반적으로 침체되어 있는 상황에서는 더욱 그렇다. 시장 전망이 좋지 않아 민간 건설업체들이 위축되어 있는데, 정부가 보금자리주택을 공급하니 민간은 더 어려워질 수밖에 없다. 결국 정부는 집장사에 나선 대가를 톡톡히 치르고 있는 셈이다.

시장경제라는 제도가 완벽한 것은 아닌 만큼 정부가 시장에 개입하는 것은 당연한 일이다. 문제는 언제, 어떻게 하느냐이다.

정부가 시장에 개입하는 방법에는 두 가지가 있다. 하나는 시장 친화적(market conforming) 방법이고, 또 다른 하나는 시장 축출적(market displacing) 방법이다. 정부는 민간이 할 수 없는 일이나, 민간에 맡겨 둘 경우 부작용이 우려되는 일을 담당해서, 시장의 부족한 부분을 보완하는 것이 바람직하다. 반면에 민간이 자력으로 할 수 있는 일에 정부가 개입하는 것은 바람직하지 않다. 정부는 장사꾼의 심리와 행태를 이해해야 제대로 된 정책을 세울 수 있다. 그러나 정부가 장사꾼이 되어서는 안 되고, 될 필요도 없다.

임대든 매매든, 주택 건설은 장기적인 시간을 필요로 한다. 이 때문에 일단 문제가 터지면 불을 끄기 힘들다. 뒤늦게 마련한 대책이 효과를 발휘하기까지의 기나긴 시간 동안 국민은 엄청난 고통을 겪을 수밖에 없다. 그래서 예측하고 미리 대책을 준비해야 하는 것이 가장 중요하다.

정책이란 미래를 대비하는 매뉴얼이다. 과거에 혹독하게 경험한 문제일수록 두 번 다시 겪지 않도록 정책적인 대비를 해야 한다. 소를 잃고도 외양간을 고치지 않겠다면 무슨 정책이 필요하겠는가. 우리는 10여 년 전, 외환 위기의 극복 과정에서 지금보다도 더 심각한 전월세 급등 사태를 경험한 바가 있다. 그런데도 이번에 똑같은 사태가 반복되는 것은 정부의 과욕과 무능함을 동시에 보여주는 사례일 뿐이다.

마지막으로 주택은 위치가 중요하다. 아무리 공급을 늘려도 위치가 나쁘면 소비자들에게 외면당한다. 똑같은 주택이라도 주변에 새 도로가 개통되면 가치는 상승한다.

경기도가 민간 자본을 유치하여 추진하려는 수도권 광역급행철도(GTX) 사업은 일산~수서(동탄), 송도~청량리, 의정부~금정 등 3개 노선으로 되어 있다. GTX가 완공되면 경기도 지역으로부터 서울 도심에 진입하는 시간이 획기적으로 단축되어 수도권 교통 문제를 해결하는 데 크게 기여하는 것은 물론이고, 주택 문제 해결에도 도움이 될 것이다. 서울의 주택 수요가 외곽으로 분산되고 GTX 노선과 연계된 신도시 사업 등 택지 개발 사업이 탄력을 받을 것이기 때문이다.

결과적으로 서울에 직장이 있는 사람들에게는 도심과의 접근성이 높아져 도심에 양질의 주택이 공급되는 것과 똑같은 효과를 낼 것이다. GTX 사업은 정부의 '제2차 국가철도망구축계획(2011~2020)에 포함되어 있다. 민자 유치 사업이지만, 다른 BTL(Build-Transfer-Lease) 사업과는 달리 최소 수입 보장을 적용하지 않아서 국가의 재정 부담이 없다. 현재 정부는 GTX 사업에 대해 2015년 이전에 착공하여 2020년까지 완공한다는 대략적인 추진 일정만 밝히고 있는데, 착공 시기를 앞당겨서 2017년 이전에 조기 완공했으면 좋겠다는 생각이다. 수도권 제2외곽순환도로 사업도 2020년까지 완공될 예정으로 되어 있는데, 2017년까지 GTX 사업과 함께 조기에 완공된다면 주택 문제 해결에 큰 도움을 줄 것으로 생각한다.

시장이 만능은 아니다. 그러나 시장을 무시하는 정책은 성공하기 어렵다. 정부는 절대로 시장을 대체하려 해서는 안 된다.

우주농업 시대에 하늘만 바라보는 천수답 농정

✢

2010년 가을, 배추값을 비롯한 농산물 가격이 벼락같이 폭등했다. 배추 한 포기 가격이 무려 1만 5000원까지 올랐고 무, 상추 등 대부분의 농산물이 평소에 비해 대여섯 배 이상 상승했다. 시내에서는 아예 김치를 내놓지 않는 식당이 속출했고, 고기로 상추를 싸먹는다는 말이 나왔다. 2011년 초여름에는 배추값이 1000원에도 못 미칠 정도로 폭락했다. 그리고 지금은 잦은 폭우로 또다시 야채와 과일값 폭등을 우려하고 있다.

아이러니한 것은 배추값이 폭등했을 때, 많은 사람들이 곧 배추 재배 면적이 크게 늘어날 것을 우려했고 배추값의 폭락 사태를 전망했다는 것이다. 그리고 그 전망은 영락없이 맞아떨어졌다. 우리 농정(農政)은 이처럼 주먹구구, 사후약방문(死後藥方文) 식이다. 한마디로 날씨만 바라보고 가격을 걱정하는 천수답 농정인 셈이다. 세계 10대 경제 대국을 바라보고 있다는 우리 경제의 현실이라고는 믿기지 않는 일이 지금 농정에서 벌어지고 있다.

농산물 가격이 폭등할수록 농부들의 마음은 더욱더 괴로워진다. 배추값이 포기당 1만 5000원을 넘었을 때도 농부들이 중간 상인들에게 넘기는 가격은 1500원 선이었다. 이상 기후로 수확량이 급감하면서 올랐다는 산지 가격이 그 정도였다. 농사가 잘되고 안 되는 데는 분명 날씨가 커다란 영향을 미친다. 그러나 그 때문에 농산물 가격이 오르고 내리는 상황이 반복된다면 도대체 정부가 왜 필요한가.

이상 기후로 농산물 가격이 폭등하는 것을 그대로 보고만 있어야 한다면 애당초 농정이란 것이 존재할 이유가 없다. 지난 수십 년간 물가가 폭등하면 정부는 '중간 상인들의 매점매석 행위'에 책임을 전가할 뿐, 마땅히 해야 할 일을 찾으려는 노력은 많이 미흡했다.

농산물이 농민에서 소비자에게 전달되는 전체 유통 과정에서 정부가 해야 할 일은 너무나 많다. 정부가 시장에서 플레이어(player)가 될 필요는 없지만, 적어도 중재자(moderator) 역할은 해야 한다. 생산의 당사자로서 참여할 수는 없지만, 유통 과정에는 과감하게 개입해야 한다. 그러나 정부는 계속 그러한 역할을 외면해오고 있다.

한나라당 대표로 일하던 2010년 설날 즈음에, 가락동 시장을 방문한 적이 있다. 가락동 시장은 우리나라 최대 규모의 농수산물 도매시장이지만, 시설 현대화가 미뤄지면서 도매시장으로서의 기능을 상실한 지 오래였다. 시장 상인들로부터 2018년까지 10년 계획으로 시설 현대화 사업을 진행하고 있다는 얘기를 들은 나는, 5년 정도로 앞당길 수 없겠는가 하고 농림수산식품부에 검토를 요청했는데, 잘 진행되었으면 하는 마음이다.

지금 우리나라 농산물 대부분은 대여섯 단계를 거쳐 농민에서 소비자에게 넘겨진다. 이 과정에서 가격은 계속 올라서 소비자 가격이 산지 가격의 열 배가 되는 사태까지 벌어진다. 정부가 해야 할 일은 바로 이 유통 구조를 바로잡는 것이다.

　농산물을 저장하고, 적정 가격으로 유통되도록 하는 데는 대규모 자본과 정보, 인력이 소요된다. 몇몇 메이저 기업들이 세계 곡물 시장을 장악한 이유가 바로 여기에 있다. 이들은 전 세계적인 기상 예측부터 산지 수확량 분석까지, 각종 정보를 취합하고 분석해서 농산물을 매집 (買集)할 능력을 갖추고 있다. 지금 우리나라의 현실에서는 정부가 그런 역할을 해주어야 한다. 농업 정보 관측 체제를 갖춤으로써 면밀하게 수급을 예측하고, 사전에 공급을 조절해야 한다. 또한 산지 수확량이 급증해서 가격 폭락이 예상되면 농산물을 매집·비축해두었다가, 수확량 급감으로 가격 폭등이 예상되면 비축한 농산물을 풀어주는 체계적인 시스템을 갖추어야 한다. 농산물 가격의 안정은 물가 안정을 위한 필수조건이다. 이처럼 중요한 일인데도 중간 상인 탓만 하는 것은 농정을 제대로 펼치려는 의지가 없기 때문이라고밖에 볼 수 없다.

　정부는 1992년 청과물종합유통센터를 시작으로 국내에 도입된 농산물산지유통센터(APC, Agricultural products Processing Center)를 하루 빨리 활성화시켜야 한다. 산지유통센터는 농산물의 수집부터 선별, 포장, 저장, 출하를 위해 산지에 만들어진 기구이다. 금년 초에 전남 해남에서 월동배추 냉해 피해를 입은 농민들도 한입으로 APC를 요구했다.

　APC는 현재 전국에 300곳이 넘게 설립될 정도로 성장하고 있지만, 일반 농민들의 참여도는 아직 미진한 상태다. 계약 재배를 낯설어하는 관행도 걸림돌이지만, 그보다는 단일 품목 위주의 운영, 품질관리 체계의 미흡 같은 APC 운영상의 문제가 크다. 2009년 농촌진흥청이 조사한 바에 의하면, 전국 APC에서 과실류 손실률이 평균 30~40퍼센트에 달했다. 미국 등 선진국들의 APC 손실률은 10퍼센트 안팎이다. 이들처럼 산지에서 도매·소매시장에 이르는 과정에서 저온 유통 체계를 갖추는 시설의 보완도 필요하고, 브랜드 개발과 마케팅 강화 등의 운영 역량을 강화하는 일도 필요하다. APC가 산지의 종합유통센터로서 제 기능을 다할 수 있도록 전폭적인 지원이 이루어져야 하는 것이다.

농산물 수급을 안정시키는 체계를 갖추기 위해서는 농협을 수급 안정의 핵심 주체로 육성하는 것도 필요하다. 현재 우리나라 농협은 산지 유통 기능이 미약하여 농민들을 위한 수급 조절이나 거래 교섭력을 발휘하지 못하고 있다. 가까운 일본은 농산물 출하의 80~90퍼센트를 농협에서 담당하기 때문에 수급 및 가격 안정 역할을 톡톡히 하고 있다. 농협의 산지 유통 기능을 강화하여 직거래 물량이 50퍼센트까지 확대될 수 있도록 만들어야 한다.

선진국들은 최첨단 기술을 적용해 농업을 새로운 성장산업으로 탈바꿈시키고 있다. 프랑스의 사르코지 대통령은 "농업은 항공우주산업이나 나노테크놀로지 분야와 맞먹는 하이테크산업으로 미래를 여는 열쇠"라고 단언했다. 선진국에서 농업은 더 이상 1차 산업이 아니라 1, 2, 3차 산업이 모두 결합된 '6차 산업'이 되었다. 중국은 종자 개발을 위한 과학 위성까지 발사했다. 무중력 상태에서는 종자 변이 확률이 높아진다는 사실에서 착안한 것으로, 우주육종을 통해 무려 175킬로그램에 달하는 호박을 재배해내는 성과를 거두기도 했다. 미국과 러시아도 이러한 우주농업 연구 분야에서 뒤처지지 않기 위해 성난 호랑이처럼 달려들고 있다.

이제 우리 농업도 시장을 외면할 수 없으며 시장에 대응하는 산업으로 바뀌어야 한다. 정부는 우리 농업이 그렇게 변화하도록 중재자, 조정자로서의 역할을 적극적으로 수행하여야 한다. 농산물 유통 체계를 확립하고 수급 안정을 위한 제도적 장치를 마련하는 것이 기본적이고도 시급한 농정의 방향이다.

세상이 이렇게 바뀌고 있는데, 그리고 선진국들은 농업을 둘러싸고 저토록 치열한 경쟁을 하는데, 우리는 언제까지 하늘만 탓하는 천수답 농정에 의지하려는가.

대기업 2세들에게 던지는 충고

❧

이명박 대통령이 취임 초기에 'Business Friendly(기업 친화)'를 천명했을 때, 나는 그 취지를 이해하면서도 맥을 정확히 짚지 못한 데 대한 아쉬움을 느꼈다. 경제 위기 극복을 위해 기업에 힘을 실어주자는 의도였겠지만 오해를 살 소지가 있는 표현이라고 생각했다. 아니나 다를까, 염려했던 대로 정부의 환율 정책과 기업인 사면 문제가 언론의 도마 위에 오르면서, 사회 각 분야에서 지나치게 기업 위주의 정책이라는 비판이 쏟아져 나왔다.

이런 오해와 반발을 피하기 위해서는 처음부터 'Business Friendly'가 아니라 'Market Friendly(시장 친화)'로 갔어야 옳다. 어찌 보면 단어 하나의 차이로 생각할 수 있지만 결과는 엄청나게 달라질 수 있다.

내가 MIT 경영대학원 시절 쓴 논문을 보완해 출간한 《기업경영이념》의 서문에는 이런 대목이 등장한다.

"슘페터는 대부분의 문명이 그 가능성을 충분히 현실화할 수 있는 시간을 가지지 못한 채 소멸하고 말았다고 한다. 우리의 경우 근대화의 경험은 일천(日淺)하다. 본격적인 산업화의 역사는 길게 보아도 30년을 넘지 못한다. 그러나 이 기간 동안 한국 경제는 적어도 외형상으로는 소기의 성장 목표를 달성했다. 그러나 모든 성공은 그 자체가 또 다른 문제를 제기하게 된다. 더욱이 경제 성장은 본질적으로 자기완결적(自己完結的)인 목표가 아니기 때문에 더욱 그러하다. 사회 발전에 귀속하지 않는 경제의 성장이란 생각할 수 없다. 사회 발전이 경제 성장의 궁극적인 목표라는 데는 의문의 여지가 없는 것이다.

그러나 바로 이 점에 대한 사회적 합의가 확고할 때에만 사회적 가치의 우선순위가 제대로 정립될 수 있으며, 이때 비로소 사회의 모든 마찰과 갈등은 사회 발전의 동인(動因)으로서 수렴되어 우리 경제는 장래의 성공을 일구어낼 충분한 시간을 사회로부터 얻어낼 수 있을 것이다."

흔히 우리 사회가 시장경제, 자본주의 체제에 속해 있다고들 말하지만 이 시스템의 정수를 제대로 이해하는 사람은 드물다. 물론 일반인들이 시장경제의 개념을 다 이해해야 할 필요는 없다. 하지만 우리나라의 경제에 책임을 진 사람들이라면 그 내용을 제대로 파악하고 있어야 한다.

시장경제는 효율성을 중시하지만 가치중립적이다. 100미터 달리기 선수에게 필요한 덕목은 순발력이나 스피드지 도덕성이 아닌 것과 마찬가지다. 그렇지만 자유 시장경제가 국가 체제로서 발달하기 위해서는 시장경제를 주도하는 사람들에게는 일정한 수준의 도덕성이 요구된다.

요즈음 우리나라 대기업은 문제가 많아 보인다. 사회의 혜택을 많이 보는 기업인들이 법을 어겨서 공동체 의식을 무너뜨리는 일이 빈번하게 나타나는데, 이는 우려스러운 일이다.

돈은 사회가 건강할 때 가치가 있는 것이고, 전쟁이 나거나 사회가 불안해지면 휴지나 마찬가지이다. 자본주의 시장경제 사회에서는 자본가들이 인기 있어야 한다. 그런데 우리 사회에서는 기업인이 존경은 커녕 손가락질을 받지 않으면 다행인 형편이다. 이렇게 된 데는 기업인들의 책임이 크다. 경제란 사회 전체의 일부라는 것을 돈 있는 사람들이 분명히 인식해야 한다.

남북이 분단된 현실에서 대기업 경영자들은 최소한 국가 운영의 기본이 되는 헌법정신에 관심을 갖는 것이 필요하다. 시장경제 체제에서 시장이라는 영역은 효율성과 경제 논리가 인정되고 존중되어야만 하는 부문이다. 그러나 국가와 사회는 시장보다 훨씬 큰 상위 개념이다. 시장은 사회의 한 부분에 지나지 않고, 국가는 효율성만으로 운영되는 것이 아니다. 국가는 역사 공동체이며, 문화 공동체로서 다양한 가치 규범을 포함하는 것이다.

우리는 '시장경제(market economy)'를 인정하고 용인해주자는 것이지, '시장사회(market society)'를 만들자는 것이 아니다. 그런데 일부 기업하는 사람들이 이것을 구별하지 못한 채 오만한 모습을 보이고, 마치 법과 정부 위에서 군림하듯이 행동하는 것이 큰 문제이다.

기업인이 돈을 잘 벌어도 쓰는 것을 잘못하면 비판받게 마련이다. 더욱이 돈을 못 벌어서 회사를 부도내면 더 큰 비판을 받는다. 결국 기업인들이 비난받지 않고 존경받는 유일한 방법은 돈도 잘 벌면서 쓰는 것도 잘하는 것뿐이다.

지금의 상황을 지켜보면서 나는 우리나라 대기업의 전망에 대해 다소 비판적인 생각을 갖게 된다. 창업 세대가 물러나고 들어선 2대, 3대

경영자들은 국가와 사회, 그리고 기업의 역할에 대한 객관적 인식이 너무 미흡해 보인다. 여기에 더해 앞으로 일정 기간이 지나면 상속세나 기업의 관료화로 대기업들이 국영기업 비슷하게 될 것이다. 지금은 대기업이 질시와 비난의 대상이지만 앞으로 대기업들의 국제 경쟁력이 떨어지면 진짜 골칫거리가 될 가능성이 많다.

내가 대학생 때 일이다. 어느 날 저녁, 늦게 퇴근한 아버지께서 말씀을 걸어오셨다.

"몽준아, 전 세계에서 제일 구두쇠가 누군지 아냐?"

무슨 말씀이신지 생각하고 있는데 아버지가 먼저 답을 내놓으셨다.

"전 세계에서 제일 부자가 있는데, 그놈이 제일 구두쇠란다."

아버지는 미국의 포드자동차 회사를 말씀하신 거였다. 당시 현대자동차는 포드사의 자동차를 수입해서 조립 생산하고 있었다. 포드사는 우리를 단순히 조립 기지로만 여겨서 기술 이전은 염두에도 두지 않았다. 그러나 아버지는 언젠가는 현대자동차가 독립해 독자적인 제품을 생산하도록 해야겠다고 결심하고 계셨다. 서로 다른 생각을 가진 채 계약 기간이 만료되어, 그날 포드사와 결별하기로 합의하고 들어오신 것이었다.

당시 아버지의 결정은 상당한 위험 부담을 감수한 것이었다. 우리보다 한참 앞서 있던 일본에서조차 자동차산업을 육성시키기를 주저했다. 일본의 중앙은행 총재가 "자동차산업은 국가에 부담을 준다. 국가의 부담은 작을수록 좋다"고 경고할 정도였다. 결국 일본은 두세 차례에 걸쳐 자동차산업 통폐합 조치를 취했다. 제2차 세계대전 때 항공모함과 잠수함을 만들던 일본이 그 정도였으니 우리가 독자적으로 자동차산업을 추진한다는 건 정말 쉽지 않은 결정이었다.

당시 현대자동차의 매출은 일본 도요타사에서 쓰는 연구비에도 못 미치는 수준이었다. 전문가들 역시 '수천 개의 부품과 소재 산업이 경쟁력을 갖추고 있어야만 자동차산업이 가능하다'며 고개를 가로저었다. 그러나 아버지는 기업가로서의 운명을 걸고 일생일대의 모험을 시도하셨다.

우리나라에서도 일본의 자동차산업 통폐합 조치 같은 사건이 있었다. 1980년, 정권을 장악한 신군부는 '국가보위비상대책위원회'를 통해 발전 설비와 자동차산업 일원화 조치를 강행했다. 그리고 아버지에게 중공업의 발전 설비 부문과 자동차 중 양자택일할 것을 요구해왔다. 당시 국보위를 비롯한 사람들은 아버지가 어려운 상황에 놓여 있는 자동차산업보다는 발전 설비 부문을 선택할 것으로 예상했다. 그러나 뜻밖에도 아버지는 자동차산업을 선택하셨다. 아버지는 한국 경제를 선진화하기 위해서는 자동차산업의 성공이 필수적이며, 자동차산업은 한번 때를 놓치면 다시 시작하기 어려운 사업이라고 판단하셨던 것이다. 이처럼 어려운 고비를 극복해가면서 아버지는 현대자동차를 키워오셨다.

지금의 현대자동차를 설명하기 위해서는 일제 강점기 때 아버지에게 신용 대출을 해준 사채업자 이야기도 빼놓을 수 없다. 아버지가 서울에 와서 처음으로 차린 본격적인 사업체는 '아도서비스'라는 자동차 수리 공장이었다. 아도서비스는 애프터서비스의 일본말 발음이었던 듯하다.

사채를 얻어서 공장을 차렸는데 그만 설립한 지 20일 만에 불이 났다고 한다. 공장이 타버린 것은 물론이고 수리 중이던 벤츠 같은 고급 자동차도 함께 불길에 휩싸여 잿더미로 변해버렸다. 아버지는 다시 사채업자를 찾아가셨다. 사정을 말하자 그 사채업자는 "나는 여태까지 사람을 잘못 본 적이 없고, 돈을 빌려주어서 떼인 적이 없다. 만약 정 사장이 돈을 못 갚게 되면 정 사장도 문제이지만 내 경력에 오점을 남기게 된다. 다시 빌려줄 테니 반드시 성공해서 돈을 갚으라"고 했다. 그 덕분에 아버지는 다시 공장을 가동해 재기하실 수 있었다. 만약 그 사채업자가 없었다면 오늘날의 현대자동차도 없었을 것이다.

박정희 대통령 시절 이야기 한 토막이다. 청와대에서 열린 기업인 초청 만찬에서 박정희 대통령이 "우리는 목숨을 걸고 혁명을 했다. 그러니 경제인들이 잘해달라"고 말하자, 한 기업인이 "그러십니까? 사실 우리들도 목숨을 걸고 기업을 하고 있습니다"라고 답했다고 한다. 우리나라의 창업 세대에게는 그런 기백과 정신이 있었다. 그리고 그 기백과 정신이 한국의 눈부신 경제 성장을 일구어냈다.

요즘 우리나라 기업인들에게 이런 기백이나 정신을 요구하는 것은 무리일지 모른다. 그러나 기업인들 스스로 'Business Friendly'가 아니라 'Market Friendly'를 지향하는 지혜가 필요하다는 생각이다.

북한에서 찍어온 머릿속의 사진

⚜

우리는 살아가면서 단 한순간도 북한을 모르는 체하거나 잊을 수 없다. 우리의 안보나 국방뿐만이 아니라 정치, 사회, 경제, 문화 등 모든 면에 북한의 존재는 큰 영향을 미치고 있다. 분단 이래, 남북은 반세기에 걸쳐 체제 경쟁을 벌여왔고, 그 과정에서 숱한 충돌을 겪어야 했다.

소련과 동유럽의 공산 정권이 무너지면서 1990년대 이후 남북 관계가 변화를 맞는 듯했다. 두 차례의 남북정상회담이 있었고, 개성공단과 금강산 관광사업도 전개됐다. 그러나 그런 와중에도 북한은 선군정치를 외치며 핵무기를 개발하고, 미사일 실험을 강행했다. 천안함 폭침과 연평도 포격 같은 이전보다 더 심각한 무력 도발을 저지르기도 했다.

이런 북한의 행동은 지금 우리를 혼란스럽게 한다. 도대체 북한은 우리에게 있어 어떤 존재인가? 통일은 우리 민족이 결코 포기할 수 없는 목표지만, 오히려 통일에 대한 열망으로 우리는 북한의 실체를 바로 보지 못하고 있는 것은 아닌가?

1990년대초 소련이 붕괴하고 동유럽 사회주의 국가들이 몰락하던 시대에 북한의 김일성 주석은 일본 언론과의 인터뷰에서 "하늘이 무너져도 솟아날 구멍이 있다"고 말했다. 나름대로의 국제 감각이 있었던 그는 커다란 위기를 느꼈던 것이다. 그런데 지금은 그 당시와는 정반대의 상황이 전개되고 있는 듯하다. 미국과 유럽의 자유 진영은 경제 위기로 궁지에 몰려 있는 데 반해, 권위주의 체제인 중국과 러시아는 국제 사회에서 영향력을 급격히 높여가고 있다. 이제는 거꾸로 우리가 하늘이 무너져도 솟아날 구멍이 있는지 걱정해야 할 처지가 된 것이다.

나는 지금까지 북한 평양을 두 차례 공식 방문했다.

첫 번째 방문은 1999년 11월이었다. 북한은 2002년 월드컵 분산 개최를 위한 관심사를 협의하자며, 조선아시아태평양평화위원회의 김용순 위원장 명의로 나를 초청했다.

두 번째로는 2000년 6월, 제1차 남북정상회담 당시 김대중 대통령의 특별 수행원 자격으로 북한을 방문했다. 2박 3일 일정의 마지막 날, 북측은 백화원 영빈관에서 김정일 위원장 주최로 고별 오찬을 열었다. 값비싼 프랑스산 포도주가 나왔다. 남북한 인사들이 원탁에 섞여 앉아 있었고, 식탁에는 도수 높은 북한 술이 놓여 있었다. 나와 동석한 북한의 4성 장군은, 자신들은 목표를 정하면 초과달성을 해야 한다면서 자리에 놓인 독주를 다 마시자고 사람들에게 권했다.

나는 원탁을 돌며 여러 사람들과 인사를 나누고 있었는데, 오찬이 끝날 즈음 사람들이 한꺼번에 일어나더니 우르르 영빈관 중앙의 헤드 테이블 쪽으로 몰려나갔다. 그들은 김정일 위원장과 포도주잔으로 건배를 하며 떠들썩하게 어울리더니 헤드테이블 뒤편에 길게 서서 귀에

익은 노래를 불렀다.

"우리의 소원은 통일~ 꿈에도 소원은 통~일······."

김대중 대통령과 김정일 위원장을 비롯한 오찬장의 많은 인사들이 손에 손을 잡고 합창했다. 오찬 참석자 가운데 그 대열에서 이탈한 사람은 나 하나뿐인 듯했다. 노래 시간은 꽤 길었다. 나도 그쪽으로 가서 함께 노래해야 하는 것 아닌가, 잠시 망설였다. 순간 함께 갔던 박권상 KBS사장의 조언이 생각났다. 이번 평양 방문 중 말을 많이 하지 않는 게 좋겠다는 충고였다. 나는 열창하는 사람들과 반대편에 서서 그저 그들을 바라보았다. 그러다 김정일 위원장과 눈이 마주쳤다. 분위기가 묘했다. 그때 그 광경은 영화의 한 장면처럼 지금도 내 기억에 선명하게 남아 있다.

그날 노래를 부른 사람들은 모두 무대에 선 배우였다. 모든 이가 힘차게 노래하며 역사의 한 장을 여는 주인공이기를 바랐을 것이다. 남북한 정부 요인들과 남측의 기업인, 체육인들이 다 함께 통일 노래를 목청껏 부르는 광경은 감격적인 장면임에 틀림없었다.

모두가 무대 위 배우이던 그 순간, 나는 유일한 관객이었던 셈이다. 나는 그 사람들과 어울리지 않고 맞은편에서 그들을 바라봤다. 모두가 열광하는 그날 그 자리에서 왜 유독 나만 그 분위기에 휩쓸리지 못했을까?

2002년 6월 15일 북한의 평양에서 남북의 정상과 많은 실력자들이 손에 손을 잡고, 한소리로 통일을 노래하고 있지만, 현실에서는 통일까지 넘어야 할 산과 건너야 할 골짜기가 너무 많은 것이 아닌가, 하는 생각을 했다.

북한은 지난 2006년 7월 5일 새벽 3시 32분부터 일본 홋카이도 쪽을 향해 미사일 7발을 발사했다. 북한이 발사한 미사일은 한반도와 일본 사이에 있는 동해 중간 지점에 떨어졌고, 일본 전체가 발칵 뒤집혔다. 당시 일본은 새벽 4시에 총리 주재 회의를 소집했는데, 우리 정부는 대통령이 주재하는 안보관계장관회의를 오전 11시에 열었다. 국회에서 통일외교통상위원회가 긴급 소집되어 장관에게 "왜 늑장 대응을 했느냐"고 묻자, 장관은 "매뉴얼대로 했다"고 답변했다. 위기라는 것은 무엇이, 언제, 어디서, 어떻게 올지 모르는 것이다. 그런데 정부의 이런 안이한 태도는 '북한을 잘 알고 있다', '북한에게 잘해주면 우리 말을 잘 들을 것이다'라는 자만심에서 나온 것이 아닌지 걱정됐다.

　　금년 초 일본에서 지진과 쓰나미가 발생했을 때 일본 총리를 포함한 정치권이 무기력하고 무능력했던 것을 놓고 국제 사회에서 '일본판 매뉴얼 사회'의 문제라는 지적이 있었는데, 우리 정부도 비슷한 문제를 노출시켰던 것이다.

　　오래전에 내가 잘 아는 미국 국방성의 책임자를 만나서 이런 대화를 나눈 적이 있다.

　　"지금 북한이 핵무기를 3개 만들었다, 5개 만들었다, 이렇게들 말하는데, 북한이 핵무기를 남한에 쏘아서 터지면, 북한이라고 온전하겠는가? 우리나라는 영토가 크지 않아서, 어느 곳에서든 핵무기가 터지면 북한도 온전치 않을 것이다. 이런 상황인데, 북한이 왜 핵무기를 만드는지 나로서는 이해가 잘 되지 않는다."

　　내가 이렇게 말하자, 그는 "북한은 김일성·김정일 정권 아래서 1990년대 초에 200만~300만 명이 굶어죽었다고 하는데, 자신의 정권을 합리화해야 하지 않겠는가. 그 방법은 큰일을 하나 일으키는 것이다. 예를 들면, 기습 작전을 해서 한국의 한강 이북을 점령한 다음에 한국 정부에 휴전하자고 제안하면 어떻게 되겠는가. 한국은 빼앗긴 땅을 다시 찾아야지, 휴전할 수가 없는 상황이 아니겠나? 그 경우 북한이 핵무기로 위협하면, 한국 내부에서는 휴전하자, 말자, 혼란이 발생할 것이다. 또 한반도 유사시에는 미국이 일본의 도움받아 한국을 지원할 계획인데, 북한이 일본을 핵폭탄으로 협박할 수 있다. 그렇게 되면 일본은 그러잖아도 한국을 도울 생각이 없었는데, 북한의 핵 위협을 핑계로 지원하지 않을 가능성이 있다. 이런 용도가 아니라면, 나도 북한이 왜 핵무기를 만드는지 이해가 안 된다"고 대답했다.

북한 문제는 우리 민족의 문제이자, 국제 문제이다. 그런데 우리는 국제 문제라는 측면을 간과하고 민족 문제의 측면에만 몰두하는 경향이 있다. 그러나 국제 문제의 시각을 놓치는 한 북한 문제를 제대로 풀어갈 수는 없다. 우리가 열망하는 남북통일 역시 주변국들의 협조와 지원이 절대로 필요하다. 그런 만큼 우리는 주변국들, 특히 북한의 전통적 배후 세력인 중국과 러시아의 생각을 살피고, 진정한 신뢰 관계를 구축, 유지해야 한다.

2010년 10월에 러시아 푸틴 총리의 초청으로 모스크바를 방문했다. 2018년 월드컵 유치를 신청한 러시아로서는 22명의 FIFA 집행위원의 한 표 한 표가 캐스팅보트 역할을 할 수 있기 때문에 나의 한 표도 중요하다고 판단했을 법했다.

푸틴 총리는 관계 장관이 배석한 가운데 "러시아는 대서양 국가이기도 하지만 동시에 태평양 국가다"라고 강조하면서 동북아시아 정세에 깊은 관심을 보였다. 푸틴 총리는 동북아시아 전체가 안정되어야 번영할 수 있다고 말했고, 한반도의 통일이 동북아시아의 안정에 도움이 될

2010년 10월, 푸틴 러시아 총리의 초청으로 방문한 모스크바에서의 대담. 푸틴 총리가 "한국으로 천연가스를 수출해서 한·러 관계가 증진되기를 희망한다"며 선박 운송 방안을 말해서, 나는 "그보다는 북한을 경유하는 파이프라인을 건설해서 수송하는 방안도 필요하다"고 대답했다. 최근에 북한 김정일 위원장의 러시아 방문으로 천연가스 파이프라인 건설 문제가 화제가 되고 있는데, 당시 푸틴과의 만남에서 나눈 대화가 이제 현실화될 수 있겠다는 생각에 반가웠다. 천연가스 파이프라인 건설 문제는 선친 때부터 계속된 문제인데, 앞으로 좋은 결실을 맺었으면 좋겠다.

수 있다며 긍정적인 입장을 보였다. 상당히 고맙고 인상적이었다.

　푸틴 총리는 또 러시아와 한국의 경제 협력에 대해서 많은 관심을 보였다. 그는 "한국으로 천연가스를 수출해서 한·러 관계가 증진되기를 희망한다"며 러시아의 블라디보스토크에서 천연가스를 액화시켜 선박으로 운송하는 방안을 제시했다. 나는 갖고 다니던 2022년 월드컵 유치위원회 홍보 책자에 있는 유라시아 대륙 지도를 펼쳐 보이면서 "선박으로 운송하게 되면 천연가스를 액화했다가 다시 기화하는 등 비용이 두 배 이상 들어간다. 그보다는 북한을 경유하는 파이프라인을 건설해서 수송하는 방안도 필요하다"고 대답했다. 그랬더니 푸틴 총리는 "북한은 최종 목적지가 아니라 경유지인데, 문제를 일으키면 어떻게 하냐"며 주저하는 모습이었다. 내가 다시 "큰 문제가 없을 것이다. 북한이 문제를 일으키면 러시아가 가스관을 잠그면 되지 않나. 북한에 주는 통과료도 가스로 주면 상관없을 것이다"라고 설명하자, 푸틴 총리는 긍정적인 반응을 보였다.

　최근에 북한 김정일 위원장의 러시아 방문으로 천연가스 파이프라인 건설 문제가 화제가 되고 있는데, 당시 푸틴과의 만남에서 나눈 대화의 내용이 이제 현실화될 수도 있겠다는 생각에 반가웠다. 천연가스 파이프라인 건설 문제는 선친 때부터 계속된 문제인데, 앞으로 좋은 결실을 맺는다면 보람이 있겠다.

　푸틴 총리와의 면담으로 나는 한국과 북한, 러시아의 관계를 새삼 짚어보게 되었다. 푸틴 총리의 좋은 구상들이 실현될 수 있도록 우리도 우리 몫을 잘해내야겠다는 생각이 들었다.

희망을 가슴에 안고
세계로 미래로

5

이탈리아 피아트 경영진과의 만남에서 얻은 교훈

✢

    1997년말, IMF 경제 위기라는 우리 역사상 초유의 사태가 벌어졌다. 정부와 기업 인사들은 패닉 상태에 빠졌고 국민들은 설마설마 하다가 결국 눈앞에 닥쳐온 비극 앞에 절망했다. 청년들은 아무리 적은 월급을 받아도 좋으니 일자리를 달라고 아우성쳤고, 직장에서 쫓겨난 가장들은 캄캄한 벼랑 앞에 내몰렸다. 온 국민이 피땀 흘려 쌓아올린 공든 탑이 한순간에 무너져 내렸다. 그리고 가혹한 고통의 시간이 이어졌다. IMF 사태라는 길고 어두운 터널을 빠져나오기까지 우리는 혹독한 대가를 치러야 했다. 왜 이런 일이 벌어졌던 것일까? 국가의 운명이었을까? 혹시 미리 준비해서 막아낼 수 있는 시련은 아니었을까? 나는 IMF 경제 위기가 충분히 예측 가능한 상황이었으며 사전에 막을 수 있는 사건이었다고 본다.

    1995년 3월에 우리나라는 선진국 클럽이라는 경제협력개발기구(OECD)에 가입을 신청했다. 경제 대국인 일본이 OECD 가입을 통해 선진국의 위상을 갖게 되었다고 생각하던 때라 우리나라의 정치인과 관료들은 OECD 가입을 큰 과제로 받아들이고 있었다.

그러나 나는 OECD 가입에 반대하는 입장이었다. OECD에 들어가려면 자본시장을 완전 개방해야 하는데, 그때 우리는 그러한 준비가 되어 있지 않았다. 무리하게 OECD 가입을 추진하게 되면 국내 자본 시장이 불안정해져서 큰 경제 위기가 닥쳐올 우려가 있었다. 특히 외환 위기가 발생할 것이 불 보듯 명확해 보였다. 실제로 OECD에 가입한 후, 우후죽순으로 난립한 종합 금융사들이 마구잡이로 달러를 차입했던 것, 특히 단기 자금을 무리하게 차입한 것은 외환 위기를 촉발하는 직접적인 원인이 되었다.

나는 이러한 생각을 신문 칼럼 등을 통해 여러 차례 밝혔다. 처음으로 기고한 언론은 〈동아일보〉였다. 그때까지만 해도 OECD 가입 문제가 사회적인 논쟁거리로 부각되지 않은 시기였다. 〈동아일보〉에 원고를 들고 가자, 당시 편집국장이 "김영삼 대통령이 개인적으로 추진하는 사업인데 반대하다가 찍힐 수 있다"면서 애써 나를 만류했다. 나는 웃으면서 대했다.

"이미 찍혔으니 괜찮습니다."

내 글은 1995년초 'OECD 가입 신중하게'라는 제목으로 〈동아일보〉에 실렸다. 그 글의 내용 일부를 소개한다.

"〔……〕 OECD 가입으로 세계 경제의 주요 현안에 대해 '정보'를 얻을 수 있는 것은 사실이다. 그러나 OECD 가입이 가져올 추상적인 이득과 비교하여 당장에라도 올 수 있는 위험에 대해 충분히 고민한 흔적을 찾을 수 없어 실망스럽다. 정부 당국자나 어느 국책 연구기관 원장의 얘기를 들어보면 OECD 가입에 따르는 득실에 대해 성실한 경제 논리로 설명하는 것이 아니고 "세계화를 하자는데 웬 반대냐", "선진국 대열에……, 상승하는 국운……" 등 공허한 명분론을 앞세우고 있다.

정치 구호나 행정 편의의 연장선상에서 OECD 가입을 추진하고 있다면 이는 실로 위험한 일이다. 실제로 정부 내에서도 OECD 가입의 득실을 논의해야 한다는 건의가 제대로 반영되지 않고 있다고 한다. 그리고 OECD에 가입하면 경제적 부담을 질 수밖에 없다.

정말로 직시해야 할 것은 멕시코식 사태가 발생할 위험성이다. 자본 시장이 완전히 개방되고 나면 멕시코처럼 경제 규모가 작은 나라에서는 약간의 정치·사회적 불안이라도 경제에 치명적인 영향을 줄 수 있다는 점이다. 이미 우리 정부는 자본 자유화 및 외환제도 개혁을 발표했지만 OECD에 가입하기 위해서는 자유화의 폭을 더 확대해야 할 가능성이 높다.

멕시코 사태는 대규모의 자본이 해외에서 유입되자 페소화가 덩달아 평가 절상되고, 그 결과 국내 산업의 수출 경쟁력이 약해지고 무역수지 적자가 크게 확대된 것이 원인이다. 이에 외국 자본이 썰물같이 빠져나가자 페소화가 폭락하면서 경제가 극도의 혼란에 빠지게 된 것이다. 우리 경제는 경상수지 적자가 지속되면서도 국내 고금리로 인한 해외 자본의 유입으로 환율은 오히려 절상되고 있는 것이 멕시코와 유사하다. 멕시코뿐 아니다. 정도의 차이는 있지만 유럽, 동남아, 중남미 국가의 경험을 보면, 해외 자본의 유입은 환율 절상 및 수출 경쟁력의 저하, 주식시장의 버블 형성 및 금융시장의 불안정 증대 등의 부작용을 가져오게 된다. 이러한 부작용을 최소화하려면 금융시장과 정책 기능이 충격에 대응하는 능력이 있어야 한다.

그러나 우리 경제는 거시 경제의 안정 구조가 매우 취약하다. 최근에 스위스의 한 연구기관은 우리의 금융시장이 조사 대상 40여 개국

가운데 거의 최하위에 가까울 정도로 비효율적이라고 지적한 바 있다. 그렇다면 위험이 현실로 닥칠 때 속수무책일 가능성이 있다는 얘기다. 멕시코는 같은 북미자유무역지대(NAFTA) 회원국인 미국이 300억 달러 이상을 지원해주어서 간신히 버티고 있지만, 우리나라는 그렇지 못할 것이 자명하고 피해는 훨씬 심각할 수 있을 것이다.

또한 우리는 북한과 대치하고 있고 남북 관계가 안정적이지 못한 점에도 유의해야 할 것이다. 한때 우리나라는 외국인 투자를 확대함으로써 우리의 안보를 보장받을 수 있다고 생각했다. 그러나 자본시장이 개방된 상태에서는 외국인 투자가 오히려 우리의 안보를 불안하게 할수 있음을 간과하지 말아야 할 것이다.

아시아에서 일본 다음으로 OECD에 가입한다는 것을 자랑할 것이아니라, 왜 대만, 홍콩, 싱가포르 등 다른 신흥 공업국(NICS) 국가들이 OECD 가입에 소극적인지를 따져보아야 한다. 우리 속담에 '호랑이를 잡으려면 호랑이굴로 들어가야 한다'는 말이 있지만 과연 우리가 호랑이를 잡을 만한 준비가 되어 있는지 생각해볼 일이다."

이후 OECD 가입이 사회적인 문제로 떠오르자 〈한국일보〉 등 다른 언론에도 연이어 기고했다. 그때도 주변 사람들은 "정부가 적극적으로 추진하는데 굳이 반대할 필요가 있느냐"면서 나를 만류했다.

정부는 신청서를 제출한 이듬해 OECD에 회원국으로 가입했다. 그리고 가입한 지 꼭 1년 만에 우려했던 대로 외환 위기가 닥쳐왔다. 그때 내가 느꼈던 자괴감과 안타까움은 이루 다 말로 표현할 수 없을 정도이다. 사전에 충분히 예측했던 사태를 나서서 막지 못했다는 정치인으로서의 부끄러움이 가슴을 치고 갔다.

김영삼 정부 초반에 외무부 장관을 지냈던 한승주 교수가 나를 점심식사에 초대한 적이 있다. 한승주 교수는 평소에 존경하는 학자이고 서로 잘 아는 사이여서 큰 부담감 없이 자리를 같이했다. 식사 막바지 무렵, 한 교수는 마치 지나가는 말처럼 왜 OECD 가입을 반대하느냐고 물었다. 정부가 국제 기구의 힘을 빌려 국내 경제 시스템을 선진화하면 좋은 것이 아니냐는 논리였다. 나는 "정부의 좋은 계획이 있으면 계획대로 추진하면 되는 것이다. 일본 메이지 유신 때도 아닌데 외압(外壓)을 빌려 한다는 게 말이 되는가. 시대에 맞지 않는 발상이다"라고 답했다.

당시 나는 왜 한 교수와 그런 대화를 나누어야 하는지 의문이 들었지만 크게 마음에 두지 않았다. 김영삼 정부 초반에 전반적인 시스템의 변화를 모색하면서 외무부가 주축이 되어 세계화를 추진했는데, 아마도 한 교수는 그 연장선상에서 OECD 가입의 필요성을 주장했던 것 같다. 지금 돌이켜보면 그때 내가 한 교수를 끝까지 설득했어야 했다는 생각이 든다.

OECD 가입은 당시 청와대 경제수석이던 이석채 씨의 지휘로 추진된 것으로 알고 있다. 1996년이던가, 내가 월드컵 때문에 외국에 자주 드나들던 시절이었다. 연말에 서울 상대 동창회에 갔다가 언론사 편집국장인 지인으로부터 부디 몸조심하라는 귀띔을 받게 되었다. 이 수석이 강만수 당시 관세청장을 통해서 "정몽준이 월드컵을 한다고 외국을 자주 다닌다는데, 김포공항에 들어올 때 탈탈 털라"는 지시를 김포공항 세관에 내렸다는 얘기였다. 지인은 이 이야기를 이 수석의 친구로부터 들었다고 했다. 김포공항 세관이 이 지시를 실행하지는 않았지만 참으로 답답한 일이었다.

얼마 후 나와 이 수석을 모두 잘 아는 김석한 변호사가 미국에서 잠시 귀국했는데, 이 수석과 점심식사를 하기로 했다며 같이 가자고 했다. 나는 쓴웃음을 지으며 사양했다. 그러고는 이 수석을 만나면 나에게 무슨 감정이 있는지나 물어봐달라고 답했다. 세관 이야기에 대해 전혀 모르고 있던 김 변호사는 이 수석을 만나고 온 뒤 깜짝 놀랐다면서 말을 전했다. 이 수석이 "누군가 그런 제안을 하기에 좋은 생각이라고 했을 뿐 지시한 것은 아니다"라고 변명하더라는 것이다.

OECD 가입 문제 때문에 이 수석과는 한때 껄끄러운 관계였지만 지금은 다 지나간 일일 뿐이다. 이 수석은 지금 KT 회장으로 열심히 일하고 있다. 얼마 전 식사를 같이 하는 자리가 있었고, 지난 3월 미국 실리콘밸리를 방문할 때는 이 회장이 도와주어서 애플 등 유수의 IT 기업들을 방문할 수 있었다.

IMF 사태와 관련해서 기억나는 일 중 하나는 당시에 일본이 제안했던 아시아통화기금(AMF, Asia Monetary Fund) 창설이다. 1997년 7월에 불거진 아시아 금융 위기 직후인 9월, 홍콩에서 국제통화기금(IMF)·세계은행(IBRD) 연차 총회가 열렸다. 이 회의에서 일본은 아시아 지역 내의 금융 불안 해소를 위한 AMF의 창설을 제안했다. 일본이 500억 달러, 그리고 그 외 다른 아시아 국가들이 500억 달러를 추렴해서 기구를 창설한다는 구상이었다. 당시 일본의 제안 속에는 아시아권 내에서 엔화의 영향력을 더욱 높이고, 자신이 아시아 경제의 주도권을 잡고자 하는 계산이 깔려 있었는지 모르지만, 아시아 지역 국가들은 대체로 이 제안을 환영하는 분위기였다.

그러나 일본의 AMF 설립 구상은 미국의 로버트 루빈 재무장관과 IMF의 강력한 반대에 부딪혔고, 이후 더 이상 구체적인 논의가 진전되지 못했다. 당시 루빈 재무장관은 홍콩으로 가는 비행기 안에서 일본의 AMF 설립 구상을 듣고, 미국과 사전 상의 없이 일본이 그런 제안을 한 것에 대해 매우 불쾌해했다고 한다. 미국은 새로 창설될 AMF가 조직상 IMF와 겹치고, 느슨한 금융 지원 제도는 오히려 도덕적 해이를 불러올 수 있다고 강변했다.

당시 우리나라는 AMF 구상에 대해 명확한 입장 표명을 하지 않았는데, 이런 태도는 미국의 의견에 따라 AMF를 반대하는 입장으로 비쳐졌다. 그러나 나는 AMF 창설이 매우 좋은 아이디어라고 생각했다. IMF라는 큰 소방서가 있어도 지역 곳곳에 불을 끌 수 있는 작은 소방서인 AMF가 꼭 필요하다고 생각했다.

1998년 1월, 미국을 방문했을 때, 미국 정부 관료와 대학교수들을 만나 AMF 창설에 대해 미국이 반대한 일을 물어보았다. 그러나 그런 일이 있었는지조차 모르겠다는 대답들이 돌아올 뿐이었다. 마치 그 사람들이 미리 짜고 입을 맞춘 것 같은 느낌이었다. 그러던 어느 날 워싱턴에서 공화당 대선 후보였던 존 매케인 상원의원을 만나게 되었다. 그에게 AMF 창설 문제에 대해 물어보았다. 의외로 그는 솔직하게 대답했다.

"미국이 반대했다는 사실을 알고 있습니다. 그런데 왜 미국이 반대했는지 모르겠습니다."

나는 "AMF는 절대 IMF와 경쟁하려는 것이 아니고 보완하는 역할을 하는 것"이라며 소방서의 예를 들어 설명했다. 내가 "미국이 꼭 반대할 필요는 없다고 생각한다"고 말하자, 그도 "맞는 말이다"라고 답했다. 민감한 문제에 대해서도 진실하게 답하는 그의 모습은 매우 인상적이었다.

IMF 사태의 원인에 대해서는 여러 가지 분석이 있다. 하지만 사실 우리 스스로가 그 원인의 상당한 부분을 제공한 셈이다. IMF 사태는 일종의 자업자득이고 자승자박이었다.

1995년 10월, 이탈리아의 토리노를 방문했다. 2002년 월드컵 개최지 결정이 불과 몇 달 앞으로 다가온 시점이었다. 이탈리아 프로축구팀 유벤투스의 대주주인 지아니 아그넬리 피아트(Fiat)사 명예 회장을 만나 월드컵 유치에 대한 지원을 요청할 계획이었다. 화려한 여성 편력으로 유명한 아그넬리 명예 회장은 이탈리아·일본 친선협회의 회장이기도 했다.

피아트 본사는 웅장한 위용을 자랑하고 있었다. 피아트는 입구에서부터 금속 탐지기를 통과하게 하는 등 철저하게 보안 검사를 했다. 비서들이 아그넬리 명예 회장의 사무실로 안내했다. 사무실은 어두컴컴했다. 당시 아그넬리 명예 회장은 70세가 넘었는데 그와는 30분가량 덕담을 나누는 정도로 대화를 했다. 이어서 방을 옮겨 CEO 6~7명으로부터 피아트에 대한 프레젠테이션을 들었다. 당시 피아트 회장은 유럽자동차협회의 회장도 맡고 있었다.

프레젠테이션이 끝난 뒤 피아트 경영진들은 나에게 한국의 현대와 기아, 그리고 대우 자동차가 당시의 확장 계획(expansion program)을 전부 실행에 옮길 것이냐고 물었다. 나는 단지 축구에 대한 이야기를 하기 위해 방문한 것이라고 답한 후, 왜 그러느냐고 되물었다. 그들은 한국의 자동차 회사들이 그 계획을 모두 실행할 경우 유럽의 자동차 회사 절반이 문을 닫게 될 것이고, 피아트가 그중 첫 번째가 될 것이기 때문에 관심을 갖는 것이라고 했다. 나는 "요즘은 축구에 전념하고 있기 때문에 그 문제에 대해서는 잘 모르지만 앞으로 서로 연락하자"고만 대답했다.

그리고 얼마 후인 1997년, 우리나라는 IMF 사태를 맞았다. 그 순간 나는 아차, 싶으면서 불현듯 피아트 경영진과 나누었던 대화들이 생각났다. 당시 우리나라의 기업들은 유럽의 돈을 많이 빌려 쓰고 있었는데 유럽 사람들이 볼 때, 한국 기업들은 자기네들 돈으로 자신들의 자동차산업을 죽이기 위한 일을 추진하고 있는 셈이었다. 우리의 자동차산업이 확장되면 그들은 당연히 자금을 회수하려 했을 것이다. 유럽 사람들이 우리 기업들을 위해 깔아놓았던 멍석, 즉 자금을 갑자기 빼내버리자 우리 경제는 곧바로 방향타를 잃고 휘청거렸다. IMF 사태의 이면에는 이러한 뒷이야기가 숨어 있다.

흔히 오늘날을 세계화 시대라고 말한다. 우리가 하는 모든 일들은 전 세계에 영향을 미치고, 그것들은 다시 허공을 날아 돌아오는 부메랑처럼 우리에게 돌아온다. 특히 우리나라는 대외 의존도가 높은 국가이다. 그래서 경제든 안보든 전 세계적으로 바라볼 수 있는 안목이 반드시 필요하다. 세계화의 진정한 의미와 핵심을 올바르게 이해할 줄 알아야 하는 것이다.

한때 사회학과 경제학에서 종속이론(dependency theory)이 유행한 적이 있었다. 주로 남미의 사회, 정치 상황을 설명하는 이론인데, 제3세계 국가들은 선진국에 종속돼 아무리 발버둥 쳐도 그 착취 구조에서 빠져나가기 어렵다는 주장을 담고 있다. 이 이론에 대해서는 남미 국가의 기업인들이 유럽과 미국에 이중 삼중의 국적을 가지면서 자국을 착취의 대상으로 삼고 있다는 해석이 있다.

그러나 오늘날은 어느 나라든지 간에 독자(independency)적으로 살아갈 수가 없는 시대이다. 21세기는 정치든 경제든 안보든, 모든 면에서 상호 의존(interdependency)의 시대이다. 통신과 수송 기술의 발달,

그리고 국제 무역과 자본시장의 팽창으로 지구촌은 그물망처럼 연결되어 있다. 원하든 원치 않든 서로 영향을 주고받을 수밖에 없다. 우리나라는 영토나 인구 규모 면에서 볼 때 결코 큰 국가라고 말할 수 없다. 그런데도 우리나라 자동차 회사들의 투자 계획이 유럽 자동차산업에 큰 부담을 주었고, 이후 IMF사태가 닥쳤다.

국가든 기업이든 세계화 시대의 의미를 올바르게 이해해야 미래를 준비할 수 있다. 피아트사 경영진과의 만남에서 얻은 교훈이다.

구름의 그림자를 보고 짖는 개가 도둑을 지키랴

✥

 1988년, 조지 부시(아버지) 미국 대통령 당선자는 노벨 경제학상을 수상한 MIT의 폴 새뮤얼슨 교수를 비롯해 이름난 경제 전문가들을 초빙해 자문위원회를 만들었다. 그러고는 앞으로 어떤 정책들을 펴나가야 할지 좋은 의견을 제시해달라고 요청했다. 이 위원회는 얼마 뒤 보고서를 제출했는데, 이 보고서는 이후에 '하버드 비즈니스 스쿨'에서 책으로 출간되었고 우리나라에서도 번역 출판됐다.

 이 보고서에 담긴 여러 정책 제안 가운데 첫 번째는, 대선 과정에서 제시했던 공약에 부담을 느끼지 말라는 것, 즉 '선거 때의 공약은 잊어라'는 것이었다. 미국 대선은 프라이머리(예비 선거)로부터 본 선거에 이르기까지 1년 이상이 걸린다. 그리고 그동안 후보들은 광대한 미국 전역을 다니며 무수한 공약들을 쏟아낸다. 만약 당선자가 본인이 기억하지도 못하는 그 많은 공약들을 다 지키겠다고 나선다면, 미국의 경제는 파탄 지경에 이른다는 것이 보고서의 핵심 요지였다.

 대통령은 정치인이다. 그러나 동시에 행정가이기도 하다. 정치와 행정 사이에 적절한 방화벽을 설치하는 것은 대통령의 기본적인 책임이다.

대선과 총선이 가까이 다가오면 사람들의 귀를 솔깃하게 만드는 장밋빛 공약들이 여름날 장맛비처럼 줄기차게 쏟아져 나온다. 그런데 그 중 대부분은 선거가 끝남과 동시에 저절로 사라져버리고 만다. 그러나 세종시 문제처럼 어느 한 지역이 아니라 국가 전체에 영향을 미치는 공약은, 국민적 갈등을 빚으며 대통령의 국정 운영에 부담으로 남아서, 경우에 따라 나라 전체가 큰 피해를 입기도 한다.

정책이라는 것은 '설정한 목표와 현재의 능력을 조화시키려는 지속적인 과정(process)'이라고 할 수 있다. 그런데 이러한 면은 깡그리 무시한 채 '정책은 기발한 아이디어와 의지, 그리고 나의 능력을 증명하기 위한 최종적인 결과물(end-product)'이라는 독선적인 사고에 빠지면, 국가를 수렁으로 몰아넣을 수 있다. 정치 캠페인의 연장선상에서 정책을 수립하면 대다수의 국민은 불행 속으로 빠져들고 만다.

선거는 국가적인 과제에 대해 모든 국민이 참여해서 서로 토론할 수 있는 가장 좋은 기회이다. 정치인이 공급자로서 국가적 이슈를 규정하고 국민이 그것을 따라가는 과정이라고 하더라도, 정치인과 국민 사이에 양방향으로 의사소통이 이루어져야 한다. 그런데 정치인들이 몇 마디 말로 묘사하는 현실은 지나치게 단순화되어 있을 뿐만 아니라 그 해법 또한 아주 쉬워 보인다. 그리고 단순한 해법일수록 대다수의 국민은 귀가 솔깃해 맹목적으로 따르게 된다.

그러나 과연 한국의 정치, 사회, 교육, 경제, 환경 문제와 그에 따른 국제적 문제들이 선거 때 정치 캠페인에서 말하는 것처럼 그처럼 간단히 해결되는 것일까? 현대 사회에서는 모든 것이 불확실하고, 국가

안에는 무수한 위험 요소들로 존재한다. 아무리 강대국이라 할지라도 내일 일이 어떻게 될지 절대로 확신할 수 없는 것이 21세기 지구촌 사회다.

그렇기 때문에 선거 과정에서는 국민들이 국가가 직면한 여러 문제를 정확히 파악할 수 있도록 도와주고, 그것을 해결하는 것이 힘들다는 현실을 인식하도록 해주어야 한다. 그리고 국가적 과제에 대한 문제의식을 전 국민적으로 공유할 수 있도록 만들어주어야 한다. 그러나 한국 정치에서는 오히려 정치인의 번드레한 혀 놀림이 국민들의 의식을 마비시키고 있다.

일반 국민의 건강한 문제의식을 마취시키는 것, 그것이 바로 포퓰리즘이다. 포퓰리즘은 숨겨진 독선의 겉모습이다. 지도자가 국민을 바보로 취급하며 속이는 것이기 때문이다. '나만 당선되면, 혹은 이것만 해결되면 모든 것이 다 해결된다'는 식의 논리는, '아이들은 공부할 필요가 없고 놀기만 하면 된다'며 피노키오를 꾀는 동화 속 악당들의 논리나 다를 바 없다. 살아가는 일만으로도 벅찬 일반 국민들은 국가 차원의 큰 문제는 '슈퍼맨 같은 누군가가 나서서 손쉽게 해결해주면 좋겠다'는 생각에 빠지기 쉽다. 포퓰리즘은 바로 이러한 심리를 십분 이용한 것이다.

기원전 63년, 로마 공화정에서 집정관 선거에 출마했던 카틸리나(Lucius Sergius Catilina)는 평민들의 모든 부채를 탕감해주겠다는 정책을 공약으로 내걸었다가 원로원의 반대에 부딪혔다. 결국 그는 무모한 쿠데타를 시도했다가 비참하게 목숨을 잃었다. 포퓰리즘의 역사와 연원은 이처럼 오래된 것이다. 우리나라에서도 한때 농촌 부채 탕감 같은 공약이 등장했지만, 그것은 이미 2000년 전에 로마에서 먼저 있었던 말이다.

포퓰리즘의 특징은 다음의 몇 가지로 요약할 수 있다. 우선 국가가 당면하고 있는 문제가 복잡한 것이 아니며 비교적 간단한 해결책이 있다고 선전 선동한다. 그리고 문제의 핵심은 특권 계층이나 특정 계급, 특정 지역 사람들이 기득권을 포기하지 않고 부당하게 부와 권력을 차지하고 있기 때문이라고 주장한다. 따라서 이들의 부와 권력을 박탈해서 국민 모두가 골고루 나눠가지면 모든 문제가 해결될 것이라고 유혹한다.

'올인'이란 말도 포퓰리즘의 한 현상이다. 경제에 올인한다거나 복지에 올인한다는 등의 표현은 국가의 정책과 살림을 맡고 있는 공인과는 전혀 어울리지 않는 경박한 언사다. 수많은 일과 일이 복잡다단하게 얽혀 있는 현대 사회에서, 어느 한 가지가 해결된다고 어떻게 모든 문제가 한꺼번에 해결될 수 있겠는가. 경제만 잘되면 만사가 다 잘 풀린다는 생각도 이제는 버려야 한다. 그래야만 대한민국이 성숙한 사회로 변화할 수 있다. 이제는 경제와 사회 문제, 남북 관계 등 여러 가지가 '상호 관련이 있으면서도 각각 별개의 문제'라는 총체적 인식이 필요한 시기이다. 그럴 때라야만 비로소 우리를 둘러싼 문제들에 대한 진정한 해결책이 나올 수 있다.

포퓰리즘의 극치는 공산주의다. 인류 사회의 모든 문제가 자본주의 때문에 발생하였고, 따라서 사유재산제가 사라지고 자본가들이 갖고 있는 재산을 빼앗아 모두에게 골고루 나누어주기만 한다면 이상사회가 도래할 것이라는 매혹적인 논리로 인민들을 속였다.

공산주의가 '좌파 포퓰리즘'이었다면 독일의 나치즘은 '우파 포퓰리즘'의 극단이었다. 히틀러는 제1차 세계대전 이후 독일이 정치·경제·

사회적 혼란을 겪게 된 이유가 프랑스를 비롯한 전승국들이 독일에게 과도한 전쟁 배상금을 요구하였기 때문이라고 주장했다. 그리고 이러한 외부의 적들과 내통하면서 독일 국민의 고통을 가중시키는 내부의 적이 바로 유태인이라고 몰아갔다. 모든 문제를 특정 국가와 인종의 탓으로 돌림으로써 단순화시키는 동시에 문제 해결 방안도 '전쟁'과 '인종 말살'로 간단하게 풀어갔다.

제2차 세계대전 후에 등장한 포퓰리즘의 대표적 사례는 아르헨티나의 페로니즘이다. 후안 페론이라는 선동가가 만들어낸 이 정치적 환상의 핵심은, 아르헨티나는 매우 비옥한 나라이기에 소수의 특권층이 독점하는 부를 대중이 나눠 가지기만 한다면 모든 문제가 해결될 수 있다는 것이었다. 이러한 논리는 대중들로부터 커다란 지지를 얻으며 사회적 갈등을 한꺼번에 폭발시키는 결과를 낳았다.

페론이 1955년 군부 쿠데타로 스페인으로 망명한 이후에도 보수층은 이 환상을 깨는 데 실패하였다. 뿐만 아니라 페론의 복귀를 막기 위해 오히려 복지제도를 유지하는 정책을 폈다가 아르헨티나가 선진국의 문턱에서 좌절하고 마는 결과를 낳았다. 미래에 대한 비전을 국민에게 제시할 능력이 없는 정치인들이 좌우를 막론하고 정권 쟁탈과 유지의 손쉬운 수단으로 복지 포퓰리즘을 택한 것이다.

포퓰리즘은 나라를 서서히 망가뜨린다. 그리고 그 단맛에 한번 빠지면 여간 해서는 헤어나기 힘들다. 지금 한국의 진보주의자들은 물론 보수주의자들과 한나라당마저도 아르헨티나의 전철을 밟고 있는 것은 아닌지 걱정스럽다. 정치인이라면 모두가 포퓰리즘의 유혹에서 벗어나기가 힘든 것이 사실이다. 하지만 민노당이 가장 앞서서 나가고 그 뒤에 민주당, 그리고 한나라당이 뒤따라가는 모양새라는 지적에는 격정이 앞선다.

어떤 사람들은 포퓰리즘에 대해 나쁜 포퓰리즘이 있고 좋은 포퓰리즘도 있다고 말하는데, 이것은 사실과 다르다. 정확히 말해서 나쁜 포퓰리즘과 더 나쁜 포퓰리즘이 있을 뿐이다.

지금 유럽의 포르투갈, 이탈리아, 아일랜드, 그리스, 스페인은 앞 문자를 따서 PIGS 국가로 불리는데, 이 나라들은 말 그대로 유럽의 '돼지'로 취급받고 있다. 유럽에서 경제적으로 3, 4위를 달리던 이탈리아와 스페인이 무너지고 있는 것도 포퓰리즘의 덫에 걸려들었기 때문이다. 경제 대국 일본도 국가 채무가 GDP의 220퍼센트에 달하고 있다. 우리는 지금 나쁜 포퓰리즘, 좋은 포퓰리즘 식의 입씨름을 하고 있을 때가 아니다.

작가 이외수 씨는 《아불류시불류》라는 책에서 "구름의 그림자를 보고 짖는 개가 어떻게 도둑을 지키랴"라고 썼다. 이외수 씨의 표현처럼 표가 무서워서 덩달아 포퓰리즘을 따라가는 정당이라면 어떻게 나라의 미래를 책임질 수 있겠는가. 지금 한국의 정치권이 쏟아내고 있는 선심 공약은 과자로 집을 짓겠다는 초등학생의 작문과 다를 바 없다. 이완용을 '매국노'라고 하지만 무책임한 공약을 남발하는 정치인은 '망국노'라고 불러 마땅하다.

우리에게 필요한 것은 '100년을 위한 5년'이다. 그러나 선거에서 포퓰리스트를 가려내지 못하면 '5년을 위한 100년'이 되어버릴 수도 있다. 이것은 대한민국이 망하는 지름길이다. '정직한 사람은 속지 않는다(An honest person cannot be cheated)'라는 서양 속담이 있다. 정직한 사람은 이 세상에 '공짜'란 없으며, 인생에서 성공할 수 있는 유일한 길은 열심히, 정직하게 일하는 것밖에 없다는 사실을 안다는 말이다. 포퓰리즘이 마른 들판의 불길처럼 번지게 되는 것은 단지 정치인들의 책임만이 아니다. 손바닥이 마주쳐야 소리가 나듯이 포퓰리스트를 이용하려는 유권자들이 기승을 부리면, 그 선거는 곧바로 도박판으로 전락하고 만다. 나라의 운명을 담보로 도박을 하는 포퓰리즘의 척박한 땅에서는 무궁화 꽃이 피어날 수 없다.

수입 개방에 침묵했던 데이비드 캠프행 비행기 안

⚜

우리나라의 대통령이라는 자리는 누가 대통령이 되어도 너무나 큰 자리이다. 대통령은 컴퓨터의 중앙처리장치(CPU-Central Processing Unit)와 같다. 컴퓨터의 성능은 CPU가 좌우한다. 아무리 용량이 큰 저장 장치를 달아도 CPU 성능이 떨어지면 무용지물이다. 대통령에게는 각 분야에서 올라오는 전문 지식과 상식, 사건을 모두 받아들여 문제의 핵심을 파악하는 정보 처리 능력이 무엇보다 중요하다. 따라서 앞으로의 대통령은 경제나 국제 정세에 관한 최소한의 지식은 물론, 당선 후에도 새로운 분야의 지식을 빨리 배울 수 있는 학습 능력을 반드시 갖추어야 한다. 사회가 복잡해지고 글로벌화할수록 대통령의 넓은 식견과 정확한 안목이 중요해진다.

노무현 정부 때의 세종시 건설 문제와 같은 사안은 대선 공약이다. 대선 공약은 대통령 당선자와 국민이 맺은 약속이므로 지키는 것이 마땅하다. 여기까지는 정치 논리다. 그런데 그 공약을 지키기 위해 현실적으로 여러 고민을 하다 보면 나라 살림도 생각지 않을 수 없다. 아무리 대선 공약이라도 나라 살림이 거덜난다고 하면 지킬 수 없는 상황이 된다.

이럴 경우 대통령은 본인의 자리를 걸고 어느 하나를 선택할 수밖에 없다. 자신이 내건 공약을 지키고 엄청난 경제적 손실을 감수할 것이냐, 아니면 나라의 미래를 지키는 대신 공약을 어긴 데 대한 온갖 비난을 감수할 것이냐, 지도자로서 역사적인 결단을 해야만 한다.

정치를 오래 한 정치인들은 자기중심적이기 쉽다. 때로는 과대망상에 빠지기도 한다. 대선 주자가 아니라 중진 의원만 되어도, 자신이 나라를 위해 쓰이는 소모품이 되어도 좋다는 생각보다는, 자신을 위해 나라가 존재하는 것으로 착각하는 경우가 많다. 국민은 이러한 정치인들의 주장을 가려서 들을 필요가 있다.

2008년 미국 쇠고기 수입 결정과 관련된 사태에 대해 내가 느끼는 안타까움은 말할 수 없다.

2008년 3월 12일 청와대는 이명박 대통령의 방미 계획을 발표했다. 총선 일주일쯤 후인 4월 15일부터 미국을 방문하고 캠프 데이비드에서 1박 2일 동안 정상회담을 할 계획이라는 내용이었다. 부시 대통령으로서는 파격적인 대우를 해준 것이었다. 당시 나는 서울 동작 을 출마 결심을 굳히고 있을 즈음이었는데 이홍구 전 총리와 식사 자리가 있었다. 마침 미국 랜드연구소에 있던 함재봉 박사(현 아산정책연구원장)가 잠시 귀국해서 함께 만났다. 이 자리에서 나는 "혹시 이 대통령이 4월초의 총선 직후, 캠프 데이비드에 가서 융숭한 대접을 받은 뒤 쇠고기 수입 개방 결정을 하면 큰일 날 것 같다. 부시 대통령이 집요하게 쇠고기 수입 개방을 요구할 때는 국내에 돌아가서 상의하겠다고 구두로만 약속하는 정도에서 그쳐야지 공식적인 문서에 합의를 하면 안 된다"는 얘기를 했다. 같은 해 1월에, 내가 대통령 당선자 특사로 미국에 갔을 때 만난 상하원 의원들은 대부분 "쇠고기 문제만 잘 해결되면 뭐든지 좋다"는 식의 반응을 보여, 대통령에 대한 압력이 상당하겠구나 하는 판단이 들었기 때문이다. 그래서 청와대에 가서 미국 내의 이런 분위기를 미리 전달하고 쇠고기 문제를 캠프 데이비드에서 공식 합의해주면 절대 안 된다는 건의를 해야 하지 않겠느냐고 이 전 총리에게 물었다. 이 전 총리는 이에 대해 "선거가 끝난 지 일주일 만에 그렇게 하면 안 된다는 건 상식"이라면서 "괜히 가서 얘기하면 청와대에 자주 들락거린다는 오해나 받게 된다"고 말렸다. 그러나 4월 총선 직후 이 대통령은 미국을 방문해서 쇠고기 수입 개방을 발표하고 말았다.

그 후 광우병 괴담까지 불거지면서 쇠고기 수입 반대 촛불시위가 벌어졌다. 시위가 한창이던 2008년 5월 하순 청와대 안가에서 이 대통령과 아침식사를 한 적이 있었다. 이 자리에서 최소한 농수산부 장관은 교체하는 것이 좋지 않겠느냐고 건의했다. 한 달쯤 지나서 대통령의 측근에게 "당신들 책임이 크다. 미국 가는 비행기 안에서라도 최소한 캠프 데이비드에서는 쇠고기 수입 개방을 발표해선 안 된다고 건의한 참모가 한 명이라도 있었다면 이렇게 되지는 않았을 것 아니냐"고 질타했다. 이 측근은 "사실 찬반이 갈라졌는데 유명환 외교부 장관, 김중수 경제수석은 찬성했다"고 전했다. 기가 막힌 일이었다. 외교와 경제 참모들의 정치 감각이 이 정도밖에 안 되었던 것이다. 국내 정치와 담 쌓고 지내는 것을 자랑으로 생각하는 사람들이기 때문에 이해하지 못하는 것은 아니다. 하지만 정부의 고위직에 있는 사람들은 정치 참모는 아니더라도 최소한 자신들의 의사 결정이 국내 정치에 부담을 주지 않도록 여러 요소를 신중하게 고려해야 한다.

노무현 대통령이 재임 중 밀어붙인 전시작전권 전환 문제는 대통령이 국가 안보 문제에 대한 편향된 사고를 갖고 있을 때 얼마나 큰 문제가 발생하는지를 보여준 대표적 사례다. 노 대통령은 2003년 첫 미국 방문 때 도널드 럼스펠드 국방장관에게 "내가 한국 대통령인데 전시에 우리 군에 대한 지휘권도 없다"고 불평한 것으로 알려졌다. 그러자 럼스펠드 장관은 "대통령 각하, 각하께서는 열린 문을 노크하고 있습니다(Mr. President, you are knocking on an open door)"라는 말로 전시작전권 전환이 언제든 가능하다는 의사를 밝혔다. 열려 있으니 들어오든 말든 알아서 하라는 의미다. 럼스펠드 장관은 한국 내의 반미 분위기와 노 대통령의 발언 등에 분개하면서 한국민이 정말 주한 미군 철수를 원한다면 그대로 하겠다는 생각까지 갖고 있었다고 한다. 럼스펠드 장관은 곧바로 우리 측 윤광웅 국방부 장관에게 2009년까지 전시작전권을 넘기겠다는 내용의 서신을 전해왔고, 우리 측은 화들짝 놀라서 통사정한 끝에 2012년으로 늦췄다. 이것을 이명박 정부 들어서 다시 2015년으로 연기해놓았다.

2008년 1월 나는 이 대통령 당선인 특사로 한승주 전 외무부 장관, 황진하 의원과 함께 미국에 갔을 때 전작권 전환의 위험성을 얘기하려 노력했다. 워싱턴에 도착한 날 저녁식사 자리에 주한 미국 대사를 지낸 크리스토퍼 힐 국무부 차관보를 초청했다. 나는 전시작전권 전환을 화제에 올렸다. 노무현 대통령 시절 우리가 먼저 제기함으로써 어려움을 자초했던 문제인 만큼 우리가 제기해 풀고 싶었다.

힐 차관보는 전시작전권 전환에 대하여 걱정스러운 이야기를 해주었다. 전시작전권이 전환되면 단순히 한미연합사령부(Combined Forces

Command)만 해체되는 게 아니라 유엔사령부(United Nations Command)도 해체된다는 것이었다. 그렇게 되면 한반도 유사시, 한국을 지원하기 위한 미국과 일본의 합동작전에 필요한 법적 근거(umbrella agreement)가 사라진다는 것이었다.

둘째 날 부시 대통령을 만나러 한승주 전 외무부 장관과 백악관으로 갔다. 스티븐 해들리 국가안보보좌관(National Council Adviser)과 면담할 때 부시 대통령이 그 방에 들르는 형식의 만남이었다. 해들리 보좌관은 우리 일행이 앉자마자 노트에 적어놓은 메모를 보면서 말을 시작했다. 우선 전날 힐 차관보가 한 말에 대해 거론했다. 전날 만찬에 동석했던 국가안보보좌관실 직원으로부터 보고를 들은 모양이었다. 힐 차관보가 언급한 유엔사 해체는 사실이 아니라고 부인했다. 부인하는 것을 들으니 사실일 것이라는 생각이 더 들었다. 힐 차관보는 직업 공무원인 반면 해들리 보좌관은 절반은 정치인이었다. 직업 공무원이 자신의 의견을 말한다면 틀릴 수도 있겠지만, 사실에 대해서는 거짓말할 이유가 없다.

두 번째로는, 부시 대통령을 만날 때 전작권 전환 문제를 거론하지 말아달라고 요구했다. 해들리 보좌관의 이런 요구는 무례한 것이었다. 우리는 해들리 보좌관을 만나러 간 것이 아니라 부시 대통령을 만나기 위해 그의 방을 잠시 빌린 것뿐이었다. 해들리 보좌관은 자신이 우리의 외교 상대(counterpart)가 아니라는 사실을 깜빡했던 모양이다. 물론 우리는 그 요구를 받아들이지 않고 부시 대통령 앞에서 전작권 얘기를 꺼냈고 노무현 정부 후반 때 논란이 되었던 남북한 평화 협정(peace agreement), 평화 체제(peace regime)에 대해 논의했다. 부시 대통령은 전날 중동 순방을 마치고 귀국했는데 우리를 반갑게 맞아주었고,

우리가 제기한 의제에 대해서도 적극 공감을 표했다. 한마디로 북한이 핵을 갖고 있는 상황에서 노무현 정부가 평화 협상(peace negotiation)을 하자고 하는 것을 이해할 수 없다는 얘기도 했다.

전작권 전환은 이후 복잡한 외교적 논의를 거쳐 2015년으로 재조정됐다. 노 대통령의 전작권 전환 집착이 낳은 폐해를 완전히 바로잡지 못한 것, 그리고 북핵 폐기 이후로 연기되지 못한 것은 유감이지만 절반의 성공이었다.

선장이 큰 배를 이끌고 바다에 나서면 지도와 항로는 손에 있지만 예기치 않은 이변 때문에 당초의 계획을 변경하거나 먼 길을 돌아가야 할 때도 있기 마련이다. 어떤 때는 외로운 결단으로, 어떤 때는 국민과의 끈질긴 소통을 통해 오직 국가의 장래만을 보고 나아가야 하는 자리가 바로 대통령직이다.

여성의 세기(世紀)는 헌법으로도 막을 수 없다

❖

우리 가족의 구성원은 남녀가 정확히 3대 3이다. 아들 둘, 딸 둘을 낳았으니 성비를 제대로 잘 맞춘 셈이다. 아무리 시대가 변했다고는 하지만 우리 사회의 문화는 아직도 남성 위주이다.

15대 국회 때인 1999년, 나는 학교의 체육 활동에 있어서, 남녀간 성차별이 일절 없어야 한다는 내용을 담은 교육기본법 개정안을 발의해서 통과시켰다. 그런데 개정된 교육기본법이 선언적 내용만을 담고 있기 때문인지 남녀 평등 교육이 제대로 시행되지 않았다. 그래서 16대 국회 때부터는 아예 별도 법안으로 '남녀평등교육진흥법(가칭)'을 제출해왔고, 이번 18대 국회에서도 제출할 예정이다.

남녀 평등 교육에 관한 법을 만들 때 나는 미국에서 닉슨 대통령 시절인 1972년에 제정된 '타이틀 나인(TITLE IX)'을 참고했다. 타이틀 나인은 미국의 학교 교육에서 체육 활동에 소요되는 예산을 남자 운동부와 여자 운동부에 똑같이 배정하도록 규정한 법이다. 이 법을 시행한 후 미국 여학생들이 축구를 많이 하게 되어서 지금 미국 여자 축구가 세계 최강이 되는 계기가 되었다고 한다.

많은 사람들이 남녀 평등을 말하고, 여성의 사회적 진출을 확대해야 한다고 한다. 그러나 구체적인 행동에 들어가야 하는 상황에 놓이면 너무도 쉽게 말을 뒤집는다. 아직도 우리 사회에서 여성 앞에 가로막힌 벽은 높기만 하다. 지난해 지방선거 때, 당대표인 나는 여성 차별의 벽이 얼마나 두꺼운지를 실감할 수 있었다.

선거를 앞두고 여성 공천 비율 확대를 위해 선거법을 개정하겠다고 장담한 것은 여당이나 야당이나 다를 바 없었다. 그리고 실제로 선거법이 그렇게 개정된 것도 사실이었지만, 결과적으로 여성의 선출직 진출은 그다지 나아지지 않았다.

사실 선진국들에서는 오래전에 이루어진 일이었다. 예를 들어, 프랑스는 20년 전에 지방의회 의석 중 최소한 3분의 1을 여성으로 하자는 법을 만들었는데, 그 법이 헌법에 맞지 않다는 위헌 판결을 받자 아예 헌법을 고친 일도 있었다. 나라의 근본법인 헌법보다 하위에 있는 법률이 위헌 판결을 받으면 법이 폐기되거나 헌법에 맞도록 고치는 것이 일반적인 일이다. 그런데 법률을 살리려고 헌법을 개정해버린 것이다. 여성의 정치 참여 확대를 얼마나 중요한 사안으로 판단했는지를 알 수 있게 한 사례다. 그 결과 프랑스에서는 지방의회에 여성의원이 절반을 차지하고 있고, 더 나아가 각료의 절반 이상을 여성들이 맡고 있다고 한다. 그리고 이런 상황은 프랑스뿐만 아니라 유럽의 선진국들에서 나타나는 공통적인 현상이다.

당에서 본격적인 공천 작업이 시작되었을 때, 단체장 후보에 대한 여성 공천 문제를 이야기했다. 모처럼 여야가 합의해서 여성 공천 확대를 위해 선거법까지 개정한 마당이었다. 나는 이왕이면 한나라당이

야당보다 앞서서 적극적인 모습을 보이면 좋지 않겠냐는 생각에서 말을 꺼냈다. 당시 한나라당은 서울 지역 25군데의 구청장 후보 중에 세 곳을 여성 공천 지역으로 하겠다고 발표한 상태였다.

그런데 당내에서 전혀 뜻밖의 반응이 나타났다. 대부분이 반대를 했던 것이다. 최고위원들의 반대로 회의가 두세 번 더 열린 끝에야 여성이 포함된 공천 안건이 통과됐다. 선거에서 승리하려면 여성 공천은 현실적으로 어렵다는 게 반대 이유였다. 마땅한 후보를 찾기도 힘들다고 했다. 그래서 내가 내 지역구인 동작 구청장 후보부터 여성으로 하겠다고 했다. 당대표로서 솔선수범하겠다는 뜻이었다. 그렇게 해서 내 지역구인 동작구가 6·3 지방선거에서 전국의 단체장 후보 중 처음으로 여성 후보를 공천하는 지역이 되었다.

나머지 두 곳의 여성 공천은 난항을 거듭했다. 의원들 모두가 여성을 자신의 지역구 구청장 후보로 내세우기를 피하고 있었다. 어느 날 밤에 정운찬 총리가 전화를 걸어왔다. 정 총리는 "서울 강남구에는 기존 구청장을 그대로 공천하는 게 좋지 않겠느냐"고 했다. 나는 "총리가 관여하시지 않는 게 좋겠다"며 정중히 거절했다. 그만큼 여성 공천은 힘든 일이었다. 심지어 6·3 지방선거 후, 강남이 지역구인 이종구 의원은 연찬회에서 공개적으로 "대표라는 사람이 세상물정도 모르고 여성 공천을 한다고 소란을 떨었다"고 나를 비난했다. 같은 자리에서 그는 대통령에 대해서도 시중에 떠도는 말이라며, "이명박 ××, 웃기는 ××"라고 발언해 빈축을 사기도 했다. 강남에 공천한 여성 후보는 당선되어 잘하고 있다는 평가를 받으며 현재 열심히 일하고 있다.

결과적으로 6·3 지방선거를 통해 여야 정당은 모두 법이 정한 여성 의무공천 확대의 취지를 따르지 않았다. 이런저런 교묘한 방법으로 시늄만 냈을 뿐이다. 법에 따르면 기초의원 후보자 중 한 명을 여성으로 공천해야만 했다. 그러자 정당들은 여성 후보에게 후순위를 주는 공천 방식으로 비율만 채워나갔다. 그래서 대부분의 지역에서 후순위를 받은 여성 후보들은 낙선하고 말았다. 내 지역구인 동작구에서는 여성 후보가 1번이어서 공천되었다.

학자들은 21세기를 일러 여성(Female), 감수성(Feeling), 상상력(Fiction)의 3F의 시대라고 한다. 감수성과 상상력에서 여성이 더 나은 능력을 발휘한다고 보면 21세기는 분명 여성의 시대이다. 그러나 우리는 아직도 갈 길이 멀기만 하다.

북유럽의 노르웨이는 오래전부터 공기업과 상장 기업의 임원 40퍼센트를 여성으로 해야 한다는 법을 만들어 시행하고 있다. 남성 못지않은 교육을 받고 있는 이 땅의 여성들이 사회 각 분야에서 활발하게 능력을 발휘할 수 있는 여건이 하루빨리 마련되어야 한다.

지난해 우리 국민은 17세 이하 여자 축구 대표팀의 FIFA 주최 월드컵 우승에 환호했다. 20세 이하 여자 축구 대표팀이 3위를 차지하기도 했다. 그동안 거의 모든 스포츠에서 여성은 남성보다 좋은 성적을 내왔다. 이제는 축구까지도 잘하는 우리나라 여성들의 능력에 무슨 설명을 덧붙일 필요가 있는가.

독일의 문호 괴테는 《파우스트》에서 "여성적인 것만이 우리를 영원히 이끌어 올린다"고 했다. 나는 '여성이 우리를 미래로 이끌어 올린다'고 말해주고 싶다.

독도와 위안부 문제에 비춰진 일본의 야비한 얼굴

⚜

일본을 어떻게 볼 것인가는 간단치 않은 문제이다. 내가 일본에 대해 생각하게 된 것은 중학교 때였다. 내가 다니던 중앙중학교는 일제 강점기에 민족주의 정신에 따라 세워진 학교였다. 1919년 1월, 중앙고 등학교 교장이던 송진우 선생 등이 숙직실에 모여 독립선언문 초안을 작성하고 3·1 운동을 준비했다고 한다. 선생님들은 학교의 설립 배경과 항일의 역사를 일깨워주면서 자긍심을 불어넣어주었다.

1981년, 아버지를 모시고 '88 서울 올림픽 유치를 위해 뛰었다. 당시 서울은 일본 나고야와 올림픽 개최지를 놓고 경쟁했다. 도무지 승산이 없는 게임이었지만 온갖 어려움을 극복하고 우리나라가 올림픽을 따냈다. 그때 나는 일본에 대한 자신감을 얻었다. 그러고는 15년 뒤 월드컵을 유치하기 위해 다시 일본과 경쟁했다. 모두가 일본의 승리를 점쳤지만 우리는 초반의 열세를 극복하고 공동개최를 따냈다.

나는 나름대로는 일본에 대한 연구를 많이 했다고 자부한다. 미국 워싱턴의 존스 홉킨스 대학에서는 논문 〈일본의 기업과 정부 관계〉로 박사학위를 받기도 했다.

어느 서양 학자는 일본을 '정보의 블랙홀(information blackhole)'이라고 표현했다. 외부의 정보는 빨아들이는데 자신에 대한 정보는 감춘다는 의미다. 자유민주주의와 시장경제라는 가치를 공유한 우방이기도 하지만 우리의 영토에 대한 야심을 갖고 있는 위험한 나라, 미래의 협력 파트너이지만 과거의 상처를 치유하는 데 불성실한 나라이다. 이러한 일본의 다중적 모습에 어떻게 대처해야 할지 심각한 고민이 든다.

나와 존스 홉킨스 대학교의 국제관계대학원 동기동창인 마이클 그린 전 백악관 국가안보회의 아시아 담당 국장은, 2006년 서울에서 열린 한미연례안보협의회(SCM) 때에 노무현 정부가 일본을 '가상 적국(hypothetical enemy)'으로 표현할 것을 요구해 자신을 놀라게 했다고 내게 말한 바 있다. 노무현 정부의 이런 태도는 지나치게 민족 감정에 치우쳤다는 평가를 받았다.

한일 양국 관계의 상황을 가장 상징적으로 보여주는 현안은 독도와 일본군 위안부 문제이다. 독도에 대한 끊임없는 도발과 위안부 문제에 대한 불성실한 태도를 보면, 일본이 과연 미래의 새로운 양국 관계를 원하고 있는지 의심하지 않을 수 없다.

독도 문제는 1990년대 중반부터 꼬이기 시작했다. 각국의 배타적 경제 수역(EEZ)을 그 나라의 연안에서 200해리까지 인정하는 유엔 해양법이 1996년 1월 발효되자, 일본은 그해 2월 내각 결의를 통해 독도를 EEZ의 기점으로 채택했다. 반면 우리는 그로부터 1년 5개월이 더 지난 후인 1997년 7월 울릉도를 EEZ의 기점으로 채택했다. 도저히 있을 수 없는 일이었다.

학자들 사이에서 독도가 기점이 될 수 있는가에 대한 논란이 있다 하더라도, 소위 경제 대국인 일본이 독도를 기점으로 선포했다면 우리는 적어도 그다음 날이라도 독도 기점을 발표했어야 했다. 더구나 일본 자민당의 오자와 이치로 간사장 같은 사람들이 독도 점령론을 주장하던 때였다. 그야말로 국정조사감이 아닌가.

독도 문제가 더욱 복잡해진 것은 1997년말 우리나라가 IMF 사태를 맞으면서부터다. 우리가 IMF에 구제 금융을 요청하고 일본의 경제적 도움을 필요로 하던 시점인 1998년 1월, 일본은 한일어업협정의 폐기를 선언했다. 그러고는 1년 후 신어업협정을 체결하게 되었다. 이때 독도가 중간 수역에 들어감으로써 일본이 독도 영유권을 주장하는 빌미를 제공하게 되었다. 어업협정은 영토 문제와 상관없다는 이상한 논리로 독도를 중간 수역에 포함시킨 우리 정부도 문제이지만, IMF라는 우리의 어려운 처지를 이용해 신어업협정을 체결케 한 일본의 야비함은 도를 넘어선 것이었다.

독도 문제는 잘못 끼워진 단추다. 이제라도 제대로 끼울 필요가 있다. 2006년 참여정부 시절, 울릉도 기점이라는 기존의 우리 입장을 폐기하고 독도를 EEZ 기점으로 다시 선포한 것은 그나마 다행이다. 당시 김병준 청와대 정책실장이 독도 문제 전문가인 신용하 교수를 찾아가 자문을 구한 뒤 바로 실행에 옮겼다고 한다.

이제 남은 것은 독도를 중간 수역에 포함시킨 1998년 신어업협정을 폐기하고 어업협정을 다시 체결하는 일이다. 현재로선 한일 양국 중 어느 한쪽이 파기를 선언하면 협정은 바로 폐기된다. 우리가 할 일은 어업협정이 폐기되었을 경우 어민들의 피해를 막을 수 있도록, 현재 해안선을 따라 설정되어 있는 12해리 영해를 일본처럼 20해리 직선기선으로 변경하는 것이다. 그리고 새로운 어업협정 협상에 나서야 한다.

일본군 위안부 문제는 일본의 또 다른 야비한 얼굴을 드러내는 사안이다. 일제 강점기에, 많게는 20만 명에 달하는 젊은 여성들이 일본군 위안부로 끌려갔다. 13세라는 어린 나이에 끌려간 여성들도 있다.

이분들은 대부분 종전 후에도 고향으로 돌아오지 못하고 위안부였던 사실을 감추면서 살아왔다. 자신이 위안부였음을 밝힌 여성들이 234명에 불과하다는 사실 자체가 이분들의 마음속 상처를 증언한다. 인류 역사상 최악의 전쟁 범죄인 것이다.

미국에서 박사학위 공부를 하면서 위안부 문제에 대한 많은 자료를 보았다. 그러다가 초선의원이던 1990년, 태평양 전쟁 종전 직후 한국 위안부 여성들이 일본군에 의해 학살됐다는 일본인 여성 시로타 씨의 증언을 들은 뒤 더욱 관심을 갖게 됐다. 그해 국회 대정부 질문에서 시로타 씨의 언론 인터뷰와 관련한 정부의 대책을 따지기도 했다.

위안부 피해자들은 이제 할머니가 되어 인생의 마지막을 맞이하고 계시다. 위안부였다는 사실을 밝힌 234명의 할머니들 가운데 겨우 70분만이 살아계신 상황이다. 할머니들은 매주 수요일이면 일본 대사관 앞에서 일본의 인정을 요구하며 시위를 벌이고 있지만 일본은 아직까지도 정부의 개입 사실을 부인하면서 민간 보상 수준으로 얼버무리려 하고 있다.

금년 12월이면 수요 집회가 1000회를 기록하게 된다. 만약 일본이 할머니들의 자연 수명이 다할 때까지 기다리면 해결된다는 식의 파렴치한 태도를 보인다면, 그것은 다시 한 번 역사에 죄를 짓게 되는 것이다. 지난 8월 10일, 나는 할머니들과 수요 집회에 참석했다. 그리고 일본 총리에게 일본군 위안부 문제 해결을 촉구하는 서한을 보냈다.

임진왜란 이후 한일 관계는 가해자인 일본과 피해자인 우리 민족 간의 불행한 역사로 이어져왔다. 이제 한일 관계가 반목의 역사를 이어갈 것인지, 평화로운 공존 관계로 나아갈 것인지 갈림길에 와 있다.

서로 키다리 아저씨가 되어주는 사회를 바라며

⚜

미국 보수주의를 상징하는 인물인 배리 골드워터 상원의원은 1960년 펴낸 《보수주의자의 양심(The Conscience of a Conservative)》에서 이렇게 말했다.

"보수주의는 경제 이론이 아니다. 모든 정치 철학이 그러하듯, 보수주의 역시 경제에 대한 이론이 없는 것은 아니다. 그러나 사람들이 흔히 생각하는 것과는 정반대다. 사회주의야말로 물질적인 측면, 즉 경제적인 측면만 중요시하는 이념이다. 반면 보수주의는 물질적인 측면이 삶에서 차지하는 자리를 철저히 제한시킨다. 보수주의는 인간과 사회에 대한 보다 포괄적이고 체계적인 관점을 갖고 있다. 경제는 어디까지나 보조적인 역할을 할 뿐이다. 보수주의자들은 인간을 하나의 인격체로서 모든 측면에 주의를 기울이는 반면, 진보주의자들은 인간의 물질적인 측면만 바라본다. 이것이야말로 보수주의와 진보주의의 가장 근본적인 차이다."

최근 정치권에서는 마치 엄청난 경쟁이라도 치르듯 복지 정책을 마구 쏟아내고 있다. 질풍노도처럼 달려온 압축 성장(compressed growth)의 막바지에 이르러 당연히 겪어야 할 일이 아닌가 생각되기도 한다. 그러나 예산을 어떻게 마련할 것인지는 생각지도 않은 채 마구잡이로 내놓는 선심성 정책들을 보노라면, 이내 마음이 착잡해진다. 크게 한 방 터뜨리고, 아니면 그만이라는 막가파식 배짱이 아니고서야 그렇게 함부로 떠들 수 없을 것이다.

압축 성장에 따른 불균형을 치유하기 위해서는 압축 복지(compressed welfare)가 필요하다. 그렇지만 복지 정책이 무분별한 포퓰리즘에 근거해서는 절대로 안 된다. 정치인이 인기에 영합해 복지를 주도하면 전 국가적인 재앙이 초래될 수 있다. 앞에서 언급한 아르헨티나가 그 단적인 사례다.

사람에게는 기본적으로 자기 능력으로 헤쳐 나가면서 독립하려는 의지가 있다. 복지 정책도 이런 의지를 뒷받침하는 것이어야 한다. 경제가 인간의 모든 것이 아니다. 그것은 인간의 삶에서 보조적인 역할만을 할 뿐이다. 복지 역시 삶의 모든 것을 해결하는 만능 해결사가 아니라 자립을 도와주는 역할을 해야 한다.

내가 생각하는 복지 정책의 핵심은 사다리(학습 복지), 일자리(근로 복지), 울타리(돌봄 복지)이다. 사다리는 계층 이동을 가능하게 하고, 일자리는 자립할 수 있는 기회를 제공하며, 울타리는 사회·경제적 안전망을 제공한다. 이 세 가지가 유기적으로 연결되면서 인간답게 살아갈 수 있는 근거지를 마련해주는 것이 가장 바람직하다.

어린 시절 대부분 읽었을 《키다리 아저씨》라는 소설에서 주인공 주디는 고아원에 사는 불쌍한 소녀다. 그런 주디에게 누구인지 알 수 없는 키다리 아저씨가 나타난다. 그는 얼굴도 이름도 모르는 주디에게 어려울 때마다 손을 내밀어준다. 주디는 키다리 아저씨의 도움으로 '울타리'를 얻고, 고아원을 나와 대학 교육을 받아서 '사다리'를 구한 다음, 자신 있게 사회로 나아가 '일자리'를 얻는다.

우리가 추구해야 할 복지 정책은 이런 '키다리 아저씨와 같은 복지'이다. 키다리 아저씨는 누구나 될 수 있다. 정부만이 키다리 아저씨가 아니라, 우리 모두가 서로에게 키다리 아저씨가 되어주는 사회를 만들어야 한다.

작은 정부, 자유로운 시장은 보수주의가 추구하는 가치이다. 작은 정부를 지향하는 보수 세력은 사회 환원과 기부를 통해 지금보다 더 많은 것을 사회에 되돌려줘야 한다. 이 세상의 어느 누구도 혼자 힘으로는 살아갈 수 없다. 한 그릇의 밥과 한 벌의 옷이 어디에서 왔는지, 누구의 땀과 눈물이 나를 살아가게 하고 있는지 기억하면서, 기꺼이 나누어야 한다. 그것이 진정한 보수이다.

통일은 지진처럼

❧

　나는 대한민국이 전쟁의 참화에 싸여 있던 1951년 부산에서 태어났다. 내가 살아온 지난 60년의 삶은 대한민국이 절대 빈곤의 폐허 위에서 땀과 열정으로 산업화와 민주화를 이룩해낸 궤적 위에 놓여 있다. 해방 당시 문맹률이 80퍼센트가 넘던 국민들이 불과 반세기 만에 산업화와 민주화를 이룩했다는 것은 분명 기적 같은 일이다.

　아인슈타인 박사는 인생을 살아가는 데는 두 가지 방법이 있다고 말했다. 하나는 기적이 없다고 생각하며 사는 것이고, 다른 하나는 모든 것이 기적이라고 생각하며 사는 것이다. 나는 지난 몇십 년간 우리나라에 일어난 일이 기적이라고 믿는다. 그리고 우리의 미래를 위해 기적은 계속되어야 한다고 생각한다. 그러나 기적을 계속 이어가려면 반드시 해결해야 할 문제들이 있다. 그 첫 번째는 망국적인 지역 감정을 없애는 것이다.

　내가 일했던 현대중공업은 울산에 있었다. 그러나 지금 현대중공업은 우리나라 곳곳에 있다. 현대중공업은 전남 영암과 전북 군산에서 조선소를 운영하며 호남 경제 발전에 앞장서고 있다. 올해 초에 나는 일자리 창출과 경제 활성화에 기여한 공로로 전라북도에서 주는 명예 도민증을 받았다. 전주대학교에서 주는 명예 경영학 박사학위도 받았다. 2002년 월드컵의 이익금으로 목포에 축구 센터 건립을 도운 공로로 목포시로부터 명예 시민증도 받았다. 그러니 전남, 전북이 모두 나의 고향이다. 또 2008년에는 제주도에서 명예 도민증을 받기도 했다. 제주 역시 나의 고향인 셈이다.

충청북도 음성의 소이 공업단지에는 현대중공업이 세운 태양광 발전 설비 공장이 있다. 태양광 발전은 대표적인 차세대 사업으로, 음성이 장차 세계 태양광 발전 사업의 메카로 성장할 수 있었으면 하는 바람을 갖고 있다.

"용기 있는 자에게는 모든 곳이 고향이다"라는 말이 있다. 사람은 누구나 고향에서 나서 자라고 배우지만 모두가 고향에 머무는 것은 아니다. 고향을 떠나지 못한 사람은 고향으로 돌아올 수도 없다. 고향이란, 오히려 떠나야 할 곳이다.

고질병이라고 일컫는 지역주의가 없어져야만 정치가 달라진다. 그리고 정치가 달라져야만 나라가 달라지고, 역사가 달라진다. 우리 국민 중에는 적지 않은 사람들이 정치에 무관심한 것을 자랑하듯 말하지만 이는 무책임한 일이다. 정치를 버리면 필연코 정치에 의해 버림받게 된다.

우리가 풀어야 할 또 하나의 커다란 문제는 바로 남북통일이다. 북한이 핵으로 무장한 지금 남북통일은 더욱 어렵게만 보일 수 있다. 또 통일이 되면 살기가 더 어려워질 것이라며 통일을 차라리 안 하는 것이 더 좋겠다고 하는 사람들도 있다.

그러나 사실은 통일 비용보다는 분단 비용이 훨씬 크다. 한반도의 불안정성으로 국제 시장에서 우리가 치러야 하는 '코리아 디스카운트'가 얼마인지 계산해보았는가. 우리 대한민국이 지금 대륙과 직접 연결되지 못하고 고립된 섬이 되면서 발생하는 비용은 또 얼마인지 계산해보았는가. 우리는 눈에 보이지 않아 계산조차 할 수 없는 값비싼 분단 비용을 치르고 있다.

통일이 되면 북한에 쌀을 비롯해 여러 가지 지원을 해야 하기 때문에 부담이 된다는 우려도 있다. 그러나 강인한 북한 주민들은 빠른 시일 내에 자립할 수 있는 역량을 갖고 있다. 통일이 되었을 때 우리가 북한에 줄 수 있는 것은 쌀이 아니라 자유다. 자유가 북한을 변화시킬 것이다.

많은 사람들이 북한의 급변 사태를 말하고 있다. 북한의 급변 사태라는 것은 지진과 같은 것이다. 당장 내일이라도 올 수 있다. 단지 그 정확한 시점을 예측할 수 없을 뿐이다.

1988년에 서독의 콜 수상은 독일 통일이 언제 될 것 같으냐는 기자의 질문에 "내가 살아 있는 동안은 안 된다(Not in my lifetime)"고 대답했다. 그러나 바로 그다음 해에 베를린 장벽이 무너지고 통일이 되었다. 우리의 통일도 언제 어느 때 찾아올지 모르기에 치열하게 준비하고 대비해야 한다.

미래에 대한 비전을 제시하고, 그 미래를 함께 준비해나가는 것이 바로 대한민국의 기적을 만들어가는 길이다. 대한민국의 기적은 앞으로도 계속될 것이다.